EBERHARD GÖRNER

ABENTEUER AFRIKA

DIE EXPEDITION AUGUSTS DES STARKEN 1731–1733

MIT GRAFIKEN VON INGOLF HÖHL

CHEMNITZER VERLAG

23. OKTOBER 1731
BIS
ENDE DEZEMBER 1733

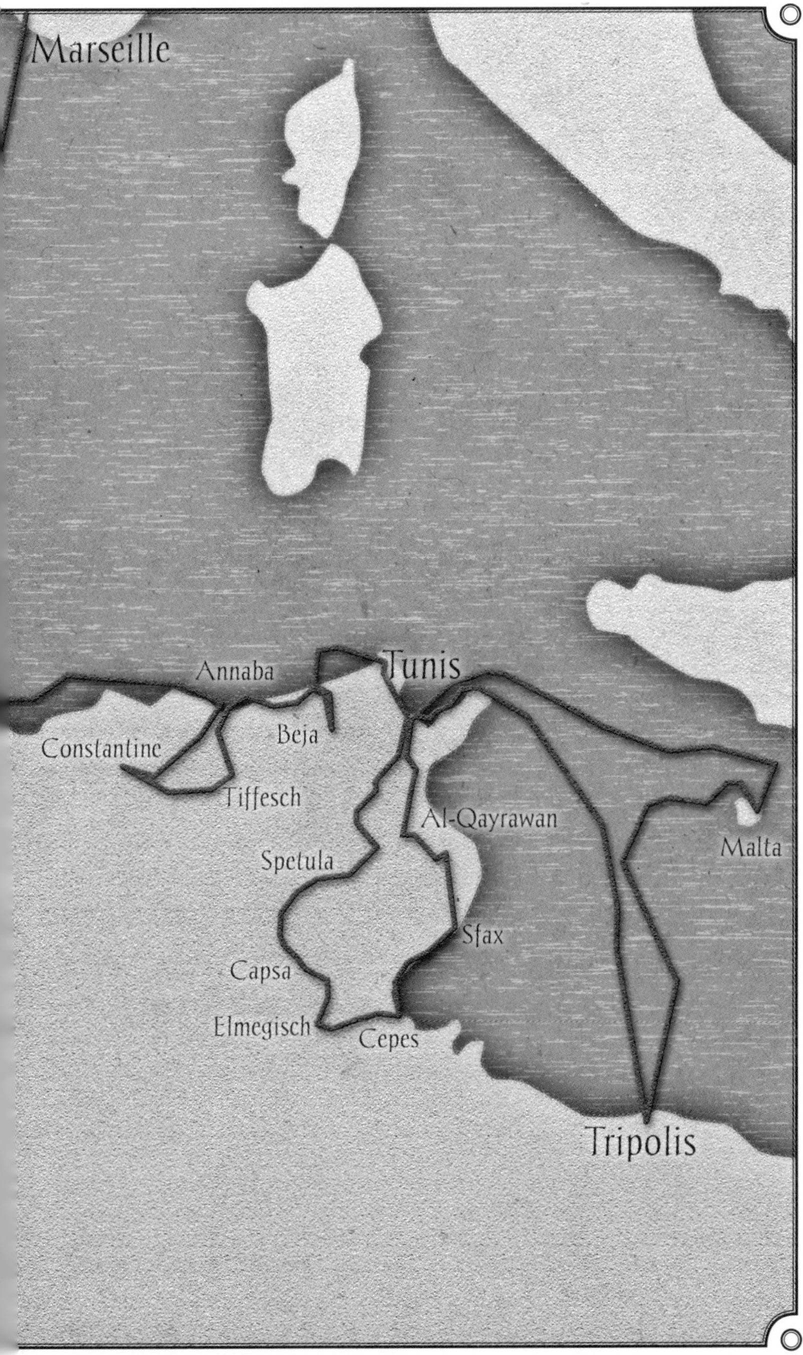
Marseille
Annaba
Tunis
Beja
Constantine
Tiffesch
Al-Qayrawan
Spetula
Malta
Sfax
Capsa
Elmegisch
Cepes
Tripolis

VORWORT

Es war eine abenteuerliche Vision, die sich der Kurfürst von Sachsen und König von Polen, Friedrich August II., in den Kopf gesetzt hatte: Er wollte eine exotische Menagerie in Moritzburg errichten lassen! Dem Glanz seiner Diamanten und Edelsteine, Gold, Silber und Elfenbein, den Juwelen im Grünen Gewölbe des Dresdner Schlosses wollte er die lebendigen Wunder der Natur Afrikas hinzufügen.

Die Sehnsucht nach der exotischen Tierwelt in Meißner Porzellan, gestaltet von Johann Joachim Kaendler, sie konnte schon im Japanischen Palais bewundert werden. Ein Adler, sitzend und nach rechts blickend. Ein Elefant. Ein Nashorn, braun lackiert. Ein Fischreiher mit Karpfen im Schnabel. Ein Falke, sitzend, weiß. Ein Goldfasan. Ein Königsgeier, kauernd, weiß. Ein Ara, aufrecht sitzend. Ein Affe, mit Weintraube. Drei Bären. Ein Löwe, liegend. Ein Papagei, mit blauem, türkis- und gelbgrünem sowie rotem und gelbem Federkleid. Leblose Kostbarkeiten der Porzellankunst.

Doch in Moritzburg sollte die lebendige Ausbeute einer nach Afrika entsandten Expedition die Welt erstaunen lassen, sollte zeigen, wozu der Kurfürst von Sachsen und König von Polen fähig war: finanziell, diplomatisch, organisatorisch.

Unter Führung des bei Antritt der Reise 29 Jahre alten Mediziners Johann Ernst Hebenstreit wurden im November 1731 sechs Männer, zu denen in Karlsruhe der Hofgärtner Christian Thran stieß, auf eine gefährliche Reise in den „schwarzen Erdteil" geschickt.

Von dieser wahren Begebenheit aus einer vergangenen Welt erzählt dieses Buch, von einer Expedition, die abhängig von den Launen der Natur und dem Geschick ihrer Teilnehmer war, wenn diese das Abenteuer lebend überstehen wollten.

Ohne Wind kein Fortkommen mit dem Segelschiff auf dem Meer. Ohne Pferd und ohne Kamel kein Fortkommen in der Wüste. Fremde Sprachen. Der Islam – eine dem Christentum feindliche Religion?

Seekrieg und Piraterie zwischen Europa und den unter türkischer Herrschaft lebenden Arabern.

Bis zum Kap der Guten Hoffnung – so lautete der Reise-Auftrag für die sächsische Expedition, die auch eine höchst interessante Forschungsreise darstellte und neue Erkenntnisse in der europäischen Naturwissenschaft brachte.

Deren Ende erlebte der König nicht mehr. Als der Kurfürst von Sachsen und König von Polen, Friedrich August II., am 1. Februar 1733 in Warschau verstarb, notierte der Karlsruher Hofgärtner Christian Thran, der siebente Teilnehmer der Afrika-Expedition, in sein Tagebuch:

„Der Wind kam auß Nordost, welches vor unß guth, wir avancirten gegen Tunis, hatten aber beständig Maltha, Gozzo und Sizilien im Gesicht.“

Die aus Afrika nach Sachsen mitgebrachten Sammlungen wurden im Naturalienkabinett des Dresdner Zwingers der Öffentlichkeit und der wissenschaftlichen Forschung zugänglich gemacht. Doch das Schicksal ist manchmal nicht gnädig. Beim Dresdner Maiaufstand 1849 vernichtete ein im Zwinger ausgebrochener Brand die dort untergebrachten Sammlungen dieser Expedition – einer der ersten zur wissenschaftlichen Erforschung Afrikas.

EIN TRAUM VON AFRIKA

Warschau, 26. Februar 1731

Die Luft ist eiskalt, aber der Himmel strahlt azurblau. Die Sonne scheint auf ein illustres Schauspiel vor dem Warschauer Schloss, als sei sie extra dafür am Himmel erschienen. Von drei Balkons des Palastes schmettern helle Trompeten einen musikalischen Empfangsgruß über den Schlossplatz. Der türkische Großbotschafter Mehmed Efendi nähert sich mit einer auserlesenen Suite auf nervös tänzelnden Araber-Pferden dem Eingang, während links und rechts sächsisches und polnisches Militär der Krongarde dem Gesandten des türkischen Sultan und Kalifen Mahmud I. salutiert. Hinter dem Großbotschafter reitet sein Sohn Hussain, der gleichzeitig sein Geheimsekretär ist, links von ihm zügelt der Dolmetscher sein ungeduldiges Pferd, während rechts der Sekretär des Geheimsekretärs reitet.

An der Schlosstreppe steigen die Gesandten von ihren Pferden, und Mehmed Efendi wird nach orientalischem Brauch unter den Armen gefasst und über die mit kostbaren Teppichen belegte Treppe in das Audienzgemach des Kurfürsten von Sachsen und Königs von Polen, Friedrich August II., geleitet. Die Wände sind mit roten Ledertapeten ausgeschlagen, ebenso der rotsamtene, goldtressenbesetze Thronsessel. Das Ambiente scheint den Gästen bekannt. Den Mittelgang bedeckt ein langer türkischer Teppich, wie auch am Eingang prunkvolle, in zartem Grün gehaltene Teppiche vom Bosporus jeden Schritt dämpfen. Auf dem Weg zum Thron erheben sich vor der türkischen Gesandtschaft die polnischen und litauischen Potentaten, durch deren Mitte Mehmed Efendi das Schreiben des Sultans auf den vorgestreckten Händen hält, von seinem Sohn und dessen Sekretär gestützt. Gespannt blickt der König von Polen von seinem Thronsessel auf die orientalische Szenerie, die sich ihm mit großen Turbanen nähert.

Als Mehmed Efendi vor ihm steht, entblößt Friedrich August sein Haupt und begrüßt den Gesandten des Sultans mit einer tiefen Verbeugung, während dieser in die Knie geht und das Schreiben seines Kalifen an den sächsisch-polnischen Herrscher demütig übergibt.

Danach geht er rückwärts unter fortwährenden Verbeugungen zum Eingang, um sich mit untergeschlagenen Beinen auf einem karmesinroten Samtkissen niederzulassen. Jetzt nähert sich ein Potentat nach dem anderen, um dem türkischen Gesandten Gesundheit und Freude beim Aufenthalt in Warschau zu wünschen.

Der Dolmetscher übersetzt die Begrüßung durch den polnischen Kronmarschall, die er im Auftrag des Königs vorträgt. Nach Beendigung der Antritts-Audienz wird die Gesandtschaft zur Tafel geladen. Der türkische Botschafter nimmt gegenüber von Friedrich August II. Platz, während sämtliche Livree-Bediensteten des Oberhofmarschallamtes Parade stehen, darunter Kammertürken, Dalmatier, Heiducken und Mohren, wie man die dunkelhäutigen Bediensteten etwas spöttisch nennt. Ein Bild wie aus Tausendundeiner Nacht, in dem der türkische Botschafter jetzt in gutem Deutsch seinem königlichen Gegenüber erste Komplimente macht: „Mein König", beginnt er, „unter dem Leuchten Eurer Augen ist Warschau ein barockes Diadem geworden. In der mir hier erwiesenen Gastfreundschaft fühle ich mich geborgen wie unter dem Mantel meines Sultans und Kalifen Sultan Mahmud I. Welch eine Ehre, Majestät!"

Friedrich August II. nickt Mehmed Efendi gnädig zu und antwortet: „Achtung und Toleranz, in gegenseitigem Respekt – so wollen wir unsere Beziehungen gestalten. Wie Er sieht, Großbotschafter des Sultan und Kalifen, haben wir die Tafel nach orientalischem Brauch geschmückt. Wie an Eurem Hof – Konfekt und Gefrorenes mit seidenen Blumen und Federn!"

Der türkische Gesandte will antworten, aber zuvor wird er von zwei Kammertürken im perfekten Türkisch gefragt, welchen

Kaffee er trinken wolle, deutsch oder türkisch? Welches Rauchzeug ihm angenehm wäre? Welche von den anwesenden Hofdamen ihm am besten gefalle? Und ob die Janitscharen-Musik der Mohren leiser gespielt werden soll? Doch Mehmed Efendi ist mit allem mehr als zufrieden. Solch ein rauschendes türkisches Fest hat er im polnischen Warschau nicht erwartet, und er freut sich schon auf die Abschiedsaudienz, bei der er Sachsens Kurfürst und Polens König seine Gastgeschenke überreichen wird.

Leider kommt es nicht zu dieser neuerlichen Begegnung, denn am 27. Februar 1731 wird Friedrich August II. von einem schmerzhaften Gichtanfall ans Bett gefesselt. Deshalb kann der König nur vom Fenster seines Schlafzimmers aus bewundernde Blicke auf das Gastgeschenk des Mehmed Efendi werfen. Doch zuvor übergibt der Kammersekretär in Auftrag des Herrschers an den türkischen Gesandten und seine Begleitung goldene Uhren, silberne Schalen, verschiedene Waffen sowie einen Landauer mit sechsspännigem Maultierzug.

Mit Unterstützung seines Leibarztes Johann Heinrich Heucher tritt der König von Polen mühsam an das Fenster des Schlafzimmers, um das Geschenk des türkischen Gesandten in Augenschein zu nehmen. Mehmed Efendi führt ein edles türkisches Pferd mit einer golddurchwirkten Decke durch das Schneetreiben im Schlosshof dem Kammersekretär zu, während Sohn Hussain in seinen Armen einen fuchsroten Perserkater hält, der dem König die Langeweile vertreiben soll und nur wenige Minuten später munter durch das kurfürstlich-königliche Schlafzimmer springt.

Johann Heinrich Heucher ist nicht nur des Königs Leibarzt. Er ist auch Leiter des Naturalienkabinetts im Dresdner Zwinger. Heucher legt den wirklich schönen Perserkater seinem Herrn auf das Bett, damit der ihn streicheln kann. Aber Perserkatzen sind scheu. Dem osmanischen Gastgeschenk sind königliche Streicheleinheiten gleichgültig. Der Kater springt vom Bett, sucht sich in weitem Abstand einen ungestörten Platz im Schlafgemach. Von dort beobachtet er aufmerksam seinen neuen Herrn, während dieser dem Leibarzt sagt: „Ein faszinierendes Tier. So etwas haben wir bisher nur einmal gesehen. Damals, auf meiner Kavaliersreise 1687 in Versailles. In der Menagerie des Königs von Frankreich."

Die Gichtschmerzen vergessend, schaut Polens Monarch nachdenklich auf die schnurrende Perserkatze und wechselt plötzlich das Thema: „Wie weit sind eigentlich die Vorbereitungen für die von Uns verordnete Afrika-Expedition gediehen?"

Leibarzt Heucher hat alle Fakten parat. „Majestät wissen", bekommt Friedrich August zur Antwort, „dass wir im vergangenen Jahr den Vorschlag unterbreitet haben, die Leitung der Expedition in die Hände des Leipziger Mediziners Johann Ernst Hebenstreit zu legen."

Der König bestätigt: „Deshalb haben Wir ihn ja zum Ordentlichen Professor für Medizin erhoben." Sein Leibarzt ergänzt: „Der Mann ist im besten Alter. Er ist 29 Jahre alt und wird die Strapazen einer Expedition gut überstehen." Vom Thema erregt, fragt ihn der König: „Sag Er, wie viele und welche Tiere leben zur Zeit im Jägerhof in Dresden?"

Leibmedicus Heucher, um keine Antwort verlegen, zählt auf: „Euer königlicher Löwenwärter Naumann berichtete erst vor Kurzem, dass sich im Jägerhof zur Zeit drei Löwen, drei Löwinnen, zwei Leoparden, einige Tiger mit Jungen, zwei Stachelschweine, ein paar italienische Katzen und verschiedene Arten von Affen unter seiner Obhut befinden. Die Bären leben außerhalb in besonderen Zwingern."

Sachsens Kurfürst hört seinem Leibarzt aufmerksam zu und meint dann entschlossen: „Wir brauchen einen zentralen Ort, eine Menagerie, wo Tiere wie Pflanzen an einem Platz vereint sind. Moritzburg kann das alles gut und gerne aufnehmen, was wir an exotischen Tieren schon haben und was uns durch die Afrika-Expedition noch zugeführt werden wird!"

Der Leibarzt bestätigt mit heftigem Nicken die Gedanken des Königs, während der Monarch weiter drängt: „Hebenstreit ist eine gute Wahl. Wer steht ihm während der Expedition zur Seite?“ Wie aus der Pistole geschossen, kommt die Antwort: „Christian Gottlieb Ludwig, anerkannter Studiosus der Medizin an der Leipziger Universität. Er hat zwar erst acht Semester studiert, ist aber wie Hebenstreit der Naturwissenschaften kundig, huldigt der Botanik und besitzt die erforderlichen Sprachkenntnisse. Er wurde am 30. April 1709 im schlesischen Brieg geboren. Sein Vater war Schuhmacher. Trotzdem hat er dem Sohn das Medizin-Studium ermöglicht. Gefördert wurde Christian Gottlieb Ludwig durch den Arzt Augustus Friedrich Walter.“

Der sächsische Kurfürst liebt die biographischen Details seiner Untertanen. Das weiß Heucher, deshalb fährt er souverän in seinem Vortrag fort: „Im Übrigen ist Hebenstreit gegenwärtig mit einer in Französisch gehaltenen Denkschrift für Eure Majestät befasst – über den wissenschaftlichen Nutzen einer Forschungsreise durch Afrika samt Vorschlägen über die verschiedenen Reiserouten, die man einschlagen kann.“

„Bis Marseille“, lacht der König, „kann ich mitreden. In Afrika müssen sie selber sehen, wie sie weiter kommen. Auf jeden Fall muss die Reiseinstruktion bis Mai dieses Jahres vorliegen. Wo kommt dieser Hebenstreit eigentlich her?“ will der König wissen.

Eine Frage, die sein Leibarzt leicht beantworten kann, denn er war es, der Hebenstreit als Expeditionsleiter vorgeschlagen hat. Johann Heinrich Heucher holt tief Luft und erklärt seinem König Hebenstreits Lebensdaten: „Er wurde am 14. Januar 1703 in Neustadt an der Orla geboren, Majestät. Sein Vater übte das Amt eines Archediakons aus. Er hatte acht Söhne. Johann Ernst musste sein Studium ab 1720 durch die Pflege eines der berühmten Leipziger Gärten bestreiten.“

„Wird ihm nicht geschadet haben, Blumen zu gießen und wachsen zu sehen“, kommentiert der König. Sein Leibarzt lächelt zustimmend und fährt mit den Informationen für das königliche

Ohr fort: „Hebenstreit hat nach Absprache mit Majestät noch die Medizin-Studenten Christian August Ebersbach, Zacharias Philipp Schultz und Johann Heinrich Buchner in seine Reisegruppe aufgenommen, sowie den Maler und Zeichner Christian Friedrich Schuberth."

Der König ist mit dieser Auskunft zufrieden, will aber dennoch wissen: „Und wo trifft unsere Expedition den Karlsruher Hofgärtner Christian Thran?"

Der Leibarzt hebt die Perserkatze vom Marmorfußboden hoch und legt sie dem König ins Bett, doch das Tier ist eigenwillig und springt neuerlich davon. Heucher zuckt ob eines solchen Eigensinns hilflos mit den Achseln und wendet sich seinem König zu, um zu antworten: „Das wird in Karlsruhe geschehen, Majestät, das man auf der Durchreise nach Marseille berührt. Hier schließt sich mit Erlaubnis des Markgrafen Karl Wilhelm von Baden-Durlach dann der Blumengärtner Christian Thran an."

„Der Markgraf, der brave Wilhelm", sagt der König versonnen. „Er ist wie ich interessiert an allem Exotischen, an fernen Ländern. Er hat sich einen Garten bauen lassen, auf den ich fast neidisch sein könnte, und in seinem Vogelhaus zwitschern 300 Kanarienvögel. Bewundernswert, der Wilhelm."

Das Thema wechselnd, fragt der König: „Was kann Er über die Herkunft dieser drei Studiosi berichten?"

Heucher kramt einen Zettel aus seinem Rock und liest ab: „Johann Heinrich Buchner stammt aus Merseburg und wurde am 2. Oktober 1730 an der Leipziger Universität inskribiert. Christian August Ebersbach kommt aus Schleswig-Holstein. Er begann 1730 sein Studium in Leipzig. Zacharias Philipp Schultz kommt aus Breslau. Er nahm sein Studium im Juni 1730 in Leipzig auf. Und dann haben wir noch einen Maler dabei, Christian Friedrich Schuberth.

Polens König hat nun ganz und gar Feuer gefangen. „Sag Er mir", fordert er den Leibarzt auf, „was würde Er in die Reise-

Instruktion an Forderungen aufnehmen?" Johann Heinrich Heucher überlegt kurz und antwortet: „Wenn Eure Majestät mich auf eine solche Expedition..."

„Schlag Er sich das aus dem Kopf!" winkt der König ab. „Er wird hier an meinem Bett gebraucht und nicht in Afrika!"

„Majestät verstehen mich falsch", widerspricht der Leibarzt. „Ich wollte sagen, wenn ich an einer solchen Expedition teilnehmen würde, wäre ich ein Sammler von Pflanzen, Tieren und Mineralien. Auch ethnographisch-kulturhistorische Gegenstände fänden meine Aufmerksamkeit, wie überhaupt Gegenstände aus Vergangenheit und Gegenwart des orientalisch geprägten Maghreb."

Der König nickt zu Heuchers Ausführungen, doch ist er damit noch nicht ganz zufrieden. Er verlässt das Bett, um dem Leibarzt zu dozieren: „Der Hauptzweck dieser wissenschaftlichen Reise, mein lieber Heucher, „muss das Erlangen möglichst vieler Arten seltener Tiere sein. Entweder lebendig oder in Häuten, Skeletten und Abbildungen. Und Orangenstämme für unseren Zwinger. Wir brauchen mindesten 400 Stück!"

Die Perserkatze liegt noch immer lauernd auf ihrem Platz.

„Wenn Wir wieder in Dresden sind", sagt der König entschlossen, „geben wir den Teilnehmern der Afrika-Expedition Audienz. Wer weiß, ob Wir sie je an der Elbe wiedersehen. Bei diesem Abenteuer, in das Wir sie hinein schicken", seufzt er in sich hinein.

ANDACHT UND AUDIENZ

Dresden, 29. Oktober 1731

In der Kapelle des Dresdner Schlosses herrscht andächtige Stille, denn nur sechs Männer knien mit betenden Händen vor dem Altar, auf den das morgendliche Licht der Sonne scheint. Es sind der junge Doktor der Medizin Johann Ernst Hebenstreit, Christian Gottlieb Ludwig, der Musterzeichner Christian August Ebersbach, der Anatomist Zacharias Philipp Schultz, der Mechanist Johann Heinrich Buchner und der Maler Christian Friedrich Schuberth. Mit ernsten Gesichtern lauschen sie den Worten des Pastors. Er steht vor ihnen an einem aus reinem Silber getriebenen Pult, das ein Lamm ziert, welches ein Kreuz hält.

Der Pfarrer spricht: „Unser Kurfürst von Sachsen und König von Polen gibt Euch heute Audienz, bevor Ihr morgen das Reise-Abenteuer nach Afrika antretet. Ihr seid in den Augen des Königs Auserwählte – aber seid Ihr es auch in den Augen Gottes? Habt Ihr genügend um seine Gnade gebetet? Um seinen segensreichen Schutz in fremden Ländern, auf die Eure Füße treten werden, bei der Reise übers wogende Meer zu den heißen Wüsten? Nur im tiefsten Vertrauen auf Gott werdet Ihr die Stürme überwinden, die Euch erwarten. Darum seid gewarnt mit den Worten des Propheten Matthäus vor Kleingläubigkeit. Sei Eure Reise auch noch so beschwerlich, Ihr müsst Euch nicht kleingläubig Sorgen machen. Deswegen sage ich Euch, wie es in der Bibel steht: Sorgt Euch nicht um euer Leben und darum, dass Ihr etwas zu essen habt, noch um Euren Leib und darum, dass Ihr etwas anzuziehen habt. Ist nicht das Leben wichtiger als die Nahrung und der Leib wichtiger als die Kleidung? Seht Euch die Vögel des Himmels an: Sie säen nicht, sie ernten nicht und sammeln keine Vorräte in Scheunen; euer himmlischer Vater ernährt sie. Seid Ihr nicht viel mehr wert als sie? Wer von Euch kann sein Leben auch nur um eine kleine Zeitspanne verlängern? Und was sorgt Ihr Euch um Eure Kleidung? Lernt von den Lilien, die auf dem Feld wachsen: Sie arbeiten nicht, und sie spinnen nicht. Doch ich sage Euch: Selbst Salomo war in all seiner Pracht nicht gekleidet wie eine von ihnen. Wenn aber Gott schon das Gras so prächtig kleidet, das heute im Feld steht und morgen ins Feuer geworfen wird, wie viel mehr dann Euch, ihr Kleingläubigen!

Macht Euch also keine Sorgen und fragt nicht: Was sollen wir essen? Was sollen wir trinken? Was sollen wir anziehen? Euer himmlischer Vater weiß, dass Ihr all das braucht. Euch aber muss es zuerst um sein Reich und um seine Gerechtigkeit gehen; dann wird Euch alles andere dazu gegeben. Amen."

Sechs Männerstimmen wiederholen: „Amen." Der Pastor breitet die Arme aus und ruft den Männern zu: „Lass uns jeden Morgen hören deine Gnade. Tu mir kund den Weg, den ich gehen soll!"

Der Geistliche lässt die Arme fallen und zeichnet das Kreuz. Dann geht er zu jedem Mitglied der Reisegruppe, legt die Hände auf dessen Haupt und spricht: „Der Herr segne dich und behüte dich. Der Herr lasse sein Angesicht über dir leuchten und sei dir gnädig. Der Herr erhebe sein Angesicht auf dich und gebe dir Frieden!"

Dann tritt der Pfarrer einen Schritt zurück und fordert die Männer mit bewegter Stimme auf: „Lasst Euren König nicht warten. Freut Euch mit Gott auf die Audienz."

Die Männer erheben sich, verneigen sich in Dankbarkeit vor ihm und seinen ihre Seele stärkenden Worten. Eine junge Mannschaft mit blitzenden, unternehmungslustigen Augen, kräftige Männer, die wissen, was sie wollen, vor denen sich jetzt die hohen Türen des Dresdner Schlosses öffnen, hinter denen sie der Kurfürst und König Friedrich August II. erwartungsvoll willkommen heißt. Er gibt jedem die Hand, schaut jedem einzeln in die Augen und gibt mit einer Geste zu verstehen, im Halbkreis der Sessel Platz zu nehmen.

Ohne große Umschweife ergreift der König das Wort: „Sachsen liebt mutige Männer. Wir haben durchaus das Unsere getan, Euch diese Reise zu erleichtern. Unsere Gesandten wie unsere Verbündeten in Afrika haben Euch Schutzbriefe ausgestellt. Ihr könnt jederzeit auf Hilfe rechnen. An Geld soll es auch nicht fehlen, aber dafür erwarte ich von Euch Profit für unsere künftige Menagerie in Moritzburg. Sie soll größer und schöner werden als die von Versailles."

Und er fährt fort: „Porzellan haben Wir wie Edelsteine und Diamanten genug. Um unsere Türkische Kammer und ihre osmanischen Kostbarkeiten beneiden Uns Europas Fürsten. Was Wir nicht haben, das ist eine präsentable Naturalienkammer. Auch haben Wir nicht die unsere kurfürstliche und königliche Macht repräsentierenden exotischen Pflanzen und Tiere in ausreichender Zahl. All dies aber, so hoffen Wir, werdet Ihr in Afrika finden, um es für Uns zu erwerben."

Sachsens Kurfürst klatscht in die Hände. Eine Seitentür öffnet sich und zwei Lakaien tragen ein großes Bild herein, um es vor der Reisegesellschaft aufzustellen, so dass der König, dem jetzt ein langer Stab aus Mahagoniholz gereicht wird, erklären kann: „Frankreichs Sonnenkönig hat sich aus aller Herren Länder Tiere für seine Versailler Menagerie kommen lassen. Auch Wir haben schon Pläne entwickelt für Pavillons und Volieren. Wir wollen Schloss Moritzburg mit einem System von Schneisen schmücken, an deren Endpunkten angelegt werden sollen: Wasservögel-Volieren, ein Fasanerie-Amphitheater; Papageien sollen dort plappern, Affen mögen springen. Aber was Wir vor allem sehen wollen, das sind Leoparden, Hyänen, Zebras, Stachelschweine, Löwen und Tiger!"

Die Männer um Johann Ernst Hebenstreit sind von des Königs Vortrag regelrecht hypnotisiert, während dieser immer mehr in Schwung kommt und ironisch bemerkt: „Wir haben zwar im Ostra-Gehege weiße Hirsche und im Jägerhof ein paar wilde Tiere, aber das hat alles keinen Glanz. Deshalb lasse ich mir diese Expedition etwas kosten. Diese Expedition“, erklärt der Herrscher, „kann bis weit in das Innere von Afrika führen, weil dieser Kontinent der letzte Erdteil ist, der Uns noch seine Reichtümer schuldet.“

Die Männer stimmen dieser gewagten These nickend zu, während der König ins Detail geht und sich direkt an Hebenstreit wendet: „Euch haben Wir zum Leiter dieser Expedition ernannt, auf Vorschlag meines Leibarztes und Leiters der naturwissenschaftlichen Sammlungen im Zwinger.“ Er wendet sich gönnerhaft Johann Heinrich Heucher zu, der während der Audienz hinter dem König steht und sich nicht rührt, ihm aber jetzt für dessen Zuwendung mit einer tiefen Verbeugung Referenz erweist.

„Er ist, wie mir berichtet wurde“, wendet sich jetzt der König an Hebenstreit, „ein sehr junger Doktor der Medizin. Ihm geht auch der Ruf voraus, gegen jedermann Höflichkeit zu üben. Wir haben seinen Reiseplan studiert und sind damit sehr einverstanden, dass Er für die anstehenden Forschungen die Einteilung befolgt, die Wir ihm vorgegeben haben: Tiere, Pflanzen, Mineralien – diese drei Naturreiche soll Er und kann Er frei ergänzen durch Sammlung von Fischen und Schlangen, Insekten, Meeresgewächsen…“

Friedrich August gönnt sich eine Denkpause, in der es spannungsgeladen still ist, bevor er weiter fordert: „Die lebendigen Tiere soll Er in duplo oder triplo kaufen und abschicken, damit, wenn eines unterwegs krepieret, man die anderen noch hat. Auch soll Er zur Fortschaffung und Wartung der Tiere Personen annehmen oder Sklaven und Mohren kaufen. Er soll fleißig alle Sachen abmalen lassen und die Schilderungen jederzeit an Uns schicken. Desgleichen, was Er nicht lebendig fortbringen kann, die Skelette und Häute gut zu konservieren suchen, auch sein Journal in guter Ordnung halten und alles notabel vermerken.“

Hebenstreit erlaubt sich die Frage: „Was ist mit den Artifizialien anzufangen, Majestät, also alles, was von Menschenhand produziert: Waffen, religiöse Gerätschaften, Instrumente, Spiele, auch Haushaltsgeräte?“

Der Kurfürst ist einen Moment von der Fragestellung verblüfft, schenkt Hebenstreit ein königliches Lächeln und lobt: „Bravo, Herr Doktor. Er denkt weiter. Er hat vollständig Recht mit seiner Annahme, dass Unser königlicher Befehl lautet, Material für unsere naturwissenschaftlichen Sammlungen zu beschaffen, so viel möglich ist.“

Hebenstreit nickt zustimmend, während der Maler Schuberth nicht nur in aller Schnelle mit gekonntem Strich ein Porträt des dozierenden Königs entwirft, sondern auch dessen Worte skizzenhaft notiert. Aber der König ist noch nicht am Ende. Er steht vom Sessel auf und geht die Reihe der Expeditionsteilnehmer ab, wobei jeder straffe Haltung annimmt, wenn der König das Wort an ihn richtet.

Von Christian Gottlieb Ludwig fordert Sachsens Kurfürst: „Sei Er als Hebenstreits Stellvertreter ein tüchtiger und treuer Reisegefährte. Sammle Er für unser Kabinett Kräuter, Blumen, Gewächse, auch Steine nebst vielen anderen Dingen. Ihm wird manches vor die Augen kommen auf der Reise von Marseille nach Nordafrika, Guinea bis zum Kap der Guten Hoffnung.“

Ludwig legt zur Bestätigung der königlichen Visionen die rechte Hand aufs Herz und verbeugt sich. Friedrich August II. spricht nun Christian Schuberth an: „Er ist mir als ein guter Maler empfohlen. Ich erwarte von seinem Talent eine vollständige und genaue Übersicht über die Natur und die gesamten Erzeugnisse der zu bereisenden Länder!“

„Majestät können sich auf mich verlassen“, erwidert Christian Friedrich Schuberth keck. Der König nickt ihm aufmunternd zu und spricht Zacharias Philipp Schultz und Johann Heinrich Buchner an: „Wir haben großen Mangel an exotischen Tieren. Dadurch sehen Wir unsere Reputation beschädigt. Wir haben Uns geholfen, indem Wir in der ersten Etage des Japanischen Palais eine Galerie mit Tierplastiken von Johann Joachim Kaendler haben modellieren und aus Meißner Porzellan errichten lassen, um daselbst allerhand Arten von indianischen Tieren und Vögeln schmückend aufzustellen. Doch das schönste Porzellan ist so glatt wie leblos. Deshalb haben Wir Uns diese Reise für die Unsterblichkeit ausgedacht. Es geht Uns neben dem Ankauf von Tieren auch um wissenschaftliche Beobachtungen. Wir wollen, dass Sie die Landschaft nach geographischen und historischen Gesichtspunkten anschaulich schildern wie auch die Sitten und Gebräuche der Einwohner. Wir wollen alles über Afrika erfahren, weil Wir über diesen Kontinent so gut wie nichts wissen."

Der König sieht erwartungsvolle und glänzende Augen auf sich gerichtet und erklärt: „Hebenstreit, Er hat unsere Instruktionen, aus denen ersichtlich ist, welche Unterstützung Wir der Expedition gewähren – nämlich Waffen, Reisekleidung, Medikamente wie Empfehlungsschreiben an die Konsuln und Vertreter europäischer Handelsgesellschaften. Ohne deren Hilfe wird schwerlich ein Fortkommen sein."

Friedrich August gönnt sich in seinen Überlegungen eine kleine Pause, um dann souverän zu erklären: „Aber Wir haben auch vorsorglich ein Samariternetz geknüpft, dass allen Fragen in Praxi standhält."

Jetzt ist es der Kurfürst, der seine rechte Hand auf den seidenen Rock legt, dort, wo das königliche Herz schlägt, sich vor den sechs Männern verneigt und bittet: „Gottes Segen sei mit Ihnen, auch für Hofgärtner Christian Thran, welcher Ihnen in Karlsruhe am Hofe von Markgraf Karl Wilhelm von Baden-Durlach erwartet, selbiger wie ich hohe Erwartungen in das Resümee dieser Reise setzt. Sie alle, die diese Expedition nach Afrika wagen, sollen unsere höchste Versicherung wissen, dass nach vollendeter Reise für Ihr Glück gesorgt wird!"

Die Männer um Hebenstreit verneigen sich tief vor dem König. Dieser kommt jetzt wohl zur wichtigsten Erklärung, worauf alle bereits warten. Friedrich August klatscht in die Hände. Die Tür öffnet sich und herein kommen Lakaien mit zwei Büchsen, zwei Flinten und zwei paar Pistolen. Kostbare Waffen, mit Silber und Elfenbein verziert. Sechs weitere Lakaien bringen für jeden der Männer ihr Reisekleid. Alles von gutem Stoff, Samt und Seide. Die Geschenke werden vor den Expeditionsteilnehmern abgelegt, während der Kurfürst und König wieder das Wort ergreift: „Wir haben die Anordnung erlassen, Dr. Hebenstreit, dass Er die nötigen Medikamente aus Unserer Hofapotheke verabfolgt bekommt. Zur Vergütung des Fortkommens und der Transportkosten werden Ihm täglich zwei Taler Diäten ausgesetzt. Den anderen täglich 16 Groschen. Durch ein Reskript vom 20. Oktober 1731 haben Wir die Zahlung von 2000 Talern in bar an Ihn angeordnet, so wie die Zustellung von Kreditbriefen auf 10.000 bis 12.000 Taler durch das Handlungshaus Albrecht und Piper in Leipzig. Wir denken, damit ist Er mit dem Nötigsten für seine Reisegesellschaft versehen." Wieder neigen sich sechs dankbare Köpfe, über deren gebeugten Rücken des Kurfürsten und Königs abschließende Worte rollen: „Die Audienz ist beendet!"

Hinter Hebenstreit und seinen Männern hat sich die Tür noch nicht ganz geschlossen, da eilt Sachsens Kurfürst, so schnell es seine von der Gicht geplagten Füße zulassen, an einen Kabinettschrank. Er holt ein Pergament hervor, das er jetzt aufrollt, wobei er Heucher energisch zu verstehen gibt, der möge zu ihm an den Tisch treten. Das Pergament ist eine Weltkarte. Die mit kostbaren Ringen geschmückte königliche Hand zeigt auf Afrika, während der König mit Neid in der Stimme seinem engsten Vertrauten erklärt: „Hier hat Frankreich Kolonien und in Übersee hat es auch Kolonien! Und welche Kolonien besitzt die sächsisch-polnische Union?"

„Keine, Majestät", erklärt kleinlaut der Leibarzt.

Der König bestätigt die Antwort mit einem wütenden Nicken, lässt die Karte los, so dass diese surrend zusammenrollt, nimmt sie in die Hand und gestikuliert mit ihr gegen Heucher: „Das werden Wir ändern. Aber die Katze im Sack kaufen würde nicht mal mein Hofnarr Josef Fröhlich. Unsere Afrika-Expedition wird Uns unter dem Deckmantel wissenschaftlicher Forschung genauesten Bericht geben über die Länder, die sie bereist.

Wir wollen wissen, wie arm oder reich sie sind, welche Rohstoffe können Sachsen und Polen dort finden und holen? Hebenstreit soll Uns genaues Kartenmaterial zukommen lassen. Wir wollen wissen, wie der Zustand der Häfen ist, in denen die Expedition anlegt."

Friedrich August fragt Heucher verschwörerisch: „Sind die Türken, die die arabischen Mittelmeerländer beherrschen, wirklich so stark, wie es den Anschein hat? Oder doch eher schwach, so dass Wir sie nach Konstantinopel zurück scheuchen können, wie es mein Vater, Kurfürst Georg III., erfolgreich vor Wien zustande gebracht hat!"

Der Kurfürst von Sachsen geht neuerlich zum Kabinettschrank, wo er die Weltkarte wieder verschließt, dreht sich jetzt um und sieht den Leibarzt triumphierend an, wohl auch, um ein Lob für seine Visionen zu hören. Doch Heucher ist Realist. Ruhig spricht er zu seinem König: „Majestät haben schon immer ins Große gedacht. Majestät haben viel erreicht. Das königliche Vertrauen, das Majestät mir entgegenbringen, ehrt mein Herz. So wie Majestät seine wahren Absichten offenbaren, habe ich die Afrika-Expedition nicht im Auge gehabt. Aber Majestät denken logisch und imperial weit voraus. Frankreichs Gier nach Kolonien kennt keine Grenzen, auch die Holländer, Briten, Spanier und Portugiesen teilen die Welt unter sich auf. Und wo bleibt Sachsen, wo Polen, das fragen sich Majestät zu Recht."

Heucher macht eine Pause, bevor er seine Gedanken weiter vor seinem Herrn ausbreitet: „Die Afrika-Expedition wird also nicht nur exotische Tiere kaufen, Pflanzen sammeln und die Physiognomien fremder Völker zeichnen. Sie wird ein erster Schritt im Namen Eurer kurfürstlichen und königlichen Majestät, sich nicht mehr nur mit den Brotsamen vom Kuchen der Welt abfinden zu wollen!"

Ein Lächeln zieht über das Gesicht des Kurfürsten von Sachsen und Königs von Polen, welcher von Heuchers Ausführungen beeindruckt ist, bevor er antwortet: „Er versteht mich, Heucher.

Wir wissen, Er kann schweigen. Was Er hier und heute gehört hat, verlässt niemals diesen Raum!“

Am Abend sitzt Christian Gottlieb Ludwig bei einer Kerze im Zimmer seines Wirtes, kaut auf der Feder und überlegt, was er seinem Freund, dem Schriftsteller, Kritiker, Literaturprofessor und Rektor der Leipziger Universität Johann Christoph Gottsched, aus Dresden schreiben soll. Gottsched, 31 Jahre jung, fasziniert Ludwig. Er unterstützt dessen Kampf um Bildung und Erziehung. Auch sind beide Freunde der Theatertruppe um Caroline Neuberin, die den Hanswurst von der Bühne vertreiben und auf den Brettern, die die Welt bedeuten, eine neue Ordnung schaffen will: eine strenge Einheit der Zeit, des Ortes und der Handlung. Ludwig bewundert Gottsched auch um dessen Bemühungen, Grundlegendes in der Ästhetik zu leisten, vor allem für das deutsche Drama, dessen Aufgabe er in der vernünftigen Aufklärung, Belehrung und Besserung der Bürger sieht. Neben dem Briefpapier liegt auf dem Tisch das neueste Werk Gottscheds „Versuch einer kritischen Dichtkunst vor die Deutschen“. Es ist erst vor einem Jahr erschienen.

Gottsched hat es Ludwig bei mehreren Krügen Bier im Leipziger Café Baum verehrt und erklärt: „Lies es in Ruhe, Christian. Ich habe es verfasst als eine theoretische Grundlage für mein literarisches Reformwerk. Ich bin zwar seit 1725 Vorsitzender der Deutschübenden poetischen Gesellschaft, aber solch ein Amt wird zum leeren Eimer, wenn man es nicht immer wieder mit Geist füllt. Die sittliche Bildung des Bürgertums, darauf kommt es an, Christian. Das ist es, wofür wir kämpfen müssen!“

Gottsched nimmt einen großen Schluck aus dem Bierseidel und bemerkt enttäuscht: „Hörst du mir überhaupt zu? Wo sind deine Gedanken?“

Ludwig greift auch zum Krug und meint nüchtern: „Meine Gedanken sind in Afrika.“ Gottsched setzt seinen Krug hart auf den Tisch und fragt verblüfft: „Afrika? Was willst denn du in den Wüsten von Afrika?“

Ludwig lacht auf und antwortet: „Ich würde ja gerne in deiner Nähe bleiben, Johann, aber unser König hat eine Expedition zusammengestellt. Der Mediziner Hebenstreit soll sie leiten und mich will er halt unbedingt dabei haben."

Gottsched kann es nicht fassen: „Und warum?"

Christian Gottlieb Ludwig trinkt noch einen Schluck und vermutet: „Zwei Mediziner in der Wüste sind eben besser als nur einer."

Ludwig schiebt seine Erinnerung an Gottsched und auch dessen Buch beiseite, um Platz für einen Brief zu schaffen, in welchem er dem Freund kurz mitteilt, wie die Dinge stehen. Er taucht die Gänsefeder ins schwarze Tintenfass und schreibt mit schöner Schrift: „Lieber Johann, was unsere Reise anbetrifft, so wird alles besorgt, und ich zweifle nicht an einem guten Fortgang. Der Herr von Brühl, welcher Geheimer Rat geworden ist, ist unser Protecteur Ministre, woraus man schon schließen kann, dass dem König an der Reise sehr viel gelegen ist. In treuer Freundschaft – Dein Christian!

PS: Die beiliegenden Reiseinstruktionen vom 19. Mai 1731 folgen Hebenstreits Vorschlägen."

Er faltet den Brief, steckt ihn in ein Kuvert, klebt ihn zu, versiegelt ihn und schreibt auf das Kuvert: An die Universität Leipzig, Rektor Prof. Johann Gottfried Gottsched. Dann steckt er ihn in seine lederne Tasche und sagt laut in die Stille: „Ich will nicht vergessen, ihn morgen in die Post zu geben!"

Die Sonne schläft noch an diesem 30. Oktober 1731 – aber im Hof der Universität Leipzig wiehern aufgeregt vier Pferde vor drei Kutschen, die, hoch beladen mit großen Koffern und Kisten, auf den Ruf zur Abfahrt warten. Rund um die Reisegesellschaft erhellen Fackeln den Universitätshof und werfen die Schatten von Hebenstreit, Ludwig, Ebersbach, Schultz, Buchner und Schuberth an die Wand. Auch Professor Johann Christoph Gottsched ist zugegen, um seinem Freund Christian Gottlieb Ludwig mit einer Prise Ironie ein Lebewohl zu sagen: „ Ich bewundere deinen

Mut, Christian, wenn du jetzt in die Kutsche steigst, mit dem Ziel, die Flora und Fauna Afrikas zu erforschen. Spätestens im Hafen von Marseille kannst du dir noch überlegen, ob es nicht doch besser wäre, wieder zurück an die Pleiße zu kommen. Über Reiseerfahrungen verfügst du nicht, und das Fangen von wilden Tieren wurde dir auch nicht in die Wiege gelegt. Hast du gar keine Angst vor dem Abenteuer, in das du dich begibst?"

Ludwig schaut seinen Freund ob seiner Bedenken nachdenklich an, zieht aus seinem Rock ein Briefkuvert und drückt es ihm in die Hand. Ludwig sagt dazu: „Den Brief habe ich dir gestern, nach unserer Audienz bei unserem Kurfürsten und König von Polen, in Dresden geschrieben. Gut, dass ich vergessen habe, ihn in die Post zu geben. Dass du zu so früher Stunde zu meinem Abschied kommst, zeigt mir, dass ich in dir einen wahren Freund habe. Und es berührt mich, dass du versuchst, in mir Zweifel an dieser Reise zu säen. Aber ich habe mich entschieden, Johann, und es gibt jetzt kein Zurück mehr, auch weil ich davon überzeugt bin, dass im Vordergrund dieser Reise sehr schnell ein wissenschaftliches Gepräge unsere Expedition bestimmen wird. Wir werden ja nicht nur einen Vorrat von seltenen Kräutern und Tieren erwerben. Es geht ja auch um Land und Leute, um ihre fremden Kulturen, Sitten und Gewohnheiten, über die wir so gut wie nichts wissen. Ich bin aber begierig, mein Wissen zu erweitern. Die Frage hat mich schon immer interessiert: Was ist hinter dem Horizont, wie leben die Menschen dort, wie sieht ihre Welt aus? Ja, und was das Risiko einer solchen Unternehmung betrifft, das gilt es halt in Kauf zu nehmen. Doch hoffe ich auch auf Gottes Schutz." Von seinen eigenen Worten aufgewühlt, umarmt Ludwig seinen Freund, küsst ihm die Wange, während Hebenstreit dazwischen geht und ruft: „Es geht los, steig Er ein, Herr Ludwig. Wir wollen vor Sonnenaufgang aus der Stadt sein!"

Sächsisches Curiositäten-Cabinet, No. XXXIX

Dresden, 31. Oktober 1731

Von der Ihro Königlichen Majestät in Pohlen nach Africa abgeschickten Gesellschafft, die natürliche Sachen daselbst aufzusuchen.

Es ist die auf Ihro Königliche Majestät in Pohlen und Churfürstlichen Durchlauchtigkeit zu Sachsen allerhöchsten Befehle nach Africa gehende Gesellschaft nach gehabter Audienz von hier abgereist. Dieselbe besteht aus sechs Personen, deren Director Johann Ernst Hebenstreit, der Philosophie und Medicin Doctor, wie auch der Kayserlichen Leopoldinischen Academie Mitgliede, einem Adjuncto Christian August Ebersbachen, Medicinae Candidato, zwyen Studiosis Medicinae, Christian Gottlieb Ludwigen und Zacharias Philipp Schultz, einem Studioso Juris, Johann Heinrich Büchnern, und einem Mahler, Christian Friedrich Schuberten. Höchst-gedachte Ihro Königliche Majestät sind gesonnen, durch diese Absendung alles Merckwürdige der Natur und Kunst, in dem nach seinen Seltenheiten noch nicht genugsam beschriebenen Africa untersuchen zu lassen. Und gehet derselben Haupt=Absicht dahin, die möglichsten Arten derer Thiere lebendig oder in Häuten und Esgweletten, oder auch gemahlet zu überkommen, wie auch in allen Reichen der Natur Untersuchungen anzustellen. Es werden demnach solche von Marseille nach Algier, Tunis und Tripoli durch die Reiche Dero Barbarey nach Senegal Guinea und dem Vor=Gebürge der guten Hoffnung, und von dar weiter ihre Reise fortsetzen, und demnach durch hoher Puissancen Beyhülfe alle Sicherheit verschaffet worden, auch von Ihro Königlichen Majestät hierzu ein ansehnliches Quantum bestimmet ist, und endlich an der Fähigkeit derer in dieser Gesellschaft stehenden nicht zu zweiffeln, als verspricht sich das Publicum von diesem Unternehmen viel Gutes, gleichwie es nicht anders, als zu Ihro Königlichen Majestät unsterblichen Nach=Ruhm gereichen kann.

So wird denn dasjenige, was ehemals Ihro Majestät dem gros-

sen König von Franckreich Ludewig dem XIV. verewiget, auch Ihro Königliche Majestät von Pohlen unsterblich machen: Denn es ist doch von dem Ersteren bekandt, daß er in die entlegensten Theile der Welt gelehrte und erfahrene Leute ausgeschicket, damit sie über alles dasjenige, was ihnen auffstossen, und sie besonders observieren möchten, ihre Anmerckungen machen, ingleichen die Sachen selbsten in Natura herüber bringen möchten, und also die Natur, Wissenschafft und die natürliche Historie derer entferntesten Länder nicht wenig befördern möchten. Und so blühen auch unter dem Könige von Pohlen, Augusto, wie alle anderen Wissenschafften, also auch die curieuse Untersuchung der natürlichen Seltenheiten der gantzen Welt, so, daß seine Regierungs=Zeit allerdings vor dieselbe eine güldene Zeit genennet werden mag.

Die drei sächsischen Kutschen rollen gemächlich durch das Badener Land auf Karlsruhe zu. Hebenstreit und Ludwig haben die Wagenfenster herunter gelassen, denn obwohl es bereits Anfang November ist, weht warme Luft in die Kutsche.

„Es ist eben ein Land des Weines", registriert Ludwig. „Bei uns in Sachsen liegt bestimmt schon Schnee." Hebenstreit nickt ihm zu und meint: „Auf Eis und Schnee werden wir wohl in Afrika verzichten müssen." Worauf Ludwig fragt: „Wie ist das eigentlich gedacht mit den wilden Tieren? Werden wir sie kaufen oder müssen wir sie jagen? Ich bin ja mehr Botaniker als Jäger. Jedenfalls stelle ich mir das nicht so leicht vor, einem Löwen auf die Pfoten zu treten."

Hebenstreit lacht über dieses Bild seines Reisegefährten und erklärt: „Unserem Kurfürsten wurden bisher wilde Tiere stets geschenkt. Zum Beispiel 1731 erhielt er vom König von Schweden einen Löwen, zwei Löwinnen, einen Tiger und eine indianische Katze. Die Tiere waren ihm vom Bey von Algier geschenkt worden und kamen über Lübeck nach Dresden. Falls der Bey noch lebt, werden wir ihn sicher in Algier kennen lernen. Das Tollste passierte im Dezember 1722 – da brachte ein türkischer Bojar einen Büffel-Ochsen nach Dresden, von dem man behauptete, dergleichen noch nie gesehen zu haben. Der Büffel war von weißer Farbe und über und über behaart. Dieser Türke soll ein ganzes Jahr in der Welt herum gereist sein, ehe er den Büffel gefunden, von dem er behauptete, das in ganz Europa und Asien, ja in der ganzen Welt so ein Tier nicht mehr anzutreffen sei."

Ludwig, fasziniert: „Woher weiß Er das alles?" Hebenstreit, lächelnd: „Das hat mir der Leibarzt unseres Kurfürsten erzählt. Er wusste auch, dass der Büffel vom Fürsten Jowan Woywod Cordinat für teures Geld gekauft wurde. Er hat das Tier zwei Jahre behalten. Dann hat er den Büffel unserem Kurfürsten geschenkt, der das weiße Monster in den Jägerhof bringen ließ."

„Und wie werden wir es halten?", drängt Ludwig. Hebenstreit zuckt mit den Schultern und antwortet salomonisch: „Eine gute Frage, die ich leider nicht beantworten kann. Denn wie Er, mein lieber Ludwig, war auch ich noch nie auf dem afrikanischen Kontinent. Wir werden wohl die Dinge so nehmen müssen, wie sie auf uns zukommen. Es ist halt ein Abenteuer mit ungewissem Ausgang, auf das wir uns da einlassen."

DER GARTEN DES MARKGRAFEN

Karlsruhe, 13. November 1731

Über die Mittelachse zum Schloss von Karlsruhe rattern drei Reisekutschen, deren Türen das sächsisch-königliche Wappen von August dem Starken zieren. In den zwei vorderen Chaisen sitzen Hebenstreit und sein Reisegenosse Ludwig. Die dritte Kutsche ist ein größerer Packwagen, auf dem die Utensilien für die Afrika-Expedition fürsorglich verstaut sind. Die Kutscher zügeln ihre Pferde zu einem langsameren Gang, denn was die Augen der Reise-Gesellschaft links und rechts aus den Kutschen heraus wahrnehmen, scheint wundersam. Die Fahrt führt durch den hochfürstlichen Lustgarten, wobei die Mittelachse von einem Blumen-Parterre geziert wird. Die verblühten Rosen ersetzen violette, rote, weiße und rosa Fuchsien, leuchtende Herbstastern, Geranien und Chrysanthemen. Sie sehen Blumen-und Glashäuser, Volieren und Grotten, Treibhäuser mit exotischen Pflanzen hinter hohen Glasscheiben. Kostbare Baulichkeiten tauchen auf: Eichenpfosten als vasentragende Hermen-Pilaster. In den Beeten stehen Gartenhäuschen. Durch ihre Fenster schimmern goldgelbe Fayencen aus Nimwegen und weiß-blaue Delfter Porzellanplatten. Aus der Alten Orangerie tritt jetzt, dreißig Jahre jung, Hofgärtner Christian Thran und winkt den Ankömmlingen einen Willkommensgruß zu. Die Kutscher ziehen die Zügel straff, so dass die Pferde zum Stehen kommen. Selbstbewusst steht der Hofgärtner des Markgrafen Karl Wilhelm von Baden-Durlach vor der Alten Orangerie, um nun die Reisegesellschaft sehr herzlich zu begrüßen:

„Wie war die Fahrt?“ will Thran von Hebenstreit wissen. Der lacht nur und meint: „Wir haben immer an den guten Badener Wein gedacht, der uns hier hoffentlich erwartet. Bei solchen Gedanken verging die Zeit nicht wie eine Schnecke, sondern im Fluge!“

Zwischen den beiden gleichaltrigen Männern herrscht sofort Sympathie. Christian Thran macht eine einladende Geste gegenüber den Männern der sächsischen Reisegesellschaft, die sich rund um ihn herum einen Platz gesucht haben und neugierige Blicke auf Thran werfen, der mit ihnen nach Afrika fahren wird.

„Der Tisch ist gedeckt", verkündet Christian Thran, „der Wein ist gekühlt. Mein Markgraf Karl Wilhelm von Baden-Durlach freut sich sehr auf Euch sächsische Abenteurer!"

Thran führt die erwartungsvollen Gäste nun zu einem sehr merkwürdigen Haus, das er Hebenstreit als „vierzehneckiges Gebäude" erklärt. Als die Gruppe im Erdgeschoss eintritt, tönt ihr vielstimmiges Gezwitscher aus großen Vogelkäfigen entgegen. Da fliegen schwarz-weiß-rot gefiederte Breitrachen neben den Juwelen des Waldes, den Pittas, mit ihrem mehrfarbigen, seidig glänzenden Gefieder, Schnurrvögel mit roter Kappe machen auf sich aufmerksam, konkurrieren mit den Schmuckvögeln, die in ihrer Pracht nur noch von den Paradiesvögeln übertroffen werden. Der braune Andenfelshahn präsentiert sich in seiner Balzarena. Singvögel im bunten Kleid geben ein Konzert zwischen Palmen, Orangenbäumen und gewaltigen Kakteen. Die Männer um Hebenstreit kommen aus dem Staunen nicht heraus, und Christian Thran lässt ihnen Zeit zur Bewunderung dieser exotischen Welt. Durch die Gitter des Vogelkäfigs schaut mit blauen Augen und blauen Federn ein Seidenlaubvogel neugierig auf die sächsischen Besucher. Eine schwarz-weiße Würgerkrähe krächzt, und eine Elster flattert von Ast zu Ast. Die Tannenmeise, mit grauem Rücken, schwarzem Kopf und großen weißen Wangenflecken zupft an einem Nadelbaum und lässt sich von einer Lerche im schlichten braunen Gefieder ein Lied vorsingen. Zaunkönige hüpfen über den Boden ihres Vogelkäfigs, und über die Köpfe der Reisegesellschaft fliegen, laut schreiend, farbenprächtige Papageien und Sittiche von Palme zu Palme.

Es gäbe noch viel zu sehen, aber Christian Thran drängt jetzt seine Gäste, ihm in das Obergeschoss zu folgen. Türen öffnen sich zu einem großen Salon, in dessen Mitte ein wärmendes Kaminfeuer knistert. Die Decke ist mit reichem Stuck und Wandmalereien verziert, die exotische Länder darstellen. Hebenstreit und seine Männer sind ein wenig verwundert, dass es in diesem Salon zwar acht Stühle gibt, die um einen imaginären Tisch herum stehen, aber von einem Tisch ist weit und breit nichts zu sehen. Thran genießt die fragende Verunsicherung, die sich auf den Gesichtern ausbreitet, ist doch beim Empfang Brot und Wein versprochen worden.

Nun betritt der 52 Jahre alte Markgraf Karl Wilhelm von Baden-Durlach den Saal und schaut neugierig auf die im leeren Salon stehenden Männer. Hebenstreit sieht einen wohlbeleibten Mann mit wachen Augen und vom Rotwein gefärbten Wangen. Er vermutet, ein Mitarbeiter von Hofgärtner Thran komme hinzu, denn der Markgraf ist ganz einfach gekleidet: schwarze Hose, ein schönes, spitzenverziertes weißes Hemd und eine rote, seidene Weste. Er trägt nicht mal eine Perücke, und sein blondes Haar zeigt noch keine grauen Strähnen.

Hofgärtner Thran verbeugt sich und klärt Hebenstreits Irrtum auf mit den Worten: „Exzellenz, darf ich vorstellen: die Afrika-Expedition aus Dresden, mit Dr. Johann Ernst Hebenstreit als Leiter derselben.“

Hebenstreit geht einen Schritt voran, um sich vor dem Markgrafen zu verneigen, aber dieser schüttelt ihm gang unkonventionell die Hand und sagt herzlich: „Willkommen in Karlsruhe!“

Thran fährt fort: „Stellvertretender Expeditionsleiter ist Christian Gottlieb Ludwig. Auch ein Diener der Medizin!“

Der Markgraf nimmt ihn bei den Schultern und sagt: „Es freut mich, so einen tüchtigen jungen Mann aus Leipzig kennen zu lernen. Mein Hofgärtner“, er schaut anerkennend auf Thran, „hat mir schon viel von Seinen medizinischen Kenntnissen erzählt!“

Ludwig wird es leicht heiß unter seinem Reisekostüm. Dankbar für das unerwartete Lob lächelt er dem Markgrafen zu, aber dieser lobt weiter:

„Wie mich mein Hofgärtner wissen ließ, hat Er eine besondere Neigung zur Naturgeschichte, vornehmlich im reizenden Fache der Botanik, und Er soll mit einem vortrefflich logisch denkenden Kopfe versehen sein?"

Der Markgraf genießt Ludwigs Verlegenheit und schließt gönnerhaft: „Nach seiner Rückkehr aus Afrika wird Er bestimmt Professor in Leipzig!"

Der Markgraf wendet sich dem Rest der sächsischen Reisegesellschaft zu und fragt freundlich: „Und wer seid Ihr?"

Sofort tritt Schultz selbstbewusst aus der Reihe und spricht: „Wir danken seiner Exzellenz, dem Markgrafen von Baden-Durlach, dass er uns die Ehre seiner Anwesenheit schenkt. Mein Name ist Zacharias Philipp Schultz. Neben mir steht Adjunkt Christian August Ebersbach, ein Kandidat der Medizin. Neben ihm, das ist Johann Heinrich Buchner, ein Studiosus Juris, und unser Maler in Afrika ist Christian Friedrich Schuberth."

Bei Letzterem wird der Markgraf ganz munter, er ruft Schuberth zu: „Ein Maler? In Afrika? Fantastisch, da muss Er für mich Blumen und Pflanzen zeichnen. Ein Maler in Afrika! Das muss gefeiert werden!"

Der Markgraf klatscht in die Hände, und nun geschieht ein kleines Wunder. Vor den Augen der sächsischen Reisegesellschaft öffnet sich der glatte Parkett-Boden, und aus der Tiefe taucht eine Tafel auf, die alle in größtes Staunen versetzt: Ein gewaltiges Blumenbukett ziert die Mitte des Tisches. Auf silbernen Schüsseln liegen gebratene Tauben, Hühner und Fasanen, wobei letztere mit ihren bunten Federn geschmückt sind. Blitzende Kristall-Champagner-Gläser spiegeln sich in den auf der Tafel in vergoldeten Leuchtern brennenden Kerzen. Hebenstreit sieht schon von weitem, dass das Speiseservice mit dem weiß-blauen Zwiebelmuster aus Meißner Porzellan ist, denn auf einem mittelgroßen Pferd aus ebenfalls Meißner Porzellan reitet ein porzellanener Kurfürst von Sachsen mitten über die Tafel als Zeichen der beiden für die Afrika-Expedition verbündeten Fürsten. Alles ist so prächtig, dass die Sachsen wie betrunken ihre Plätze einnehmen, wozu sie jetzt vom Markgrafen aufgefordert werden. Und wieder klatscht der Markgraf in die Hände. Die Türen zum Salon öffnen sich, und Lakaien strömen herein mit Tabletts, auf denen silberne Champagnerkübel schwanken.

Die Dienerschaft stellt sich hinter die Tafelrunde und beginnt, die Flaschen zu entkorken – so geschickt, dass alle Korken auf einmal in die Höhe schießen. Auf dieses Champagner-Feuerwerk haben vor dem Salon weitere Bedienstete gewartet, die jetzt in den Salon treten. Jeder trägt ein großes Bild mit Tulpen in den Händen, setzt es an den Wänden ab, und in wenigen Minuten hat sich der Salon in einen Tulpen-Gartensaal verwandelt, dessen Farbenpracht den Sachsen regelrecht den Atem nimmt. Die Diener verschwinden so geräuschlos, wie sie gekommen sind.

Die Türen schließen sich, und in die eingetretene Stille erhebt der Markgraf sein Champagnerglas, steht auf und beginnt eine Rede: „Es lebe Sachsen, Glück und Segen seinem Kurfürsten Friedrich August II. und König von Polen. Wir sind schon lange im Gespräch darüber, kluge Männer der Wissenschaft und Kunst gemeinsam auf eine Expedition nach Afrika zu senden. Wir sind beide an allem Exotischen interessiert. Wir vielleicht mehr an Blumen und Pflanzen, seine königliche sächsisch-polnische Majestät eher an exotischen Tieren für seine künftige Menagerie auf Schloss Moritzburg. Wir denken und glauben, dass in der Natur Gott wohnt, und er uns in seiner unendlichen Schöpferkraft vor Augen hält, welche Wunder Mutter Natur dem Menschen schenkt. Wir können sie nutzen, aber wir müssen sie auch erhalten. Eine Blume erblüht, doch jeder fühlt, sie verwelkt zu früh. Deshalb haben Wir Unseren Blumenmalern Philipp Andreas Eichroth und Johann Ziegler den Auftrag erteilt, ein Karlsruher Tulpenbuch zu gestalten."

Der Markgraf weist mit der rechten Hand auf die an den Wänden des Salons aufgestellte Tulpen-Galerie und erklärt stolz: „Das Karlsruher Tulpenbuch enthält 6000 Pflanzen-Aquarelle, davon sind 5300 Tulpen gewidmet, weil dies meine Lieblingsblume ist.“

Die Augen von Christian Friedrich Schuberth schweifen über die Tulpen-Porträts und bleiben fasziniert an einer besonders schönen Tulpe hängen, so dass es ihn drängt zu fragen: „Pardon, markgräfliche Exzellenz, darf ich fragen, welche Hand diese wunderbare Blume geschaffen hat?“

Der Markgraf ist über die Frage sichtlich erfreut. Seine Antwort klingt enthusiastisch: „Diese bizarr geformte Papageientulpe, das Aquarell-Blatt trägt die Nummer 14 in unserem Tulpenbuch, es wurde von der Hand unseres Garteninspektors August Wilhelm Sievert geformt. Er ist in Unserer Markgrafschaft wohl der bekannteste Blumenmaler. Seine Kunst wird von Uns sehr geachtet!“

Christian Friedrich Schuberth klatscht begeistert in die Hände, was die Reisegesellschaft von den Stühlen reißt, um dem Markgrafen nun ihrerseits Beifall für sein Blumen-Mäzenatentum zu zollen. Selbiger fühlt sich animiert und erzählt mit ehrlicher Begeisterung: „Wir haben alle Quartiere des vorderen großen Schlossgartens mit Blumenflor geschmückt. Im Frühling mit zahllosen Tulpen, die sonst nirgends zu sehen sind, aber auch mit Narzissen, Hyazinthen, Tazetten, Jonquillen, Tuberosen, Anemonen, Ranunkeln wie auch Grasblumen, Aurikeln, Primeln, Levkojen und natürlich Rosen in allen Farben. Die seltensten Pflanzen und Blumen haben Wir abzeichnen und kolorieren lassen. Wenn Uns nicht alles täuscht, ist es Uns gelungen, die besten Pflanzenzeichner an Unseren Hof zu holen, welche für Uns die Natur trefflich und musterhaft abgebildet haben. So haben Wir viele Blumen-Folianten in größter Vollkommenheit und Zierde Uns zur Freude und für die, die nach uns kommen, schaffen lassen!“

Der Markgraf schwenkt übermütig sein Champagnerglas und ruft: „Trinken wir auf die Geschenke Gottes, die um uns sind, und auf die, welche Ihr, verehrte Herren, in der vom Kurfürsten von Sachsen und König von Polen wie von unserer Markgrafschaft in Auftrag gegebene Afrika-Expedition entdecken werdet!"

Die Tafelgesellschaft verliert zusehends alle Scheu vor der markgräflichen Macht, von der sie so viel zu hören bekommen. Man prostet sich zu, trinkt und lässt sich die Köstlichkeiten der Speisen auf die Meißner Porzellanteller servieren, während nicht nur den Sachsen das Wasser im Mund zusammen läuft, denn Hunger und Durst sitzen mit am Tisch.

„Weiß Er denn schon so ungefähr", will der Markgraf von Hebenstreit wissen, „wie die Reiseroute verlaufen soll?"

Johann Ernst Hebenstreit wischt sich sorgfältig mit einer seidenen Serviette den Mund ab, bevor er antwortet: „Wir reisen morgen, am 14. November 1731, in aller Frühe von Karlsruhe nach Basel in die Schweiz und gehen dort über Solothurn und Büren nach Lausanne."

Der Markgraf ist ganz Ohr – so wie alle Teilnehmer der sächsischen Reisegesellschaft.

„Vom schweizerischen Genf reisen wir ins französische Lyon", fährt Hebenstreit fort, „weiter nach Orange, Avignon und von dort nach Marseille."

Hofgärtner Thran sieht sich schon unterwegs und fragt gespannt, was nicht nur ihn interessiert: „Was glaubt Er, Hebenstreit, wie viele Tage werden wir von Karlsruhe bis Marseille brauchen?"

Hebenstreit überlegt und antwortet ruhig: „Ich denke, an die 30 Tage müssen wir schon rechnen."

Der Markgraf ruft begeistert: „Sächsische Weihnacht in Marseille, da wären Wir gerne dabei!" Er wendet sich an seinen Hofgärtner: „Sag Er, Thran, wird Er schon in Europa Pflanzen erkunden und sammeln oder erst in Afrika damit beginnen?"

Hofgärtner Christian Thran schüttelt energisch den Kopf und antwortet: „Da können Herr Markgraf sicher sein. Schon am ersten Tag unserer Reise werde ich die Augen richten auf Abrotanum, Absynthium oder Adianthum verum!"

Der Markgraf trinkt genussvoll das Champagnerglas leer und fragt seinen Hofgärtner: „Dafür gibt es doch gewiss auch eine deutsche Bezeichnung?"

Thran nickt: „Diese Pflanzen kennt doch jeder: Wermut, Absint und Venushaarfarn."

Die letztere Übersetzung amüsiert den Markgrafen. Er schlägt sich mit der Hand leicht an die Stirn und verkündet: „Meine Herren, Venushaarfarn! Davon haben meine Chorsängerinnen nicht wenig. Aber wenn sie singen, vergisst man das fast, denn ihre Stimmen gleichen Engelsharfen."

Er sieht die gespannten Gesichter und meint entschuldigend: „Solche Karnevalsfestlichkeiten wie Wir sie am Hofe des sächsischen Kurfürsten und Königs von Polen erleben durften, können Wir in Karlsruhe nicht bieten. Auch haben Wir keine Löwen, Leoparden, Tiger und Affen in unserer Menagerie. Wir halten Uns aber etwas anderes Ansehnliches für die Lust Unserer Augen. Und Wir hoffen, Sie finden daran Gefallen!"

Der Markgraf klatscht jetzt wiederum in die Hände. Die Türen öffnen sich und herein strömen zwanzig Chormädchen. Eine Schönheit nach der anderen stellt sich vor der Männer-Tafel auf, alle in weißen Kleidern mit roten Schärpen. Und obwohl wir den Monat November schreiben, hat jede eine andere Blume im Haar. Die sächsische Reisegesellschaft weiß gar nicht, wo sie zuerst hinschauen soll bei diesem Blütenmeer weiblicher Reize. Der Markgraf genießt sichtlich die gelungene Überraschung mit den Mädchen, von denen keines älter als 25 Jahre ist. Eine aber schon: Die Chorleiterin tritt aus der Gruppe und hebt die Hand, so dass im Salon Stille einkehrt.

Sie schaut den Markgrafen an, und ihre Blicke verraten, dass beide gelegentlich nicht nur den Tisch, sondern auch das Bett miteinander teilen. Ihr straffer Busen hebt sich unter ihrem weißen Seidenkleid, während sie verkündet: „Wir haben lange beraten, was wir zur Freude dieser mutigen Männer singen! Wir haben es uns nicht leicht gemacht. Die Proben waren lang und schwer. Denn, obwohl es ein erotisches Stück von Monteverdi ist, das macht die Noten nicht einfacher!“

Das kann die Reisegesellschaft gut nachvollziehen und schenkt dem Engelschor einen ersten Beifall.

„Die Komposition heißt ‚Ah ‚dolente partita!‘“ erläutert die Chor-Leiterin, „das heißt auf Deutsch ‚O schmerzhaftes Spiel!‘ Der Text stammt von Giovanni Batista Guarini: Wehe, wenn ihr so sehr liebt. Ja, dass ich am liebsten sterben würde!“

Jeder der Männer hat in diesem Moment seine eigenen Bilder vom Abenteuer der Liebe im Herzen, und jeder weiß: Zur Liebe gehören auch Trennung oder Schlimmeres, sogar der Tod. Die Chorleiterin knickst vor dem Markgrafen, welcher die Hand hebt, auf dass Gesang erklinge. Die Klarheit der Mädchenstimmen begleiten die Teilnehmer der sächsischen Afrika-Expedition bis in die Träume im nächtlichen Schloss von Karlsruhe, das sie morgen Richtung Schweiz – leider – verlassen müssen.

Doch Christian August Ebersbach hat es sich anders überlegt. Kurz nach Mitternacht steigt er aus seinem Bett und beginnt, den Reisekoffer zu packen. Von den Geräuschen erwachen Zacharias Philipp Schultz, Johann Heinrich Buchner und Christian Friedrich Schuberth, die mit Ebersbach das Schlafgemach teilen. Sie reiben sich die Müdigkeit aus den Augen, zünden Kerzen an, die auf einem Tisch in der Mitte des relativ großen Raumes stehen und schauen fragend auf den seinen Koffer füllenden Ebersbach. Dieser setzt sich jetzt auf sein Bett und erklärt kategorisch: „Ihr müsst ohne mich nach Afrika! Diese Expedition ist Wahnsinn. Bis zum Kap der Guten Hoffnung will uns der Kurfürst von Sachsen schicken. Ich glaube, dieser größenwahnsinnige König von Polen, er hat sich die Landkarte von Afrika gar nicht angesehen und meint wohl, wir machen einen Spaziergang von Dresden nach Meißen!“

Ebersbach steigt das Blut in die Wangen, er hat sich in Rage geredet, während Schuberth warnt: „Christian, wie sprichst du denn von unserem Kurfürsten. Dafür kommst du glatt auf die Festung Königstein."

Aber Ebersbach ist mit seinem Zweifel am Sinn dieser Reise nicht allein, denn Schultz, er ist der große Schweiger unter den vier jungen Männern, setzt sich jetzt an den Tisch, nimmt den Kopf schützend in die Hände, während er leise sagt: „Die Festung Königstein ist keine schlechte Alternative. Da gibt es Wasser und Brot. Ich bin mir nicht sicher, ob wir beides in den Wüsten Afrikas immer finden?"

Christian Friedrich Schuberth sieht entsetzt auf seine offenbar zur Demission entschlossenen Reise-Kameraden und beginnt dagegen eine flammende Rede. „Seid ihr denn alle verrückt geworden ", klagt er an, „wollt ihr denn wirklich zurück in euer langweiliges Sachsen, wo sich Hase und Fuchs Gute Nacht sagen und die Protestanten mit den Katholiken nicht reden. Wollt ihr wirklich auf die große Freiheit eures Lebens verzichten und all eure Tage auf der Elbe herum rudern, statt den Stürmen des Meeres zu trotzen? Seid ihr Männer oder Waschweiber? Ihr habt dem König euer Wort gegeben, jetzt haltet es auch, verdammt noch mal!"

Die Männer senken die Köpfe, nur Johann Heinrich Buchner hebt den seinen. Das Kerzenlicht vergoldet Buchners blonde Lockenpracht. Er faltet die Hände und sagt entschlossen: „Wir sind alle nicht verheiratet. Wir haben keine Kinder. Und wenn ich richtig zugehört habe auf der bisherigen Reise von Dresden nach Karlsruhe: Jeder von uns hat erzählt, dass wir das Risiko einer Afrika-Expedition ausführlich mit Vater und Mutter besprochen haben. Dass wir Gott darum bitten, dass er unsere Gebete nicht verwirft, wenn wir um Hilfe flehen und in barbarischen Landen in Nöte geraten. Wenn du, Ebersbach, jetzt zum kleingläubigen Thomas wirst, und du, Schultz, deinen Glauben an Gott, dass er gütig die Hand über dich hält während des Abenteuers deines Lebens, gerade dabei bist zu verlieren – warum fällt euch das erst hier in Karlsruhe ein? Ihr hättet ja schon in Leipzig aussteigen können?"

Ebersbach schaut auf seinen aufgeklappten Reisekoffer, sieht Buchner nach dessen Worten nachdenklich an und meint resignierend:

„Wo du Recht hast, hast du Recht, Johann. Ich kann es mir ja bis morgen früh noch mal überlegen. Doch wäre ich dankbar, wenn das, was heute Nacht hier gesprochen wurde, nicht an die Ohren von Hebenstreit und Ludwig dringt."

Die Männer nicken zustimmend und legen sich wieder in ihre Betten, während Ebersbach seinen Koffer schließt und die Kerzen löscht. Er zieht sich die Bettdecke über, lauscht dem ruhigen Atem seiner Reisegenossen und ist innerlich zerrissen wie ein altes Blatt Papier.

Auch zwei andere Männer finden keinen Schlaf: Johann Ernst Hebenstreit und Christian Gottlieb Ludwig. Sie haben sich von der Tafel des Markgrafen eine Flasche Rotwein in ihr Schlafgemach mitgenommen, die sie in kristallenen Gläsern genießen, während Hebenstreit versonnen laut nachdenkt: „Wenn wir morgen die französische Grenze überschreiten, gibt es kein Zurück mehr nach Sachsen. Wollen wir uns aus diesem Anlass nicht zum Du bequemen, Christian Ludwig?"

Dieser hält Hebenstreit über den Kerzen-Leuchter sein Glas entgegen, lacht vertrauensvoll und sagt: „Das wollte ich dir heute Abend auch vorschlagen, Johann Ernst!"

Die Gläser klingen und besiegeln ihren Männerbund. „Warum hast du dich zu diesem Abenteuer entschlossen?" will Hebenstreit von Ludwig wissen. Christian Gottlieb füllt die Gläser nach und antwortet, wie es ihm ums Herz ist: „Du weißt wie ich, Johann, wie schwer es ist, an der Universität von Leipzig eine akademische Karriere zu machen. Die arrivierten Professoren sitzen auf ihren Ämtern wie angeschnallt und bevor nicht einer stirbt, gibt es keine Chance auf einen Lehrstuhl."

Hebenstreit sieht sein Gegenüber nachdenklich an und nickt ihm bejahend zu. Ludwig trinkt Rotwein und fährt fort: „Mein Freund Gottsched hat mir von dieser Expedition dringend abgeraten. Aber Erwachsenen kann man keinen Rat geben, es sei denn, er ist im Sinne der bereits getroffenen Entscheidung."

Auch zu dieser Erkenntnis erhält Ludwig keinen Widerspruch von Hebenstreit. Deshalb kommt Ludwig zum Kern seiner Rede: „Ich habe lange über das Für und Wider meiner Teilnahme an dieser Afrika-Expedition mit des Königs Leibarzt korrespondiert, und er hat uns schriftlich versichert, dass nach erfolgreicher Wiederkehr aus Afrika meine Professoren-Berufung an der Leipziger Universität folgen wird. Das ist der Grund, mein lieber Ernst, warum ich jetzt hier mit dir in Karlsruhe, mitten in der Nacht, badischen Rotwein trinke."

Hebenstreit hält Ludwig sein Glas entgegen und erklärt salomonisch: „Solch ein Versprechen, Christian, wurde auch mir gegeben. Gott allein weiß um die Wahrheit desselben! Lass uns zu Bette gehen. Wir haben morgen einen anstrengenden Tag vor uns!"

Während Hebenstreit und Ludwig im Schloss von Karlsruhe den Schlaf der Gerechten genießen, sitzt bei hellem Kerzenschein an seinem aus Nussbaumholz kostbar gestalteten Schreibsekretär Sachsens Kurfürst und Polens König. Er hat ein Buch neben sich aufgeschlagen, ein Naturalienbuch vom Jahre 1680 aus dem ein grimmiger Löwe schaut. Friedrich August blättert weiter und sieht einen Leoparden, der vor einer bunt bemalten Barocktruhe dabei ist, nach einem Fleischknochen zu schnappen. Darüber steht die Bezeichnung „THIEGER-THIER". Zusammen mit dem Naturalienbuch liegt eine Liste mit Preisen, die kleinere Tierabbildungen zeigen. Der Kurfürst von Sachsen und König von Polen ist nicht allein in dieser Nacht.

Neben ihm sitzt sein Leibarzt Heucher, an den er sich jetzt wendet: „Weiß Er noch, Heucher", fragt ihn der König, „wie Wir 1727 auf der Leipziger Messe drei Affen und 1729 einen Löwen, einen Tiger, einen Pavian und eine arabische Antilope erworben haben? Für einen Leoparden wurden mir damals 2000 Taler abverlangt!" Heucher kontert diese Aussage mit den

Worten: „Das war mehr, Majestät, als einer Eurer Hofarchitekten als Jahresgehalt empfängt.“ Friedrich August überhört die Kritik, fährt mit seinem ringgeschmückten Finger die Preisliste ab und ruft: „Nicht zu glauben, ein Kronenkranich kostet 1000 holländische Gulden, ein Königsgeier 1500 und ein Strauß 2500 Gulden – aber Perlhühner sind schon für 30 Gulden zu haben!“

Heucher denkt weiter und visioniert: „Eure Majestät haben seiner Afrika-Expedition keine leere Schatulle mitgegeben, was weise gedacht war. Denn die exotischen Tiere, die wir in Dresden erwarten, eignen sich ja nicht nur für die Menagerie von Moritzburg. Sie eignen sich auch als fürstliche Geschenke.“

„Genau“, bestätigt der Kurfürst im schönsten Sächsisch. „1723 haben Wir aus Warschau Tiere, die Uns der türkische Gesandte widmete, nach Dresden expediert. Das waren schöne Exemplare – eine türkische Saiga-Antilope, ein Luchs, ein türkischer Schafbock, zwei türkische Schwäne. Und drei Jahre später“, erinnert sich versonnen der König, „hat mir Fürst Menschikow aus St. Petersburg weiße Bären und weiße Füchse nach Warschau geschickt. Wie auch immer, Heucher, was Uns Afrika kosten wird, Wir werden es bezahlen.“ Er klappt das Naturalienbuch zu und seufzt: „Wenn ich jünger wäre, ich wäre dabei beim Ritt durch die Wüste!“

LEIDEN IN LYON
Frankreich, November 1731

7. Dezember: Sahen wir die Exekution einer Weibsperson, welche gestohlen und auf dem Place de Ferraux exequirt wurde, weilen es da Mode, daß die Exekution da vor sich gehet, wo man gestohlen. Man richtete zu dem Ende morgens einen Kniegalgen auf und nachmittag um 4 Uhr gieng die Exekution vor sich. Als aber dunckel worden, kamen einige aus der Societe der Confreries - Gesellschaft der Ordensbrüderschaft - nahmen den Cörper ab und beerdigten ihn.

Aus dem Reisebericht des Kunst-und Lustgärtners Christian Thran, 1731

Genf und die Schweiz liegen hinter der sächsischen Reisegesellschaft. Frankreich liegt vor ihnen. Es regnet in diesem November in Strömen. Die Straßen sind schlecht. Die Pferde dampfen vor Anstrengung. Die Kutscher fluchen gen Himmel, der sie zu nassen Katzen macht. Aber im Inneren der Reisekutsche, wo Hebenstreit, Ludwig und Thran es sich einigermaßen gemütlich eingerichtet haben, kommt keine Langeweile auf, denn es gibt viel zu berichten. Vor allem das Biographische interessiert, und Christian Thran hat gegenüber seinen sächsischen Reisegenossen einiges zu bieten, wenn er über seine Lehrjahre im Dienste des Herzogs von Holstein-Gottdorf erzählt.

Hebenstreit platzt vor Neugier. „Wie kommt einer vom hohen Norden ins badische Karlsruhe?“ will er von Thran wissen.

„Beziehungen schaden nie im Leben“, antwortet dieser, „und verwandtschaftliche sind allemal die besten. Die Verwandtschaft zwischen dem Haus Baden und dem Herzog von Schleswig-Gottdorf kam mir zugute. Der Garten von Schloss Gottdorf war nach dänischem Vorbild gestaltet. Ich hatte damals das erhebende Gefühl, in den modernsten Gewächshäusern Europas tätig sein zu können. Dort sah ich zum ersten Mal amerikanische Agaven, unter ihnen die berühmte Hundertjährige Aloe. Dieses Wunder der Natur hatte 1713 zuletzt geblüht. Dem dänischen König Friedrich IV. war dieses Ereignis das Prägen einer Medaille wert."

Ludwig nickt begeistert und gesteht: „Wir haben uns natürlich erkundigt, wer da mit uns nach Afrika auf Reise geht. Er hat da, Herr Kollege, einen schönen Beinamen …"

Thran winkt ab: „Ich weiß, für die Leute bei Hofe bin ich ein ‚Glashausgärtner' – das stört mich jedoch nicht, weil es gar nicht so falsch ist für einen wie mich, der sich vor allem um die Erhaltung der seltenen und kostbaren Pflanzen zu kümmern hat. Eine Arbeit, der ich mit Leidenschaft nachgegangen bin. Denn wer weiß schon, was es für Mühe macht, die Agaven in Kübeln zu erhalten und zur Blüte zu bringen."

Er schüttelt den Kopf, als wolle er in seiner Erinnerung etwas verwischen, das ihn bedrückt und nennt es nun beim Namen: „Es gelang mir nicht immer, aber wenn, empfand es der Markgraf als eine symbolische Auszeichnung. Es dauert mehrere Jahre, wenn nicht Jahrzehnte, bis eine Agave Blüten hervor bringt. Denn wenn sie blüht, wird sie als Glücksbringer empfunden. Ich habe mir die Mühe gemacht, die vielen tausend Blüten zu zählen und alle Ergebnisse festzuhalten!"

Thrans sächsische Reisebegleiter hören ihm aufmerksam zu und sind fasziniert von seinem botanischen Enthusiasmus. „Wann hat Er seine Tätigkeit beim Markgrafen von Baden-Durlach aufgenommen?" will Hebenstreit wissen. Thran überlegt und meint nachdenkend: „Das muss 1727 gewesen sein. Der Pflanzenmaler Georg Dionysius Ehret verließ damals Karlsruhe und ging nach Regensburg, und ich übernahm den markgräflichen Karlsruher Schlossgarten."

„Eine schöne Geschichte", freut sich Ludwig. „Mir scheint, bei ihm, Herr Blumengärtner, kann ich noch was lernen in Sachen Kräuterwissenschaft und Zeichnungskunst."

Thran lacht ihn an: „Stell Er sein Licht nicht unter den Scheffel. Er hat als Botaniker an der Leipziger Universität einen guten Ruf. Außerdem werden wir uns in Afrika ja wohl nicht nur um Pflanzen kümmern."

Er beugt sich zu Ludwig, senkt die Stimme, als ob er ein großes Geheimnis zu verkünden habe. Dabei öffnet er ein Medaillon auf seiner Brust, in dem das Bildnis des Karl Wilhelm von Baden-Durlach erscheint. Thran erklärt: „Mein Markgraf will einen guten Vorrat fremder Gewächse, aber er will auch fremde Tiere für seine Menagerie. Und die zu fangen, wird mir wohl allein kaum gelingen, meine Herren Doktoren!"

In der zweiten Kutsche sitzen Christian August Ebersbach und Zacharias Philipp Schultz dem Maler Christian Friedrich Schuberth und Heinrich Buchner gegenüber.

Schuberth hat auf seinen Knien eine Zeichenrolle ausgebreitet, auf der ein Tal zwischen zwei hohen Bergen zu sehen ist, die von mächtigen Wolken umhüllt sind.

„Ja, das war nicht ungefährlich", erinnert sich Ebersbach, „diese Fahrt über den Schweizer Pass. Wir waren da in eine Nebelbank geraten, so dass man kaum die Hand vor Augen sehen konnte. Weiter zu fahren, hätte uns das Leben gekostet. Selbst die Pferde wieherten vor Angst in diesem Dampfkessel."

Schuberth nickt zustimmend: „Und dann fing es auch noch an zu schneien. Dass wir aus dieser Wolken-Hölle doch herausgefunden haben, kommt mir immer noch wie ein Wunder vor."

Buchner schaut auf das Zeichenblatt und sagt anerkennend zu Schuberth: „Du hast gute Nerven, Christian. Während wir vor Angst gezittert haben, hast du das Wolken-Drama mit deinem Zeichenstift fest gehalten."

Schuberth freut sich über das Kompliment, rollt die Zeichnung wieder zusammen und kommentiert: „Das war ein kleines Abenteuer. Ich bin mir ziemlich sicher, die großen warten in Afrika auf uns!"

Zacharias Philipp Schultz winkt resigniert ab: „Ich wäre schon dankbar, wenn wir heil und gesund Lyon erreichen. Müssen wir da nicht am Ufer der Rhone entlang? Dort soll es von Räubern nur so wimmeln!"

SACHSEN, SKLAVEN, SEEMANNSGARN

Marseille, 17. Dezember 1731 bis 23. Januar 1732

Die sächsische Reisegesellschaft hat Marseille erreicht und bummelt über die Prachtstraße hinunter zum Hafen. Der Weg ist links und rechts mit wilden Maulbeerbäumen besetzt und führt durch die ganze Stadt. Es herrscht ein Kommen und Gehen von Menschen aus aller Herren Länder. Ein Geschäft liegt am anderen. Eine bunte Welt, eine mittelländische, eine Melodie aus europäischen und arabischen Düften. Zwischen die weißen Europäer schieben sich Afrikaner und Türken mit hohen Turbanen. Eselkarren ziehen schreiend zum Hafen. Bärtige Seeleute entern die Gasthäuser, und russische Pelzmützen machen den Palmen Konkurrenz. Hebenstreit und seine Leute nähern sich dem vortrefflich ausgebauten Hafen. Er ist nicht sonderlich tief, aber für die Kauffahrtei-Schiffe sicher. Der Hafen wird von einer Seite von der Stadt, von der anderen von Bergen umgeben, die auch seine Einfahrt rahmen. Der aus dem Norden Deutschlands kommende Christian Thran kommentiert das Bild vor ihnen mit den Worten: „Wer hier einfährt, hat es bei gewissen Winden nicht leicht, Anker zu werfen."

Hebenstreit schaut auf das verwirrende Bild des Hafens von Marseille, und blickt Thran ob seiner offensichtlichen seemännischen Kenntnisse bewundernd an. Aber nicht lange, denn die Szenerie fesselt seine Aufmerksamkeit wie die seiner Reisegefährten. Schiff an Schiff reiht sich aneinander. Die hohen Masten schwanken, und die Fahnen flattern im Wind. Fische werden von Booten aus zum Verkauf angeboten. Frauen kauern auf der Erde und werben, laut rufend, Käufer für ihre Waren an. Riesige Tonkrüge, gefüllt mit Seife für die Schiffe, stehen zum Abholen bereit. Daneben Fässer, Kisten und Kästen mit eisernen Schlössern. Dazwischen edel gekleidete arabische Kaufleute, an denen immer wieder Gruppen von Sklaven in Ketten vorbeigetrieben werden, auf deren nackte Rücken die Peitschen der Aufseher klatschen. Die Sklaven, darunter Schwarze, aber auch Christen und Türken, werden an die Ruder zu den 16 königlichen Galeeren getrieben, die im Hafen auf ihre Abfahrt warten.

Christian Thran sieht das alles nur mit einem halben Blick, denn außerdem fesseln ihn Kräuter, die im Hafen wachsen, wie Lentiscum s. arbor Mastich und Capparia vera. – ganz im Gegensatz zu Christian Gottlieb Ludwig. Dem ist im Moment das botanische Interesse verloren gegangen. Er hat in seinem Leipzig an der Pleiße noch nie Sklaven gesehen, wohl davon gehört… aber dass über Christen die Peitschen tanzen, ist ihm nicht geheuer.

Er läuft neben einem der Aufseher her und fragt ihn: „Was sind das für Leute, die ihr auf die Galeeren treibt? Was haben sie getan, dass sie Sklaven wurden?"

Ludwig stellt seine Fragen, ohne daran zu denken, dass er sie in Deutsch gestellt hat. Aber die Welt ist klein. Der Aufseher, ein grob gebauter blonder Hüne, lacht Ludwig an und antwortet im reinsten sächsisch: „Was machst'n du hier in Marseille? Willste och off ne Galeere? Was de hier siehst, das sind türkische Muslime, und die anderen sind christliche Griechen, Untertanen im Osmanischen Reich. Im Mittelmeer regieren die Piraten. Wenn die Griechen auf einem osmanischen Schiff geentert und gefangen genommen werden, haben sie halt Pech gehabt. Unser französischer Gönig braucht schließlich für seine Galeeren eene Menge Ruderer. Was de hier siehst, ist nich der Rede wert. Zurzeit hängen hier 9000 Sklaven in Ketten auf den Ruderbänken. Mich hätt's ja och erwischen können, aber mir Sachsen, du bist doch och eener, dos hör isch doch glei, mir Sachsen sind halt fischelant!"

Ludwig ist vom Nebenherlaufen ganz außer Atem gekommen. Er nickt dem Peitschen schwingenden Sachsen dankbar für dessen freimütige Auskünfte zu, bleibt zurück und sieht, wie die Sklaven vom Sachsen die Galeere hinaufgetrieben werden. Plötzlich legt sich von hinten eine Hand auf seine Schulter. Christian Ludwig dreht sich herum. Vor ihm stehen Christian Friedrich Schuberth und Zacharias Philipp Schultz. Sie haben gerötete Wangen und dringen auf ihn ein: „Komm Er mit, Herr Dr. Christian. Wir gehen zur Oper. Für Fremde ist das Billet frei! Das Theater ist ganz wundervoll. Die Bänke sind in englischer Manier geflochten und die Hangleuchter aus buntem Glas. Heute singt die Sängerin Calalare. Sie soll eine schöne Stimme haben. Ganz Marseille bewundert sie!“

Ludwig hakt die beiden jungen Männer unternehmungslustig unter und ruft: „Eine gute Idee, Männer. Oper gefällt mir sowieso besser als Galeeren-Sträflinge. Mein Freund Gottsched liebt die freien Künste. Machen wir es ihm nach. Lassen wir uns von französischer Musik und französischer Schauspielkunst verführen, bevor das Schiff uns in die barbarischen Länder entführt!“

ALPTRAUM AUF SEE

Zwichen Marseille und Algier, 24. Januar bis 16. Februar 1732

Die sächsische Reisegesellschaft sitzt in einem kleinen Segelboot, das sich immer weiter von Marseille entfernt und die großen Galeeren im Hafen für das Auge in Nussschalen verwandelt. Ihr Ziel ist ein englisches Schiff, das nach Algier gehen soll. Sein Name ist Neptunus – Wisom heißt der Kapitän. Das Schiff liegt drei Meilen vor Marseille vor Anker, weil im Hafen alle Liegeplätze besetzt sind.

Obwohl wir den 24. Januar 1732 schreiben, ist die See glatt wie ein Ententeich, so dass die Schaluppe mit ihrer sächsischen Last ohne große Probleme backbord anlegen kann. Vom Deck werden dicke Seile mit eisernen Haken hinuntergeworfen, an die das Reisegepäck eingehängt wird. Koffer und Kisten und Säcke mit Blumen und Pflanzen, die der Hofgärtner Christian Thran von Karlsruhe bis Marseille gesammelt und in Papierfolien sorgfältig verpackt hat. Die Strickleiter donnert jetzt an die Schiffswand des Engländers. Einer nach dem anderen versucht mit aller Vorsicht, vom Bootsrand der schwankenden Schaluppe auf die Leiter zu gelangen. Keiner fällt ins Wasser, alle gelangen glücklich, trocken und unversehrt an Bord der Neptunus – deren Kapitän, ein hünenhafter Ire mit einem roten Haarschopf, bis an die Hüfte reichenden Stiefeln, Dolch und Pistole im dicken Ledergürtel, die Arme ausbreitet und brüllt: „Welcome Boys!"

Der Kapitän geht auf jeden Einzelnen zu. Der Erste, der seinen Whisky-Kuss aushalten muss, ist Hebenstreit. Er hegt nach dieser alkoholischen Begrüßung schwere Bedenken darüber, möglicherweise das falsche Schiff embarquirt zu haben. Eine Sorge, die leider berechtigt ist.

Inzwischen schleppen die Matrosen das Reisegepäck unter Deck, und der Kapitän winkt einladend: „Please, come in the sleeping room!“ Der besteht aus acht Hängematten, die in einem leeren Lagerraum wie der betrunkene irische Kapitän hin und her schwanken.

„Wie der Herr, so das Geschärr!“ denkt Philipp Schultz. Eine Weisheit, die er von seinem Vater hat, der ihn als Kind auf Bauern aufmerksam machte, deren Pferdegeschirr so verlottert aussah wie sie selber.

Zwei Matrosen bringen jetzt Decken und Schaffelle für die Reisegesellschaft. Ihre schmutzigen Hände und Gesichter machen deutlich, dass sie keine Freunde von sauberem Wasser sind.

Der Kapitän holt aus seiner schmierigen Weste eine mittelgroße Flasche, entkorkt sie mit schwarzen Zähnen, gönnt sich einen scharfen Schluck und dröhnt: „Good journey!“

Ebersbach schaut Buchner hilflos an und fragt: „Was hat er gesagt?“ Der in Juristerei geübte Studioso Buchner ist auch des Englischen mächtig und übersetzt: „Der Kapitän wünscht uns eine gute Überfahrt!“

Buchner faltet die Hände und meint demütig: „Wie Gott will, ich halt still.“

Der Kapitän, vom Rum beflügelt, freut sich über die Abwechslung auf seinem alten Segelschiff und gibt bekannt: „Morgen früh, am 25. Januar 1732, haben wir noch Waren aus Marseille für Algier an Bord zu bringen. Aber morgen Abend, bei Sonnenuntergang, gehen wir unter Segel und hoffen auf ziemlichen Wind!“

Er macht einen Kratzfuß und poltert an Deck. Christian Thran sieht ihm nachdenklich hinterher, setzt sich auf eine Kiste, holt sein Schreibjournal aus seiner Ledertasche und beginnt, sich Notizen zu machen. Hebenstreit sieht es und fragt: „Schreibt Er jetzt auf, wie verrottet und verkommen die Hängematten hier sind?“

Der Karlsruher Hofgärtner schüttelt den Kopf: „Ich habe noch nicht das Höhlen-Abenteuer notiert, das wir am 17. Januar an einer felsigen Küste erlebten.“ Hebenstreit erinnert sich: „Meint

Er die Baume de Roland, deren Öffnung so klein war, dass wir auf dem Bauch hineinkriechen mussten?"

Thran nickt und schwärmt: „Weiß Er noch? Die Höhle ging bald in die Höhe, dann in die Tiefe. Wir kamen nach vielen Unbequemlichkeiten in eine Vertiefung, die nass, schlüpfrig und gefährlich war. Als wir sie überstiegen, kamen wir ans Ende des Raumes, der plötzlich so hoch war, dass man seine Ausmaße mit der Fackel kaum erkennen konnte."

Hebenstreit fährt lachend fort: „Wir wurden alle pudelnass. Aus den Ritzen der Felsen tröpfelte ununterbrochen Wasser. Die Natur hatte in die Höhle gewaltige Säulen gebaut. Ich kam mir vor wie in einer Kirche, sah ich doch im Felsen ein Gesicht mit einer Bischofsmütze."

Thran hebt die Feder gegen Hebenstreit: „Weiß Er noch, am Ende dieser Höhle konnte man rechterhand in eine andere gehen. Sie war durchweg mit glänzender Materie wie mit Kristall überzogen. Und als wir von der Höhle wieder zum Schiff gingen, fand ich diese Kräuter."

Christian Thran löst ein Bündel, das neben ihm steht, greift hinein und zeigt Hebenstreit seine Ausbeute: „Schaut her, hier Cistum Lavendule fol. Et minoris, Cistum Rosmarini fol. Abrotani Speciem plane singularem. Und hier: Thymelaeam et aliam Thymelaeae speciem fol. Canticantibus serici instar molibus, Trifolium bitominosum. Und hier dieses Prachtexemplar Cedrum Cepressi fol. Coronopum vetum, dann Azedrach, Cotyledon verum, Gnaphalium und Rosmarini folio!"

Thran greift noch einmal in die Tiefe seines Beutels und doziert: „Ich habe auch eine besondere Spezies gefunden, welche all hier statt des Tabaks gebraucht wird."

Zufrieden über seinen Vortrag verstaut er vorsichtig die Pflanzen wieder in seinem Beutel, während Hebenstreit sarkastisch kommentiert: „Was wird Er in der Wüste machen, Herr Hofgärtner? Leere Säcke mit Sand füllen?" Thran ficht Hebenstreits ironischer Ton nicht an. Er hebt den Zeigefinger und sagt überzeugt: „Auch die Wüste lebt, mein lieber Hebenstreit, auch die

Wüste!" Hebenstreit wird darüber nachdenklich und meint im ernsten Ton: „Eure These leuchtet mir ein, mein lieber Thran. Denn es könnte doch sein, dass dort, wo heute Wüste ist, vor tausenden von Jahren sich Meere ausgebreitet haben, die versunken unter dem heißen Sand schlummern und vielleicht eines Tages vom Menschen wieder zum nassen Leben erweckt werden. Was meint Er als erfahrener Botaniker?"

Der Hofgärtner wiegt seinen eindrucksvollen Kopf hin und her, bevor er antwortet: „Das Geheimnis des Lebens heißt Wasser. Wo ein Grashalm sprießt, eine Blume, ein Baum, eine Palme oder ein Kaktus. Überall wo uns Leben begegnet, ist Wasser im Spiel. Ohne Wasser kein Leben. Und wenn die Wüste lebt, woran wir nicht zweifeln, dürfen wir davon ausgehen, dass sie nicht ohne Wasser ist!"

Am 15. Februar 1732 beginnt eine Meuterei auf der Neptunus. Seit drei Tagen hat die zehnköpfige Mannschaft auf dem Segler kein Brot bekommen. Heute wird der letzte Zwieback ausgeteilt. Was heißt: ausgeteilt? Aufgeteilt! Jeder Zwieback wird in zwei Teile zerbrochen. Dabei geht es nicht immer gerecht zu. Die Matrosen kommen sich in die Haare, wenn einer nach einem größeren Stück greift. Auf dem Meer herrscht Windstille. Die Segel hängen schlaff. Jeder hört seinen Magen knurren. Außer Hebenstreit liegt die sächsische Reisegesellschaft in ihren Hängematten danieder. Vor allem die Jungen hat das ewige Hungern erwischt. Froschgrüne Farbe ziert die Gesichter. Der Kapitän lässt seine Schiffsbesatzung antreten, wobei er einen langen, verzweifelten Blick auf Hebenstreit wirft, seinen obligatorischen Schluck aus der Rumflasche nimmt und jetzt erklärt: „Wir haben kein Brot mehr und kein Fleisch. Aber wir haben noch Mehl. Das können wir in Wasser kochen und ins Öl tunken. Denn Öl, wenn auch schon ranzig, Öl haben wir noch."

Die Matrosen sind wütend. Der Steuermann brüllt: „Du verdammter Lump, hast dein Geld den Huren in Marseille in den Schoß geworfen, statt genügend Essen für uns zu kaufen!" Ein anderer ruft: „Du lügst, Kapitän! Brot ist genug an Bord, aber du willst es in Algier verschachern, und uns lässt du gnadenlos verhungern!“

Der Steuermann übernimmt die Wortführung: „Bindet ihn an den Mast, diesen Schuft. Wir durchsuchen das ganze Schiff!“

Als würden sie von einem Katapult abgeschossen, stürzen sich die Matrosen auf den verachteten Schiffsführer. Ein Seil fliegt durch die Luft, und so schnell, wie der englische Kapitän Wisom am Segelmast festgezurrt ist, fliegt keine Möwe. Die Matrosen stürzen in den Bauch des Schiffes und wühlen in Fässern und Kisten nach Essbarem, aber sie finden nichts. Ihr Kapitän hat nicht die Unwahrheit gesagt. Was die Männer finden, sind Reste von Mehl und Öl. Hebenstreit steht mitten in dem Chaos, denn auch in den Schlafräumen der sächsischen Reisegesellschaft ist die meuternde Besatzung suchend zu Gange.

Inmitten des Tumults beginnt Hebenstreit laut zu sprechen. Es klingt wie ein Gebet. Aber es ist der Text einer Bach-Kantate, deren Musik Hebenstreit zutiefst verehrt. Darin hört er die Sprache Gottes. Viele Texte von Bachkantaten hat er auswendig gelernt. Er trägt sie in seinem Herzen wie eine innere Bibel, wie ein Schutzschild gegen die anbrandende Welt.

Nicht auf Deutsch zitiert Hebenstreit Bach sondern auf Englisch, so dass die meuternden Matrosen plötzlich ganz ruhig werden, die Hände falten und Hebenstreit andächtig zuhören: „Mein Wandel auf der Welt ist einer Schifffahrt gleich: Betrübnis, Kreuz und Not sind Wellen, welche mich bedecken und auf den Tod mich täglich schrecken; mein Anker aber, der mich hält, ist die Barmherzigkeit, womit mein Gott mich oft erfreut. Der rufet so zu mir: Ich bin bei dir, ich will dich nicht verlassen noch versäumen! Und wenn das wütende Schäumen sein Ende hat, so tret ich aus dem Schiff in meine Stadt, die ist das Himmelreich, wohin ich mit den Frommen aus vielem Trübsal werde kommen. Endlich, endlich wird mein Joch wieder von mir weichen müssen. Da krieg ich in dem Herrn Kraft, da hab ich des Adlers

Eigenschaft, da fahr ich auf von dieser Erden und laufe sonder matt zu werden. Oh geschehe es heute noch!“

Im Schiffsraum ist es so still, dass man das Ächzen der Rahen hört und das lahme Flattern der Segel. Hebenstreit mit einem verschmitzten Lächeln: „Sterben wollen wir noch nicht. Wir wollen nach Algier. Ohne Kapitän werden wir hier alle verhungern. Also, euer Kapitän hat euch nicht belogen. Deshalb bindet ihn los und lasst uns Algier baldigst erreichen!“

Die meuternden Matrosen befolgen widerwillig Hebenstreits Befehl. Am 16. Februar sieht die Schiffsbesatzung mit ihren sächsischen Passagieren aus dem Blau des Meeres das ganz in Weiß strahlende Algier wie eine Fata Morgana zwischen den Bergen. Aber ein kräftiger Wind treibt das Schiff noch einmal ab vom Ufer, so dass der Kapitän, ausnahmsweise nüchtern, all sein Können einbringen muss, um sein Schiff in den Hafen zu steuern.

Der Anker wird geworfen, am Kai werden die Sachsen schon erwartet vom englischen und schwedischen Konsul, begleitet von zwei Dolmetschern, die der Dey, der Kommandant, mitgeschickt hat. Sie führen die Fremden in den königlichen Palast zur Audienz des Dey.

WILLKOMMEN IM SCHLAFZIMMER

Algier, Februar 1732

Über enge Stiegen gelangt Hebenstreit mit seinen Männern zu einem Vorzimmer, wo Christen-Sklaven von der Reisegesellschaft verlangen, sich ihrer Schuhe zu entledigen. Nachdem vierzehn Schuhe aus Sachsen in Reih und Glied an der Wand stehen, dürfen sie in das mit Tapeten bedeckte Zimmer treten. Es ist nicht allzu groß. An beiden Enden stehen Betten, sie sind mit Damast-Polstern belegt.

Im mittleren Bett, der Tür gegenüber, sitzt der Dey auf einem erhöhten Teppich. Er ist nicht sehr kostbar gekleidet, doch sieht er, obwohl schon im hohen Alter, ziemlich gut aus. Einer nach dem anderen fällt auf die Knie und küsst dem Dey die Hand. Er gibt nach dieser Begrüßung jedem eine Apfelsine, als Zeichen seiner Gnade. Denn es ist die Gewohnheit des Herrschers, informieren die Dolmetscher die Sachsen, dass er Gästen etwas von dem gibt, was er in Händen hält, auch Blumen oder Rosinen.

Hebenstreit überreicht dem Dey eine Grußbotschaft des Kurfürsten von Sachsen und Königs von Polen und erklärt, warum sie nach Algier gesegelt sind und was der Zweck ihrer Expedition sei. Der Dey hört mit unbewegtem Gesicht zu. Nur manchmal streicht er sich mit der rechten Hand durch den langen, weißen Bart. Nachdem die Dolmetscher Hebenstreits Rede übersetzt haben, werden die Sachsen aufgefordert, sich wieder per Handkuss mit einer tiefen Verbeugung zu verabschieden. Vor dem Palast warten die Kutschen des englischen Konsuls, der zum Begrüßungsmahl einlädt. Staunend sehen die Sachsen auf eine andere Welt und haben das Gefühl, dass sie nicht durch mit Quadersteinen bepflasterte Gassen fahren, sondern durch unterirdische Grüfte, weil die Gassen so eng sind, dass es fast einem Wunder gleicht, dass die Kaleschen unbeschädigt durchkommen.

Vor allem sieht die Reisegesellschaft keine Fenster. Schuberth, der Maler, fragt Schultz: „Wo fällt hier Licht ins Haus, sitzen alle im Dunkeln?“

Schultz lacht ihn aus: „Mach dir keine Sorgen. Hinter jeder Mauer befindet sich ein Hof. Von dort fällt das Licht in mit Säulen verzierten Galerien, die im Geviert den Hof umfassen. Die Zimmer sind sehr lang, aber nicht sehr breit. Die Wände zieren Blumen und arabische Schriften, die vom Lobe Gottes handeln.“

Schuberth kommt aus dem Staunen nicht heraus und fragt Schultz: „Woher weißt du das alles?“

Schultz: „Na, du bist gut. Warst du noch nie in der Bibliothek unserer Leipziger Universität?“

Schuberth, leicht verschnupft: „Ich bin Maler und kein Bücherfresser!“

Doch da biegen die Kutschen schon durch das Tor zur englischen Gesandtschaft, wo malerische Kostüme der türkischen Bedienten die Leipziger Bildungsstreitereien vergessen lassen.

Der Dey von Algier, Abdi Pascha, hat nicht nur sein Schlafzimmer, er hat auch seine zuvorkommende Haltung gegenüber der sächsischen Reisegesellschaft verlassen, denn als Kommandant der osmanischen Janitscharengarnison, das ist seine Funktion in Algier, obliegen ihm andere Pflichten. Diese Deutschen sind Fremde, und Fremde müssen kontrolliert und überwacht werden, trotz Handkuss. Abdi Pascha, in einem schwarzen Kleid unter einem mit goldenen Fäden durchzogenen roten Mantel, sitzt auf erhöhter Bühne mit weißem Janitscharen-Hut auf grünen Damast-Kissen. Um ihn herum seine Janitscharen-Leibgarde, die seinen Befehlen demütig lauscht: „Ihr wisst, nach unserem islamischen Recht ist Nichtmuslimen im islamischen Machtbereich das Tragen von Waffen verboten. Die Deutschen werden unter Eurer strengen Begleitung heute mit einem englischen Boot zur Neptunus übersetzen, um von dort ihr Reisegepäck zu holen. Dieses wird in den königlichen Hof gebracht, wo es genauestens visitiert wird.“

Er macht eine Pause, um seinen Worten besonderes Gewicht zu verleihen und mit erhobener Stimme fortzufahren: „Danach wird die Reisegesellschaft samt Gepäck in das englische Konsul-Haus eskortiert. Ihr wisst, als Dey habe ich die Vollmacht, das Anständige von den Fremden mir zuzueignen. Falls Euch also etwas in die Augen fällt, das meinen Augen gefallen könnte, dann legt es mir zu Füßen!"

Die Janitscharen nicken ergeben. Der Dey fährt fort: „Die Degen der Fremden werden so lange einbehalten, bis sie Algier verlassen. Es ist ein Befehl der Vorsicht, nicht der Angst. Osmanen kennen keine Angst!"

Beifälliges Gemurmel bekräftig seine Rede, wenn er warnt: „Die Fremden könnten die Gelegenheit ergreifen, ihre Waffen an Türken zu verkaufen. Doch das entscheiden noch immer wir, wer an wen Waffen verkauft."

Der Dey macht eine Pause und erklärt dann: „Wie mich der englische Konsul wissen ließ, will morgen der schwedische Konsul Mister Luogki diesen christlichen Heiden eine Audienz geben. Sein osmanischer Diener ist Informant unserer Kommandantur. Von ihm werden wir erfahren, warum diese Deutschen nach Algier gekommen und was ihre wirklichen Pläne sind!"

Die Janitscharen trommeln sich auf die Brust, um ihrem klugen und weitsichtigen Dey Beifall zu bekunden. Dieser entlässt sie gnädig, geht zurück in sein Schlafzimmer, wo ihn auf dem Bett eine nackte, wohl gerundete Freude erwartet. Eine besonders schöne Türkin aus seinem Harem, deren schwarze Haar-Flut ihr jedes Kleid ersetzt. Der Dey nimmt den Turban ab, unter dem ein spiegelblanker Schädel zum Vorschein kommt. Er geht zum Bett und neigt ihr seine hohe Stirn zu, damit die vollen roten Lippen der Haremsdame ihr Versprechen darauf drücken können, dass es in Algier noch etwas Anderes und Aufregenderes gibt, als Janitscharen zu befehlen. Zärtlich knöpft das junge türkische Blut die seidene Pluderhose des Dey auf, um mit nasser Zunge nun ihrerseits die Herrschaft über Abdi Pascha zu übernehmen.

Am nächsten Abend sitzt die sächsische Reisegesellschaft beim schwedischen Konsul, Tee trinkend, an einem langen Tisch, auf Stühlen statt auf Kissen und ist leicht ermattet von dem üppigen Mahl. Der Diplomat ist nicht mehr der Jüngste, aber er hat blaue wachhelle Augen, sein rundes Gesicht strahlt Zufriedenheit aus, endlich wieder einmal Gäste aus Europa zu empfangen. Neugierig wendet er sich an Hebenstreit: „Wenn ich fragen darf, Dr. Hebenstreit, welche Erleichterungen Ihres Reisegepäcks durch Abdi Pascha hat Er zur Kenntnis genommen?"

Hofgärtner Christian Thran, welcher neben Hebenstreit genüsslich heißen Tee schlürft, stellt die Tasse ab und antwortet, indem er lachend auf Hebenstreit zeigt: „Er hat Glück gehabt. Die Janitscharen haben statt seiner das Reisegepäck von mir mit meinen Pflanzen und Gräsern konfisziert. Da war wirklich nichts zu holen!"

Der ganze Tisch bricht in heiteren Beifall aus, in den hinein Christian Gottlieb Ludwig den schwedischen Konsul fragt: „Diese Janitscharen, was hat es mit ihnen auf sich, wo kommen sie her mit ihrer komischen Uniform und ihren weißen Hüten?"

Die Frage gefällt dem schwedischen Konsul, kann er doch jetzt beweisen, wie gut er sich mit dem Osmanischen Reich und dessen Geschichte auskennt.

So ergreift er ohne großes Zögern das Wort, was sogleich zu aufmerksamer Stille an der Tafel führt. Denn was der Konsul über die Janitscharen zu erzählen weiß, darüber sträuben sich doch bei dem einen oder anderen Sachsen die Haare.

„Die Janitscharen widmen ihr Leben dem Krieg", beginnt der Konsul und fährt fort: „Ab 1438 wurden systematisch Knaben von unterworfenen christlichen Völkern zwangsrekrutiert. Die Osmanen hatten dafür das Bild von der Knabenlese erfunden. Sie nahmen nur Jungen zwischen sieben und vierzehn Jahren gefangen, welche eine strenge Erziehung und Ausbildung erhielten, die in einer Zwangsislamisierung endete. Die Osmanen brauchten ausreichend Soldaten für neue Kriegszüge gegen das christliche Europa und schufen sich mit den Janitscharen die erste stehende Armee im osmanischen Reich."

Die sächsischen Zuhörer können es kaum fassen, und Schuberth fragt, was alle umtreibt: „Die Janitscharen sind eigentlich Christen?"

Der schwedische Konsul lächelt mitleidig: „Sie waren Christen, als sie gefangen wurden, aber ihre Religion wurde ihnen von den Osmanen ausgetrieben. Janitscharen heiraten nicht. Sie haben keinen Besitz. Sie erhalten keinen Sold, dafür regelmäßige Mahlzeiten. Wenn sie ausnahmsweise Sold erhalten, dann aus der Kasse ihres Herrscher. Rechtlich gelten sie als Militär-Sklaven."

Hebenstreit will wissen: „Mit welchen Waffen kämpfen sie?"

Auch darauf weiß der Konsul zu antworten: „Sie benutzen Feuerwaffen, aber im Nahkampf Beile, Säbel und Jatogane."

Schultz ruft voreilig: „Was ist das?"

Der Konsul, er scheint allwissend, antwortet: „Jatogane, das sind osmanische Säbel, nach der gleichnamigen Stadt im Südwesten der Türkei benannt. Der Säbel ist lang, einschneidig, wie ein S gekrümmt."

Der Konsul macht eine Pause, in die Schultz hinein seufzt: „Mit solch einer Waffe möchte ich keine Bekanntschaft machen!"

Der Konsul nickt ihm verständnisvoll zu und doziert weiter: „Janitscharen haben kein leichtes Leben. Sie werden zu strikter Disziplin und harter Arbeit gezwungen. Ihre Ausbildung erfahren sie in kasernenartigen Schulen, wo sie dem Zölibat unterworfen sind und islamisiert werden. Im Gegensatz zu freien Moslems dürfen sie nur einen Schnurrbart, aber keinen Vollbart tragen. Stirbt ein Janitschar, wird sein Eigentum dem Regiment übergeben."

Es gibt keinen in der sächsischen Runde, der nicht fasziniert ist von der Beschreibung der osmanischen Armee. Die Sachsen-Expedition kennt nur ihre protestantische Religion, deshalb fragt Ludwig: „Und an welchen Lehren orientieren sich die Janitscharen?"

Der schwedische Konsul lässt sich von seinem türkischen Diener, der schweigend, aber höchst aufmerksam die Reden verfolgt hat, Tee nachschenken, bevor er antwortet: „Sie orientieren sich an den Lehren des Mystikers Hadschi Bektasch. Er hatte im 14. Jahrhundert die ersten Truppen gesegnet."

Der Maler Schuberth, bei der Überfahrt zur Neptunus hatte er die Janitscharen skizziert, reicht dem Konsul ein Blatt mit einer Zeichnung und fragt: „Könnt Ihr uns sagen, Exzellenz, was die weiße Kopfbedeckung bedeutet?"

Der schwedische Konsul ist um eine Antwort nicht verlegen: „Ja, das ist eine interessante Frage", bemerkt er schmunzelnd. „Diese spezielle weiße Kopfbekleidung der Janitscharen symbolisiert den Ärmel des Hadschi Bektasch. Sie soll die Verbundenheit mit dessen Leben bezeugen."

Hebenstreit hat während der Rede des Konsuls keinen Blick von ihm gelassen und meint: „Was wir jetzt alles über die Janitscharen gehört haben, über ihr abgeschiedenes Leben in Kasernen... Ähneln sie nicht unseren christlichen Ritterorden wie dem der Malteser?"

Der schwedische Konsul bestätigt mit heftigen Kopfnicken Hebenstreits Ansicht: „Das ist wohl wahr, da gibt es keinen großen Unterschied. Aber einen entscheidenden gibt es doch. Unsere christlichen Ritterorden haben keine islamischen Knaben versklavt, um aus ihnen Christen zu machen!"

Bei diesen Worten fällt dem türkischen Diener die Teekanne aus der Hand, weiß er doch jetzt, was er dem Janitscharen-Kommandanten Abdi Pascha über die Teerunde zu berichten hat.

Am 19. Februar 1732 besieht sich Hebenstreits Expeditionsgruppe die Stadt Algier, die nahe am Meer liegt und deren Hafen fast in die Stadt fließt, aber den Schiffen trotzdem keine Sicherheit bietet. Zwei Kastelle beschützen den Hafen. Die Stadt beginnt am Fuß eines Berges und breitet sich nach und nach aus. Alle Häuser sind mit weißem Kalk bedeckt. Von Ferne sieht es für die Sachsen aus wie eine Bleiche weißer Wäsche.

Algier wird von einer Seite durch das Meer, von der anderen durch eine ziemlich hohe Mauer mit großen Steinen beschützt. Die Stadt hat fünf Tore: Bab el Oued, Bab Azoun, Porte de la Pecherie, Bab el Dschihad und La Porte neuve. In den vornehmsten Gassen stehen auf beiden Seiten Boutiquen, in denen kleine Kostbarkeiten verkauft werden. In anderen Geschäften sitzen türkische Handwerker. Hebenstreits Männern fällt auf, dass diese Handwerker nicht so begierig scheinen zu arbeiten, stattdessen lieber schwatzend beisammen sitzen.

Die Kinder werden öffentlich auf der Gasse unterrichtet. Ein Mann sitzt bei 20 oder mehr Knaben, die auf viereckige Tafeln schreiben und das, was sie eben gelernt haben, im Chor auf Arabisch wiederholen. Dies aber so laut, dass es die Sachsen um vier Häuser herum von weitem hören können.

Es gibt sehr viele Juden in Algier. Der englische Konsul hatte berichtet, dass etwa 40.000 in der Stadt gezählt wurden. Einige von ihnen, berichtete der Konsul, treiben Handwerk. Ihre Frauen würden auch zum Dienen geschickt, weil sie ausgehen dürfen, was aber dem türkischen Frauenzimmer streng verboten sei. Das Land, unterrichtete der Konsul seine deutschen Gäste, bringt den schönsten Weizen und Wein, und an Vieh fehlt es auch nicht. Die Sachsen vergleichen sich bei ihrem Spaziergang durch Algier mit den Türken und stellen fest, dass sie alle starke und wohlgewachsene Menschen von brauner Hautfarbe sind – was den Deutschen im Sinne der Natur logisch scheint wegen der großen Hitze.

Denn obwohl wir erst den Monat Februar schreiben, ist es in Algier bereits so warm wie in Sachsen Anfang Juni. In einem türkischen Café trifft die Reisegesellschaft auf den englischen Prediger Mister Chais.

Seine Füße hat er schon im Roten Meer gebadet, denn er ist ein fanatischer Historiker und sucht die versunkene antike Welt. Chais malt ein düsteres Bild von Land und Leuten an den afrikanischen Küsten und von den Schwierigkeiten der Reise, die auf die Sachsen mit Sicherheit zukommen und dass es für alle besser sei, mit dem nächsten Schiff nach Europa zurück zu segeln!

Die Sonne scheint grell auf die Altstadt mit ihren hohen Bögen, unter denen Straßenhändler ihre Waren anbieten. Die sächsische Reisegruppe genießt diese bunte, von tausend Gerüchen des Orients durchzogene, pralle exotische Welt. Sie lauscht dem Schreien der Pfefferverkäufer, wie denen, die das rohe Fleisch von Ziegen anpreisen, das an Stangen wie rote Wäsche hängt. Ein blinder Bettler, der Allah um eine Gabe bittet, ist gar nicht so blind, als die Münze von Hebenstreit in seine flehenden Hände fällt. Beim Anblick des blinkenden Geldstückes hebt er die Hände zum Himmel, um Allah und dem Spender zu danken, während die Münze blitzschnell in seinem langen Ärmel verschwindet, wo sie von anderen Geldstücken freudig begrüßt wird. Hebenstreit bemerkt sehr wohl, dass in Algier Blinde sehen können, aber er denkt: Es sei ihnen vergönnt. Wer weiß, wie viele Kindermäuler auf seine Tageseinnahmen warten. Außerdem gefällt Hebenstreit, was er hier sieht: verschleierte Frauen, Wasserpfeife rauchende Männer, Kupfer- und Kesselschmiede, Barbiere und Doktoren, die auf offener Straße ihren Patienten die Zähne ziehen. Das Leben ist ein Geschenk Gottes, denkt Hebenstreit. Deshalb wollen wir für jeden Tag, den wir erleben dürfen, in Demut Dank sagen.

Vor dem Tor Babelwet betrachten die Sachsen die türkischen Gräber, deren vornehmste mit hohen Gewölben versehen sind. Wo ein Dey begraben ist, schmückt sein Kopfende ein ausgehauener Turban. Wo aber ein Offizier begraben liegt, steckt ein Stock, woran ein Jahr lang jeden Freitag eine rote Fahne gehängt wird.

Hebenstreit lässt sich von seinem Reiseführer sechs Gräber von sechs Deys zeigen, die alle an einen Tag gewählt und am selben Tag ermordet wurden. Aus kleinen Zellen oder Kapellen nicken den Sachsen darin wohnende Eremiten mit langen, weißen Bärten ein freundliches Willkommen zu.

Das Volk nennt sie Marabut und verehrt sie als Heilige und Weise, als religiöse Gelehrte oder als Heilkundige mit besonderen Kräften. Hebenstreit nickt diesen charismatischen Gestalten grüßend zurück, während ihm sein Reiseführer erzählt, dass darunter Persönlichkeiten seien, die auch in der Politik keine unerhebliche Rolle spielen. Sie gehen weiter unter Palmen, weichen stachligen Kakteen aus und steigen brüchige Treppen hinauf zu einer Grabanlage, die eine Kuppel krönt. Sie strahlt in der Sonne im blendenden Weiß. Christian Thran sieht, wie unterwürfige Frauen vor dem Eremiten, der jetzt aus dem Grab heraus tritt, niederknien. Sie sind süchtig nach dessen Autorität, denn seine Kapelle ist ein Schutzort auch für Übeltäter. Und niemand darf sie mit Gewalt herausholen. Manche Grabhöhle ist von wildem Wein umrankt und ähnelt eher einer Weinlaube als einer Eremiten-Wohnung. Doch Thran sieht mehr als der Rest seiner Mitstreiter. Er zeigt Hebenstreit zwischen den Gräbern verschiedene Kräuter und meint: „Da, schau Er, eine Opuntia s. Ficus Indica. Schau Er, was für starke Stämme sie hat. So was kann bei uns in Karlsruhe nur mit großer Mühe im Glashaus gezogen werden! Und hier wächst es zuhauf. Und da, die schönen Hyacinthen und Anemonen. Wir sind nicht auf einem Friedhof, sondern im Garten Eden", ruft Thran begeistert aus.

Hebenstreit dämpft Thrans Kräuter-Euphorie und meint: „Vergess Er nicht, Herr Hofgärtner, in seinem ‚Garten Eden liegen auch christliche Sklaven begraben. Alles hat zwei Seiten!'"

Bei solch friedhöflichen Erinnerungen ist Hebenstreit mit den anderen Sachsen inzwischen im Hafen angekommen. Dort begegnet ihnen der englische Kaufmann Holden, der gerade dabei ist, die Fracht zu überwachen, die auf sein Segelschiff geladen wird. Das Wiedersehen freut beide Männer, zumal sie gestern Abend Gäste in Mr. Holdens Hause waren, wo sie einer üppigen Tafel zusprechen konnten.

Im Hafen von Algier erzählt Mr. Holden von den Gefahren der Seeräuberei im Mittelmeer und macht die Sachsen darauf aufmerksam, dass die in Algier lebenden Türken alle Soldaten sind, sowohl zu Land als zu Wasser.

„Und was ihre Seeräuberei betrifft", weiß Holden zu berichten, „so haben sie acht gute Schiffe mit acht bis zehn Kanonen und dazu neun Ruderboote!" Die Sachsen sind beeindruckt.

„Damit streifen sie nicht allein im Mittelmeer umher", erklärt Mr. Holden weiter seinen deutschen Gästen, „sondern bis an den Ozean, ja manchmal gar bis an den Kanal zwischen Frankreich und England."

Aber jetzt lacht Holden zuversichtlich auf und sagt: „Gott sei Dank haben die Seeräuber Feinde. Der Malteser-Orden hat mehr Schiffe als die Türken und auch mehr Kanonen. Die Johanniter haben Erfahrung seit 1113 – da haben sie mit ihrem Ritterorden Jerusalem gegen die Muslime verteidigt. Und sie sind heute noch genauso aktiv wie damals, wenn es gegen die muslimischen Piraten Seekrieg zu führen gilt."

Diese Worte klingen Hebenstreit noch im Ohr, als er nun Mr. Holden vor dem Bug seines Seglers fragt: „Hat Er keine Angst, Mr. Holden, England nie wiederzusehen?"

Dieser wiegt bedenklich den Kopf, schaut auf die Säcke schleppenden Türken, die die Last auf ihren Rücken elegant die Leiter hinauf zum Deck balancieren und meint: „Seine Frage hat Berechtigung. Heute tragen diese Türken meine Gewürze aufs Schiff, und morgen nehmen sie mir als Piraten alles wieder ab. Es gehört eben ein bisschen Glück dazu, mein lieber Hebenstreit, die Wege zwischen London und Algier lebendig zu überstehen. Aber Ihr seid mit Euerm königlichen Expeditionsauftrag auch nicht viel besser dran. Hier, in den barbarischen Ländern, ist alles irrational. Sie lächeln dir zu, und wenn du dich herum drehst, steckt dir schon das Messer im Rücken. Hier kann zum Beispiel keiner ein Dey werden, wenn er kein geborener Türke ist. Gewählt wird er von den Angehörigen des in Algier stationierten osmanischen Militärs. Seine Mutter darf aber keine Schwarze sein. Eure Augen haben die Gräber der Deys gesehen: am Morgen feierlich gewählt, am Abend tödlich abgewählt. Was habt Ihr vor, wann reist Ihr weiter, verehrter Mr. Hebenstreit?", will Holden wissen.

Hebenstreit überlegt und antwortet: „Bis Mai werden wir noch in Algier bleiben und uns in der Region umsehen. Schade, Sie nicht mehr in der Stadt zu wissen."

Mr. Holden schaut Hebenstreit erstaunt an und korrigiert dessen Ansinnen mit den Worten: „Mr. Hebenstreit, Er irrt. Mein Schiff segelt nach England, aber ich bleibe hier, um meinen weiteren Geschäften nachzugehen.

Und natürlich steht mein Haus ihm und seinen Begleitern offen, so lange Er in Algier weilt."

Eine solche Aussicht freut Hebenstreit, denn die Geschichte mit der freundlichen Begrüßung, der das Messer in den Rücken folgt, hat ihn doch sehr nachdenklich darüber gemacht, worauf sie sich mit dieser Expedition leichtsinnigerweise eingelassen haben…

Über Algier, der weißen Stadt am Meer, geht eine rote Sonne langsam unter, und vom Minarett schallt das Abendgebet in das Zimmer von Hebenstreit. Er genießt mit seinen Männern die Gastfreundschaft des englischen Konsuls. Hebenstreit taucht die Feder in die Tinte und schreibt seine algerischen Eindrücke nach Dresden:

Algier, im Februar 1732

„Seit dem Tag unserer Ankunft bin ich in meinen Verrichtungen von keinem Türken oder Mauren weder in der Stadt noch auf dem Land gestört worden, vielmehr hat man uns als Fremden und, wie man uns zu nennen pflegt, als Barbieros viel Höflichkeit erwiesen. Diesen Namen gibt uns das Volk, weil man uns öfters mit Blumen und Kräutern gehen sieht, welche uns ordentlich ein salvus conductus sind. Ich habe allen angewendeten Fleiß ungeachtet, dass ich ein Medicus, meinen Verrichtungen einen schlechten Dienst erwiesen, wenn ich einigen Großen, sonderlich dem Aga, des Königs Sohn, einige

Medikamente abgeschlagen hätte. Der Letztere hat bei erfolgter guter Wirkung der gegebenen Hilfsmittel mich mit einer jungen Löwin und zwei Stachelschweinen beschenkt (ein sonderbares ärztliches Honorar !) und überdies Ordre gegeben, für mich einige Strauße und andere seltene Tiere aufzusuchen. Einige Andere, denen ich Dienste erwiesen, bemühen sich, auf gleiche Art erkenntlich zu sein. Auf diese Art hoffe ich meine Hauptabsicht, Tiere, so viel man in dem Königreich sich verschaffen kann, zu erlangen, zu erreichen. Ich hoffe ehestens bei der Rückkunft des von dem Dey ausgeschickten Camps, um den Tribut von den Einwohnern des Landes einzutreiben, welches gewöhnlich wilde Tiere mit sich bringt, einen schönen Zusatz zu bekommen.

Die natürlichen Einwohner des Landes, die Mauren, werden von den Türken in einer vollkommnen Sklaverei gehalten, es ist keinem von ihnen erlaubt, Gewehr zu tragen, ihr Vermögen wird bei der geringsten Gelegenheit konfisziert. Sie sind Handwerker und Kaufleute, dahingegen die auf dem Lande sich befindenden Mauren oder Kabylen in einer großen Freiheit sind. Sie sind in Horden verteilt und da sie in Zelten wohnen, ziehen sie von einem Ort zum anderen und nehmen ihren Reichtum, ihr Vieh und ihr Getreide mit sich: ein jedes solcher irrenden Dörfer wird von einem Scheik kommandiert, welcher seinen Tribut niemals gutwillig den ausgesendeten Soldaten entrichtet: ihrer Viele flüchten in die Wüsteneien zu der Zeit, die sie vorher wissen, daher der Dey meistens in der Erntezeit Feldzüge vornimmt. Die an dem Berg Atlas wohnenden Araber sind auf keine Art untertan und tun ordentlich den türkischen Parteien Widerstand, daher keine Reise in das Land ohne starke Bedeckung getan werden kann. Die Einwohner der Stadt Algier sind außer bemeldeten Mauren, welche das türkische Joch willig tragen, eine unsägliche Menge Juden, welche ein Jeder monatlich dem Dey 2 Real Platos bezahlen. Die Christen sind außer den spanischen, portugiesischen, italienischen und deutschen Sklaven in geringer Anzahl und werden von den

Türken hochgehalten, zumal wenn sie unter der Protektion eines Konsuls der Nationen, mit welchen sie in Frieden sind, stehen. Die Herren Konsuln der englischen, französischen, schwedischen und holländischen Nation sind in ihren Häusern und Landgütern, die sie gleichwohl an die Eigentumsherren verzinsen müssen, wohl logiert, und da keine Wirtshäuser in Algier sind, werden die Fremden von diesen Herrn in Haus und Tafel willig aufgenommen. Diese Höflichkeit haben wir von Mr. Black auf eine sonderliche Art genossen, inmaßen wir seit der Zeit unseres Aufenthalts in Algier von ihm nach der den Engländern angebornen Großmut wohl bewirtet werden. Die übrigen Herrn Konsuln haben nach dem Inhalt ihrer unsertwegen erhaltenen Briefe ein Gleiches getan, so dass wir bisher die Barbarei in Algier noch nicht erkannt. Des Königs Haus ist zu gleicher Zeit la cour de justice. Der König sitzt vom Morgen bis Mittag an einem Ort des Hofes seines Hauses, welcher der Audienzsaal ist, woselbst Jedem erlaubt ist, seine Sache vorzutragen. Ein Jeder legt vorher sein Gewehr von sich und der Dey ist Richter derjenigen Dinge, die der Kadi nicht schlichten kann.

Es wird zur Erledigung eines Prozesses nicht mehr Zeit erfordert, als nötig ist, die benötigten Zeugen beizubringen, Anklage und Exekution ist das Werk eines einzigen Tages. Die Türken werden ins Geheim, die Mauren oder andere öffentlich an dem Thore Babels und am Leben gestraft: man sieht an gedachten Orten die Köpfe der Übeltäter in großer Anzahl. Die Christensklaven mussten oft des Henkers Stelle vertreten. Außerordentliche Laster haben außerordentliche Strafen; den Juden oder Mauren, die das Geld beschneiden, werden die Hände abgeschnitten und an den Hals gehängt, in dieser Gestalt werden sie durch die Stadt auf einem Esel geführt. Dieses hat sich vor kurzem zugetragen und haben christliche Chirurgen die Operation verrichten müssen. Die Einkünfte der Days sind ansehnlich. Tassy in seiner Beschreibung von Algier rechnet dieselben jährlich auf 220.000 Piaster. Der Sklavenhandel ist ein großer Anteil der Einkünfte: die Sklaven haben ihre Taxe: ein Capitain gibt 2500, ein Steuermann, Zimmermann, Chirurg oder Künstler 1500, ein Matrose 1000 für seine Loslassung. Die deutschen Sklaven sind höher an Wert wegen ihrer Erfahrenheit im Seewesen, die übrigen werden durch die jährlich ankommenden patres redemptionis nach und nach losgekauft; es ist ein Glück, ein Sklave des Deys zu sein, weil die Patres diesem eher als den andern das Geld zuzuwenden wissen. Ich habe den unglücklichen Zustand der Galeriens in Marseille gegen die Beschaffenheit der barbarischen Sklaverei gehalten: jene können die Last ihrer Ketten kaum ertragen, diese sind gegen einen monatlichen Zins, den sie ihrem Herrn bezahlen, bis auf den Abend, da sie in ihr nicht unbequemes Haus zurückkehren, frei.“

Inzwischen ist die Sonne über Algier versunken, und der Mond versilbert die arabische Nacht. Hebenstreit liest sich beim Licht einer Kerze seinen Reisebericht noch einmal durch, adressiert und versiegelt das Kuvert mit der Hoffnung, dass sein Brief bald in die Hände seines Königs gelangt.

Ein Glück für Mr. Holden, dass er sich entschieden hat, in Algier zu bleiben und nicht mit dem Segelschiff nach London zu reisen. Denn der mit wertvollen Gewürzen beladene Segler – die Waren sollten dem englischen Hof Freude machen – wird im Mittelmeer von osmanischen Piraten umstellt und gnadenlos geentert. Die englische Mannschaft wehrt sich tapfer, verschießt die Kugeln aus ihrer einzigen Kanone auf das nächste Piratenboot. Doch treffen diese das Wasser statt die Segelmasten, an denen die Fahne mit dem Totenkopf heftig flattert. Von zwanzig englischen Matrosen überleben neun, die als christliche Sklaven von den sieggewohnten osmanischen Korsaren gefesselt und unter Deck gebracht, auf die Gewürzsäcke aus Algier geworfen werden. So kommt die teuer erworbene Ware von Mr. Holden auf geheimnisvolle Weise wieder zurück in die Basare der Altstadt von Algier, wo sie dem Engländer als gerade frisch eingetroffen im wortreichen Arabisch neuerlich zum Kauf angeboten wird.

Dem englischen Kapitän des Gewürz-Seglers geht es übrigens als christlicher Sklave gar nicht so schlecht, denn die Türken brauchen erfahrene Seeoffiziere mit Spezialkenntnissen, in der Piraterie der Türken herrscht permanenter Mangel an Personal, das sich in der Seefahrt und Seekriegsführung besser auskennt als die Europäer.

Aber verführerisches Gold haben die Türken genug. Dieser Anziehungskraft unterliegt auch der englische Kapitän mit fliegenden Fahnen, indem er nun für und mit den nordafrikanischen Korsaren die Schiffe der Portugiesen, Italiener, Franzosen wie der Deutschen als reiches Beutegut für die Osmanen entert.

Am 24. Februar 1732 wird die sächsische Reisegesellschaft vor Sonnenaufgang vom Schreien eines Afrikaners geweckt, der vom Turm des spitzen Minaretts, auf dem eine weiße Flagge aufgezogen ist – nur freitags flattert eine grüne Fahne – zum Morgengebet in der Moschee auffordert. Bei einer Unterhaltung mit dem englischen Reverend Chais, der an der nordafrikanischen Küste nach einem Mittel gegen die Pocken forscht, wird Hebenstreit darauf aufmerksam gemacht, mit seinen Leuten gegenüber dem Islam stets guten Willen zu zeigen.

Das heißt, keinesfalls einmal auf den Gedanken zu kommen, eventuell an einem islamischen Gottesdienst teilzunehmen. Das würden die Türken äußerst übelnehmen, denn kein Christ und kein Jude dürfen, bei Todesstrafe, ihre Moscheen betreten. So kommt es, dass die Expedition Augusts des Starken an diesem Morgen vor der Moschee ihre Schuhe nicht auszuziehen braucht, um sie in Reihe abzustellen. Sie müssen auch danach die Hände, das Gesicht und die Füße nicht an einer Quelle aus der Außenmauer der Moschee waschen. Und sie müssen auch nicht barfüßig im hintersten Teil der in hellem Weiß gehaltenen Moschee, überwölbt von vielen Bögen, auf die Knie gehen, gemeinsam mit den Türken, die voller Demut vor Allah mit ihren Stirnen die kostbaren Teppiche auf dem Boden berühren. Hebenstreit findet es schon beeindruckend, dass die Türken fünfmal täglich in die Moschee eilen, um für Allah zu beten.

Wissen ist Macht, das weiß Hebenstreit und lässt damit seine Expeditionsteilnehmer nicht dümmer als die Türken in Algier herumlaufen. Er liest ihnen an diesem Morgen aus dem Koran vor, den er in deutscher Übersetzung mit nach Afrika genommen hatte. Zu diesem Zweck bilden die Sachsen einen sitzenden Kreis, in dessen Mitte Hebenstreit nun referiert.

„Das Wichtigste, was wir wissen müssen", beginnt er seinen Vortrag, „sind im Arabischen die Namen, mit denen Gott verehrt wird. Diese im Dialog mit Muslimen einzuflechten, wird uns manche Tür öffnen, denn der Name des Schöpfers aller Dinge ist im Koran Allah – und dieser Name ist gültig für alle Mohammedaner jeder Rasse und Sprache. Man nimmt an, dass das Wort Allah von Ilah, das heißt Gottheit oder Gott, abgeleitet ist, was zuzüglich des bestimmten Artikels Al die Verbindung Al –Ilah, also ‚der Gott' ergibt, oder nach Meinung mancher Autoritäten vom Wortstamm Al-lah, das heißt ‚der Geheime' führen würde. Einer der treuesten Gefährten Mohammeds war Abu Huraira – er konnte deshalb viele Aussprüche und Handlungen des Propheten überliefern. Abu Huraira vertritt die Auffassung, dass das Wesen Gottes unwandelbar sei und dass dies auch für seinen Namen gelte, dass Allah seit ewigen Zeiten der Name des Ewigen gewesen sei."

Die Sachsen lauschen aufmerksam ihrem Expeditionsleiter, und Schuberth notiert den einen oder anderen Gedanken auf sein immer griffbereites Zeichenpapier.

„Ein anderes im Koran oft benutztes Wort für den Allmächtigen", fährt Hebenstreit fort, „ist Rabb – von Muslimen wird es meist im Sinne von ‚der Erhalter' verstanden. Wahrscheinlich ist es aber eher vom hebräischen Rabbah abgeleitet, was nach der Genesis ‚eine Vielheit' oder ‚etwas von Bedeutung' heißt. ‚Allah' wird Ismu' Dhdhat genannt, der eigentliche Name Gottes. Alle anderen Bezeichnungen Gottes, einschließlich Rabb, werden als Attribute Gottes bezeichnet. Diese Namen werden als ‚die schönsten Namen' genannt, wie es in Sure 7 heißt: ‚Gottes sind die schönsten Namen, so rufet ihn bei diesen an.'"

Dieser Vers ist in den Traditionen kommentiert worden. Abu Hanif sagt, dass Mohammed verkündigt habe: „Wahrlich, es gibt neunundneunzig Namen Gottes. Nur wer immer sie aufsagt, wird das Paradies erlangen."

Christian Gottlieb Ludwig unterbricht Hebenstreit und fragt: „Was war dieser Abu Hanif für ein Mensch?"

Hebenstreit lächelt wissend, bevor er antwortet: „Abu Hamifaan-Nu'Man war ein bedeutender sunnitischer Imam und Rechtsgelehrter. Vielleicht sogar der bedeutendste! Er hat die Hanifa-Rechtsschule gegründet. Sein Vater war ein Seidenhändler in Kufa, wo Hanifa im Jahre 699 nach Christus geboren wurde. Er starb im Alter von 70 Jahren in Bagdad. Man achtet ihn als größte Autorität der sunnitischen Rechtslehre. Seine Rechtsgrundsätze und die seiner Schüler, Imam Abu Yusuf und Imam Muhammad, sind weithin gültiges islamisches Recht. Hanifa soll ein so scharfsinniger Logiker gewesen sein, dass es heißt, er habe durch die Kraft seiner Argumentation beweisen können, eine hölzerne Säule sei tatsächlich aus purem Gold!"

Hebenstreit macht eine Pause, sieht die staunenden Augen seiner Mitstreiter, genießt den Respekt, der ihm ehrlichen Herzens entgegen gebracht wird und ruft in die Runde: „Nichts gegen die deutsche Sprache und nichts gegen unser geliebtes Sächsisch, aber das ist die Wahrheit: Die arabische Sprache ist eine der reichsten und gebildetsten Sprachen wie auch eine der merkwürdigsten. Zur Zeit Mohammeds wurde bereits im größten Teil von Arabien arabisch gesprochen. Wir müssen unterscheiden das Schriftarabisch, das sich bereits vor dem Auftreten des Propheten als eine Art Kunst- oder Literatursprache gebildet hatte, und das Vulgärarabisch, das dem Schriftarabischen voran- und später neben ihm hergegangen ist.

Das Schriftarabisch, das es seit Jahrtausenden gibt, bildet im Ganzen eine feste Einheit. Im Vulgärarabischen unterscheidet man zahlreiche Dialekte. Der Wortschatz ist geradezu erstaunlich, und besonders die Sprache der alten Dichtung hat eine Menge anderswo nicht gekannter Unterscheidungen aufzuweisen."

Christian August Ebersbach ist von Hebenstreits Ausführungen sichtlich fasziniert und verlangt spontan: „Dafür hätte ich gerne ein Beispiel!"

Hebenstreit, erfreut über das Interesse: „Eine Frage, die ich gerne beantworte. Zum Beispiel am poetischen arabischen Namen für Gott, mit dem wir Christen vielleicht auch ins Paradies kommen?" Zustimmender Beifall schallt ihm entgegen. Und mitten in diese lernbegierige Spannung hinein geht Hebenstreit zu einer Tafel mit weiß bespanntem Pergament und schreibt mit einer in schwarzer Tinte gefärbten Feder die Attribute Gottes, die 99-Türen-Öffner zu den Herzen der Muslime, auf das Papier:

Nr.	**Name**	**Übersetzung**
1.	*Ar – Rahman*	*Der Allbarmherzige*
2.	*Ar – Rahim*	*Der Allerbarmer*
3.	*Al – Malik*	*Der König*
4.	*Al – Quddus*	*Der Heilige*
5.	*As – Salam*	*Der Frieden*
6.	*Al – Mus'min*	*Der Gläubige*
7.	*Al – Muhaimin*	*Der Beschützer*
8.	*Al – Aziz*	*Der Mächtige*
9.	*Al – Dschabbar*	*Der Absolute*

Hebenstreit lässt die Feder sinken, überlegt und meint dann: „Die restlichen neunzig Namen sind nicht weniger schön: der Schöpfer, der Gestalter, der Überlegene, der Gebende, der Versorger, der Öffnende, der Wissende, der Beschränkende, der Verteiler, der Demütigende, der Erhöhende, der Ehrende, der Zerstörende, der Hörende, der Sehende, der Herrscher, der Gerechte, der Geheimnisvolle, der Verstehende, der Sanftmütige, der Großartige, der Vergebende, der Dankbare!"

Hebenstreit schöpft Atem, bevor er mit erhobenem Zeigefinger seine morgendliche Koran-Lehrstunde beendet: „Und das neunundneunzigste beeindruckende Attribut Gottes lautet auf Arabisch As-Sabur – das heißt: der Geduldige."

Nachdenklich wie Schüler schauen die Mitglieder der Sachsen-Expedition auf Hebenstreits Tafel – sie fühlen und begreifen, dass sie noch viel lernen müssen.

„Ich wünsche, meine Herren", beendet Hebenstreit seinen Vortrag, „dass wir uns dem Studium des Korans fleißig widmen, denn ohne Wissen um diese Heilige Schrift der Mohammedaner brauchen wir keinen weiteren Schritt in Afrika zu tun und können gleich wieder nach Dresden an die Elbe zurück reisen!"

Aber das will keiner der Anwesenden. Einmütig klatschen sie Hebenstreit Beifall für seinen fulminanten Vortrag.

Am 3. März 1732 schreibt Christian Thran in sein Tagebuch, was ihm seit einiger Zeit besonders auffällt: nämlich die Tatsache, dass die Einwohner mit Krankheiten beschwert sind. Besonders mit Geschwülsten und venerischen Beschwerden. Auch stellt Thran einen ständigen Mangel an Medikamenten wie an Ärzten fest. Deshalb sind die Piraten sehr an diesen interessiert und kapern immer wieder hamburgische Schiffe, um Chirurgen oder Doktoren auf ihre Korsaren-Segler zu holen, wo sie alle Krankheiten kostenlos kurieren müssen. Auch mit den Essgewohnheiten hadert Thran, sieht er doch, dass die Einwohner eine schlechte Diät halten, indem sie am Morgen schon eine Suppe essen, dafür des Mittags Oliven und Brot. Am Abend aber gibt es dick gekochten Reis oder Fleisch, das sie in Stücke schneiden, auf Spieße stecken und braten.

Auch ihre Getränke – Wasser mit gekochten Rosinen oder Zitronensaft mit Zucker – bedürfen der Gewöhnung. Selbst Opium verachten sie nicht. Besonders auf See, wenn sich die osmanischen Piraten mit den Christen-Schiffen schlagen, ist eine kräftige Pfeife willkommen und ein beliebtes Mittel, die abgeschlagenen Christen-Köpfe im Rausch zu genießen!

Am 5. März 1732 wandert die Afrika-Expedition aus Sachsen durch den arabischen Frühling, hinaus, eine Meile außerhalb der Stadt Algier. Hebenstreit folgt einer Einladung des holländischen Konsuls, ihn in seinem Gartenhaus zu besuchen. Solch einer Aufforderung nicht nachzukommen wäre unhöflich. Diese Eigenschaft aber ist Hebenstreit fremd. Im Gegenteil, er bezaubert seine arabischen, türkischen wie europäischen Gegenüber mit einem rücksichtsvoll-verbindlichen Wesen. Er ist stets aufmerksam, gewandt und freundlich. Die gesamte sächsische Mannschaft schreitet hinter Hebenstreit munter voran. Die Sonne scheint etwas verfrüht vom blauen afrikanischen Himmel, denn eigentlich müsste es noch heftig regnen. Erst von April bis Oktober nimmt der Regen Urlaub und überlässt im arabischen Sommer der Sonne das Land. In dieser Zeit halten sich wohlhabende Türken wie auch das diplomatische Personal in ihren Lusthäusern auf, die von blühenden Gärten umgeben sind. In denen findet man Weinberge, aber vor allem Feigen, Mandeln, Orangen und Zitronen. Auch europäische Fruchtbäume wachsen dort. Dafür braucht es Wasserleitungen, und deshalb marschieren die Sachsen an etlichen Brunnen vorbei, aus denen das wertvolle Nass den Tiefen der Erde abgerungen wird, wofür Maultiere geduldig die Wasserräder ziehen.

Beim holländischen Konsul geht es ganz europäisch zu. Er ist ein hochgewachsener, gut aussehender an die 30 Jahre alter Mann. Natürlich hat er türkische Bedienung, die im Garten unter einer hohen Palme einen langen Tisch mit den Köstlichkeiten des Landes gedeckt hat. Der Konsul hält Hebenstreit ein Glas roten Weines entgegen und lächelt ihm zu. Er gibt seiner Freude Ausdruck, so tapfere Männer aus deutschen Landen um sich zu wissen. Hebenstreit bedankt sich wortreich für die freundliche Einladung. Die Gläser klingen, und der Konsul nutzt die Atempause nach dem Trunk, um seine Gäste aufzuklären.

„Meine Herren, genießen wir den Wein", beginnt der Konsul seine Rede. „Wäre ich ein türkischer Gastgeber, so müssten die Trauben frisch aufgegessen oder als getrocknete Rosinen verzehrt werden. Denn die Muslime trinken Kaffee und Tee, aber keinen Wein. Auch Milch wird gern getrunken. Die Milch hier im Lande wäre gut, wenn sie von den Einwohnern nicht mit Wasser verfälscht würde. Die Milch, die hier unverdünnt auf unserem Tisch steht, da bin ich mir sicher, wird Ihren Zungen gefallen. Allerdings werden die meisten Speisen mit Öl zubereitet. Auch Backwerke aus Mehl, Honig und Gewürzen, die unseren Tisch zieren, werden in Öl gebacken. Fleisch wird mit Nudeln gekocht, die besondere Namen haben wie Kuskesa oder Hempsa. Letztere sind innen hohl. Am Islamischen Opferfest ist ein jeder Hausvater verpflichtet, so viele Hammel zu schlachten wie Mannspersonen in der Familie sind. Wir haben uns erlaubt, für unsere Gäste aus Sachsen nur einen Hammel im Feuer zu braten und sind sicher, dass von dem einen Hammel sogar noch was übrig bleibt!"

Diese Bemerkung wird mit kräftigem Beifall unterstützt, denn der Duft des an einem Spieß über dem Feuer gedrehten Schafes, er steigt den Sachsen reizvoll in die Nase.

„Wenn beim dreitägigen islamischen Opferfest vom Fleisch etwas übrig bleibt", fährt der Konsul fort, „legen die Araber dasselbe etliche Tage in Salz, lassen es danach in der Sonne dürre werden, braten es in Öl und konservieren es dann länger als ein Jahr. Diese so hergestellte Speise nennen sie Gale und bedienen sich ihrer sowohl auf See wie auf dem Land. Von alldem sollen meine Gäste kosten und glücklich satt werden!"

Die türkische Bedienung trägt große Schnurrbärte. Diese lassen schwer erkennen, ob ein junger oder ein alter Mann dahinter steckt. Das Personal schenkt roten Wein nach, und am Tisch herrscht nun genussvolle holländisch-sächsische Stille beim Essen und Trinken. Nur Christian Thran kann es nicht lassen, sein Hobby zu referieren: „Herr Konsul", beginnt er vorsichtig, „Er sieht mich begeistert!"

Der Konsul schaut ihn neugierig an: „Worüber?"

Thran, im verschwörerischen Ton: „Was hat Er für einen

herrlichen Garten. Ich kann mich nicht satt sehen an Squilla, Iridibus, Narcissen und der schönen blauen Iris!“

Den Konsul freut der Eifer seines badischen Gastes, der ihn jetzt fragt: „Kennt Er, Herr Konsul, die Sprache der Blumen?“ Sein Gastgeber schüttelt verneinend seinen blonden Lockenkopf und meint: „Ich würde sie aber gerne kennen lernen.“

So eine Antwort gefällt Christian Thran. Er schiebt seinen Hammel-Teller zur Seite und erklärt nun: „Ja, die Iris, sie hat Probleme mit der Liebe. Der sie pflückt, den bittet sie: Richte mein krankes Gemüt wieder auf, du hast es beunruhigt.“

Das Interesse des Konsuls steigt, so dass er fragt: „Gibt es ein ABC der Blumensprache?“

Thran nickt bejahend, innerlich frohlockend, sein Wissen vor dem sympathischen holländischen Konsul ausbreiten zu können. Er nimmt, zur Ermunterung seiner Sinne, einen großen Schluck Wein und verströmt seine Kenntnisse: „In der Blumensprache geht es, wie im Leben, immer nur um das Eine, um die Liebe!“

Von dieser Aussage ist der Konsul kaum überrascht, und stellt fest: „Wo Liebe ist, da ist auch Leid.“

Thran ergänzt: „Wo Liebe, da ist auch Freundschaft. Deshalb sagt die Acacie: In deiner Freundschaft wird mein krankes Herz genesen. Während das Adonisröschen jubelt: Ich bin für dich geboren. Dein ist der Sieg! Aber die Akelei fordert: Kühn und entschlossen, nicht feig muss der Mann sein, den ich lieben soll!“

Der holländische Konsul lobt Thrans Füllhorn: „Sie ist wunderbar, die Blumensprache. Ich verstehe: Wenn mir eine Frau gefällt, braucht es keine großen Worte, weil ich es durch die Blume sage. Da lerne ich heute etwas dazu, Herr Hofgärtner. Mein Vater führte immer das geflügelte Wort im Munde: Lass Augen sprechen! Doch ehrlich gesagt, lass Blumen sprechen, gefällt mir besser.“

Thran ist sehr zufrieden, dass der holländische Konsul an seiner Blumen-Angel hängt. Er holt ein kleines Buch aus der Tasche, sieht in die Tisch-Runde und erklärt forsch: „Unser

Gastgeber, der verehrte holländische Konsul, er möchte in die Sprache der Blumen eingeweiht werden. Es wäre schön, wenn die Herren meinem Vortrag ihre Aufmerksamkeit schenken würden. So haben alle etwas davon."

Allgemeines Stühlerücken beginnt. Jeder setzt sich so bequem wie möglich in Richtung des Redners. In die mittägliche Ruhe erklingt die sonore Stimme des Hofgärtners Christian Thran mit der faszinierenden Erklärung zur Sprache der Blumen. Er schaut in sein kleines Buch und listet nun auf:

„Nach der Akelei sagt die Blume Albar: Anspruchslos und bescheiden fand ich dich immer. Meine Lieblingsblume, die Aloe klagt: Warum betrübst du mich? Stille meinen Schmerz, eh ich vergeh, oder die Reue kommt zu spät. Die Aloeblüte warnt: Du verscheuchst mich durch deine Eifersucht und doch mit Unrecht. Das Alpenröschen verspricht: Wir werden glücklich sein, oder wo ich gedeihe, blühen Liebe und Treue. Und das Alpenveilchen weiß: Sanftmut und Bescheidenheit wohnen in deiner Brust. Die Blume Amaranth sagt tolerant: Tröste dich mit mir. Währen die Amarille fordert: Nur auf gegenseitiger Achtung beruht unser Glück. Die Amethiste freut sich: Ich sehe dich gern. Doch die Andromeda ist skeptisch: Du bist der nicht, den ich erwarte."

Hofgärtner Thran greift wiederum zum Wein, fährt fort: „Aber die Anemone lockt: Du bist mein Tag- und mein Nachtgedanke und mein Traum. Die Angelika, die Engels-Blume, sie fragt besorgt: Was bedeutet deine Schwermut? Doch die Anisblüte verspricht: Deine Artigkeit hat mein Herz gewonnen. Der Apfel aber, meine Freunde, seiner Kugelform wegen, er ist das Bild aller Vollkommenheit, mithin Bild der Welt, der Liebe, des Glücks, der Herrschaft und Regierung. Gäbe es sonst den Reichsapfel?"

Der Maler Schuberth, fasziniert von den Bildern, die Thran in den arabischen Himmel malt, ruft laut: „Das mit dem Apfel ist klar, aber was sagt die Apfelblüte?"

Thran lacht zu seiner Frage: „Sie gibt der Liebe Hoffnung! Lass nur dem Herzen Zeit! Wer früh die Blüten bricht, vernichtet sich die Früchte!"

Schuberth, er gerät langsam in Rage: „Ich nehme an, als nächstes kommt die Aprikosenblüte?"

Thran entgegnet: „Gut geraten. Die Glut deines Innern strahlt dir aus den Augen!"

Auch Hebenstreit nimmt jetzt am Blumen-Spiel teil und fragt nach der Aster, worauf Thran mit der Frage antwortet: „Wirst du mir treu bleiben, so wie ich dir? Weine nicht länger; über den Sternen sehen wir uns wieder."

Der holländische Konsul hat das Gefühl, dass das Gespräch abschweift. Um es zu beenden, geht er nun dazwischen mit einem Kompliment: „Herr Hofgärtner, ich bin überzeugt, Er kann das Blumen-ABC auswendig und deshalb meine Frage nach dem letzten Buchstaben oder besser gesagt, nach der letzten Blume?"

Thran überlegt einen Moment, dann antwortet er mit sicherer Stimme: „Die letzte Blume ist die Zwiebel. Sie warnt: Verletze nicht durch spitze Reden. Deine Salbadereien pressen mir Tränen der Angst aus!"

Hebenstreit: „Ja, die Zwiebel, mit ihren vielen Hemden der Klugheit. Aber unsere Uhr ist abgelaufen. Deshalb lasst uns die Tafel aufheben. Wir haben noch einen langen Rückweg!"

Am 8. März 1732 schreibt Hofgärtner Christian Thran in sein Tagebuch: „*Diesen Tag brachte ein hiesiges Piratenschiff eine spanische Prise. In dieser Räuberei besteht der größte Teil ihrer Unterhaltung. Der Dey bekommt allezeit seinen Teil davon. Das Volk auf diesen Raubschiffen besteht aus Türken, Christen und Mohren. Es können so viele Volontairs mitgehen als nötig. Diese bekommen auch bei gemachten Prisen ihren Part. Sobald sie ein Schiff auf der See gewahr werden, laufen sie auf selbiges zu. Haben sie die Flagge erkannt, heißen sie es, wenn es von einer Nation, mit der sie in Frieden leben, an Bord kommen. Sie prüfen die Pässe, ob sie gültig. Gehört das Schiff aber zu einer Nation, mit der sie nicht in Frieden leben, so tun sie einen blinden Schuss, um ihn zu ermahnen, dass er die Flaggen streichen soll. Kommt er der Aufforderung der Piraten nach, gehen die Türken mit ihren Barken an Bord, nehmen die Christen aus dem Schiff und besetzen es mit Türken und Mohren, stellen sich aber die christlichen Schiffe zur Gegenwehr, so schießen sie diese in Brand, mit Kugeln, die mit Leinwand in Öl getaucht und umwickelt sind. Die in das Wasser springenden Christen fangen sie auf und geben ihnen für ihren Widerstand eine Bastionade auf die Fußsohlen. Die Barken oder kleineren Fahrzeuge verursachen gegen die Christen den meisten Schaden, indem sie unter Spaniens Küsten gehen, sich an das Land legen, die Einwohner überfallen und als Sklaven nach Algier bringen.*"

Am nächsten Tag erleben die jüngsten Teilnehmer der Afrika-Expedition, Christian August Ebersbach und Zacharias Philipp Schultz ein ganz besonderes Schauspiel. Am Morgen spricht sich herum, dass die spanischen Seeleute, die gestern als Piraten-Beute an Land gebracht wurden, heute bis zwei Uhr mittags auf dem Markt zum Kauf angeboten werden. Die beiden Sachsen bahnen sich einen Weg durch die schaulustige Menge aus Türken und Afrikanern, um möglichst nahe an die hölzerne Bühne heran zu gelangen, auf der die Spanier in Ketten auf ihr Schicksal warten.

Der Verkauf folgt einer Zeremonie. Gestern waren die Spanier erst einmal in das Haus des Schiffseigners gebracht worden, nachdem ihnen alle Wertsachen abgenommen worden waren. Der Piratenchef ließ die Gefangenen nach Herkunft und Beruf ausfragen, wollte wissen, ob etwas Brauchbares für seine Flotte zu holen sei.

Auf dem Markt stehen die Spanier schon seit vier Uhr in der Frühe bei starkem Regen und ziemlicher Kälte. Jetzt, gegen zehn Uhr, müssen sie aber in das Königshaus zwecks Begutachtung, welcher Christ den höchsten Preis erzielen könnte. Meist behält der König den Kapitän, den Chirurgen und geschickte

Zimmerleute. Wer diese kaufen will, muss tief in den Geldbeutel greifen. Der Kapitän kostet 2500 Taler, die übrigen 1500. Bei einem Matrosen wird zwischen 500 bis 800 Talern gefeilscht. Die Sklaven des Dey tragen einen kleinen eisernen Ring an ihren Füßen. So weiß jeder, wem sie gehören. Vor Jahren war die Tortur noch grausamer: Den gekaperten Christen wurde das Wappen des Dey auf die Stirn gebrannt. Dagegen gab es heftigen Protest der europäischen Konsuln, verbunden mit der Drohung, wenn Türken in christliche Gefangenschaft geraten, mit ihnen genauso zu verfahren. Die Türken wollten sich das nicht antun. Deshalb einigte man sich auf die kleinen eisernen Ringe.

Alle Abende müssen die Spanier zusammen mit den anderen christlichen Sklaven beim vierten Ruf des Muezzins, gegen 4 Uhr, im Zuchthaus der Sklavenunterkunft erscheinen, wo sie Brot und Wasser erhalten. Von diesen Einrichtungen, eine gehört dem Dey, gibt es in Algier drei. Sie sind ziemlich groß und in Kammern unterteilt. Die Sklaven schlafen in Hängematten. In den Zuchthäusern gibt es jedoch auch Tavernen, in denen die Sklaven nach getaner Arbeit ein wenig Erholung finden.

Ein Sklave, der glaubt, von seinem Patron zu sehr misshandelt zu werden, kann sich beim König beschweren. Wird aber einer Türke und bekennt sich zum Islam, so erhält er die Freiheit. Vorausgesetzt, er zahlt zurück, was er seinen Besitzer gekostet hat. Jeden Freitag haben die Christen-Sklaven frei, und wer am Sonntag bei seinem Konsul eine Predigt hören will, bekommt auch etliche Stunden Ausgang. Versucht aber einer zu entlaufen und wird wieder eingefangen, so erhält er 30 bis 40 Schläge gegen die Fußsohlen, damit er nie wieder auf den Gedanken kommt, die Freiheit zu suchen.

All dies erfuhren die Sachsen auf dem Markt, denn der holländische Konsul ist ebenfalls zugegen und kann auf die neugierigen Fragen der jungen Männer gar nicht so schnell antworten, wie sie ihn bedrängen.

Aber es sollte noch spannender werden, denn am 10. März 1732 wird die Sachsen-Expedition zum Aga, dem Sohn des Königs, berufen. Ehe die Deutschen in sein Zimmer treten, müssen sie ihre Schuhe ausziehen. Der Raum ist mit etlichen Pistolen und Flinten geziert wie auch mit anderen Gewehren. An den Wänden stehen englische Uhren. Der Boden ist mit Matten ausgelegt, an verschiedenen Orten stapeln sich pralle Kissen. Eine Matratze wie ein Unterbett lässt das Gemach wie ein Schlafzimmer erscheinen, denn über dem mittleren und größten Kissen erhebt sich ein Baldachin. Unter ihm kann der Sohn des Königs am Tag sitzen und in der Nacht schlafen. Seine Bedienung ist sehr ansehnlich, entsprechend seines Ranges als General der Kavallerie. Weil er von Mohammed abstammt, trägt er einen grünen Turban.

Vergeblich suchen die Augen der Sachsen nach Frauen, denn diese haben sich zurückzuziehen, wenn Fremde den Königspalast betreten. Auch die Frau des Königssohns, eine von vielen, verlässt nur den Palast, wenn sie die Gräber ihrer verstorbenen Freunde besucht. Oder wenn die Frauen ins Bad gehen. Dabei müssen sie so verhüllt sein, dass nur ihre Augen zu sehen sind.

Ihr Haik, der Überwurf für Frauen, bedeckt den ganzen Leib vom Kopf bis zum Fuß. Ihre Pantoffeln sind zum Teil aus Leder, einige sind bestickt, andere von Silber durchbrochen und vergoldet. Ihre Hosen, von weißer Leinwand, sind sehr lang. Auf dem Kopf tragen sie ein rotes Seidentuch. Die Ohren sind mit Ohrenringen und Juwelen geschmückt, den Hals zieren goldene Ketten oder Perlen. Auch um die Hände tragen sie viele Perlen, um die Füße aber einen goldenen oder silbernen Ring.

Haare und Augenbrauen färben sie schwarz. Das alles hatte der holländische Konsul den Sachsen erklärt, doch deren Belehrung ist noch nicht zu Ende.

Während sie auf den Kissen Platz nehmen, wird ihnen sogleich Tee serviert, während der Sohn des Königs das Wort ergreift. „Es ist mir eine Ehre“, spricht er seine Gäste im perfekten Englisch an, „die Abgesandten des Kurfürsten von Sachsen und Königs von Polen hier in Algier begrüßen zu können. Unsere Hilfe für dero Expeditions-Absichten werden wir mit Allahs Willen erfüllen. Auch mit Musik und Tanz!“

Der Sohn des Königs klatscht in die Hände, und wie aus dem Nichts stürmen vier Türken mit Trommeln in das königliche Gemach und beginnen einen aufreizenden Wirbel. Sie wenden sich gegen eine reich verzierte Wand aus Holz, die plötzlich zur Tür wird und sich öffnet. Aus ihr springt eine Afrikanerin in die Mitte der immer wilder trommelnden Musiker. Sie trägt ein seidenbesticktes Tuch um die Hüften – und sonst nichts. Ihre großen Brüste tanzen im Takt der Trommeln, und ihr pralles Gesäß schwingt sich im Kreis, dass den Sachsen ganz schwindlig vor Augen wird. So etwas haben sie noch nie erlebt, diesen wahnsinnigen Trommel-Rhythmus, zu dem die dunkelhäutige Frau eine Art Gebet für den männlichen Phallus tanzt. Denn ihre Gesten sind eindeutig. Und sie schenkt ihre erotische Botschaft sowohl dem Sohn des Königs wie den ihr versteinert zusehenden Sachsen. Doch so, wie Tänzerin und Trommler aus dem Nichts kamen, sind sie auch wieder verschwunden, während den Sachsen noch immer die Trommeln in den Ohren tönen.

„Wie gefällt meine Konkubine?" will der Sohn des Königs wissen. „Türkische Frauenzimmer sind langweilig", erklärt der Aga. „Die Huren in Algier sind privilegiert. Wer sie pachtet, bezahlt dem Dey eine gewisse Summe Geldes. Aber allen mohrischen Frauenzimmern ist es bei Strafe, ersäuft zu werden, verboten, mit Christen ihre Lebensart zu treiben."

Der Königssohn hebt warnend seinen mit einem großen Smaragd-Ring geschmückten Finger gegen seine sächsischen Gäste und tönt: „Auch Christen werden, wenn sie das Verbot missachten, dafür mit ihrem Leben büßen!"

Die Sachsen schlürfen ihren inzwischen kalt gewordenen Tee und sind sich nicht ganz sicher, ob sie die Gastfreundschaft weiter genießen können oder eher in einer osmanischen Falle sitzen. Sie schwören sich nach diesem Besuch, die Finger von türkischen, arabischen oder „mohrischen" Weibspersonen zu lassen, auch wenn sie sich noch so verlockend in den Hüften wiegen. Hebenstreit macht seinen Expeditionsteilnehmern klar, dass er denjenigen, welcher gegen diese Regel verstößt, sofort nach Europa zurückschickt.

Heute Morgen, am 28. März 1732, heißt es zeitig aufstehen, denn bereits um 6 Uhr früh gehen die Sachsen mit dem englischen Konsul zum Hause des Dey, um ihm zum Fest des Fastenbrechens zu gratulieren. Der Hof vor dem Haus ist bereits mit einer Menge Volk gefüllt, das sich schiebt und drängt, so dass die Christen-Männer es schwer haben, zum Saal des Dey vorzudringen. Hier, wo sonst der Staatsrat tagt, sitzt der Herrscher auf einem kleinen Sofa aus Tierhäuten. Sein erstes Gebet hat er schon in der Hauptmoschee verrichtet. Während neben ihm zwei von den Vornehmsten sitzen, stehen die Übrigen linker und rechter Hand. Auf der Erde befindet sich eine lange, mit vier Tüchern belegte Tafel, auf der irdene Schüsseln in unterschiedlicher Höhe, symmetrisch angeordnet, stehen. Die Speisen duften: Kuskus mit Lammfleisch. Ganz oben an der Tafel, umgeben von vielen Kissen, sitzt der Dey, vor dem die Türken Spalier stehen, um ihm ehrfürchtig die Hand zu küssen. Ein Privileg, das schwarzen Afrikanern verwehrt ist. Auch die Sachsen küssen dem Dey die Hand, aber die neben dem Dey sitzenden Vornehmen werden nur per Handschlag begrüßt. Danach werden die Gäste auf eine Galerie geführt, von der Trommeln und Pfeifen klingen.

Nach einer Weile erscheint ein Adjutant und verkündet, dass der Aga kommt und deshalb für das Oberhaupt der Janitscharen Platz zu machen ist. Die Menge teilt sich, und hinter dem Adjutanten folgen Soldaten mit spitzen, aus Leinwand gewundenen Mützen mit einem roten Kreuz.

Sie vertreten die Wachen. Nach ihnen betreten Soldaten mit großen blechernen Mützen, an denen eine weiße Feder hängt, den Raum. Diesen folgen alte, ausgediente Offiziere mit großen weißen Federbüschen. Schließlich reitet der Aga ein. Auf einem weißen arabischen Hengst sitzt er, in einem Kleid aus Damast, stolz im roten, goldbestickten Sattel aus Samt.

Unter dem Beifall des staunenden Volkes springt der Aga elegant vom Pferd und betritt den Saal, um mit dem Dey und allen Anwesenden gemeinsam zu beten.

Das Gesicht und den ganzen Körper in demütiger Haltung auf den mit Teppichen ausgelegten Boden gerichtet, steigt ihr Gebet zum Himmel auf: „Heiligkeit dir, o Gott! Und Preis sei dir! Groß ist dein Name! Groß ist deine Größe! Es gibt keine Gottheit außer dir! Ich suche Zuflucht beim Herrn vor dem verfluchten Satan. Im Namen Gottes, des Allerbarmers, des Allbarmherzigen. Lob sei Gott, dem Herrn der Welten, dem Barmherzigen und Gnädigen! Dem König des Jüngsten Gerichts! Dich verehren wir und schreien zu dir um Hilfe! Führe uns auf den rechten Weg! Den Weg derer, denen du gnädig bist! Nicht derer, denen du zürnst und die in die Irre gehen. Sprich: Er ist der einzige Gott. Der unwandelbare Gott. Er zeugt nicht und ward nicht gezeugt. Und niemand ist ihm gleich. Gott ist groß! Ich preise die Heiligkeit meines Herrn, des Großen! Gott hört die, die ihn preisen. Ich preise die Heiligkeit meines Herrn, des Allerhöchsten!"

Jetzt richten sich alle wieder auf. Die alten Offiziere nehmen an der Tafel Platz. Es wird mit den Händen gegessen und Sorbet, später Kaffee getrunken. Die Sachsen werden nun wiederum in den Saal geleitet, in dessen Mitte Sand ausgeschüttet wird und Seile gespannt werden. Hinter den Seilen stellen sich zwölf starke Türken auf. Sie sind nackt und haben nur lederne Hosen an. Ihr ganzer Leib ist mit Öl eingerieben. Auf dem Kopf trägt jeder ein zusammengelegtes Schnupftuch. Es beginnt Paar für Paar ein martialischer Ringkampf. Angefeuert von den Gästen des Dey, versuchen die Kontrahenten, den Gegner auf den Rücken zu legen. Dem Sieger winkt eine vermehrte monatliche Gage. Der Kampf ist derb, und der Sand spritzt bis auf die Tafel des Dey. Nach dem Ringen küssen Sieger wie Verlierer dem Dey die Hand und versichern ihm, dass sie mit seiner Regierung sehr zufrieden sind. Diese Versicherung lassen sie auch dem Aga zukommen.

In den Saal treten jetzt zwei vornehme Juden. Einer trägt eine silberne Büchse, welche oben durchlöchert und mit wohlriechendem Likör gefüllt ist. Der andere schwenkt eine silberne Kanne mit Weihrauch. Die Gesichter der Anwesenden werden mit dem Likör bespritzt und vom Weihrauch angeblasen.

Der Adjutant, der das Kommen des Aga verkündet hatte, läuft auf dem Platz vor dem Haus herum wie in Trance und schreit: „Möge dieses Fest glücklich enden!" Während die Menge im Chor zurück schreit: „Glücklich sei unser Dey!"

Die Sachsen haben genug gesehen. Als sie gehen wollen, werden sie darauf aufmerksam gemacht, dass sie dem Dey zum Abschied noch einmal die Hand küssen müssen. Inzwischen sind Sand und Seile beiseite geräumt, als hätte hier nie ein Ringkampf stattgefunden. Der Dey ist aufgestanden, denn neben ihm steht nun ein Mufti. Es ist der höchste Rechtsgelehrte in Algier. Der Mufti trägt einen grünen Turban und ein Kleid von Damast, das am Hals und an den Ärmeln mit dem Fell eines Leoparden verziert ist. Die Sachsen und der englische Konsul verabschieden sich unter demütigem Nicken vom Dey und vom Aga, während der Konsul Hebenstreit zuflüstert: „Das ist einer von den gefährlichsten Tagen für den Dey. Bei diesem Fest wurde schon so manchem Dey mit dem Messer im Rücken die Freude des Lebens geraubt."

Eine Bemerkung, die Hebenstreit ein paar Schritte schneller den Saal verlassen lässt. Auf der Straße vor dem Palast des Dey werden die Fremden von jungen Leuten mit wohlriechendem Wasser bespritzt, bis sie ihnen Geld geben. Die sächsische Mannschaft sieht noch einmal hinauf zu der im Winde wehenden Flagge auf dem königlichen Haus und marschiert dann zum Hafen, wo sich ihnen andere Bilder bieten: geraubte Schiffe aller Nationen, kleine Boote, allesamt beflaggt. Überall im Hafen stehen Zelte, in denen alte Männer süßes Wasser trinken. Kinder sitzen auf Wagen oder hölzernen Pferden, die unter Jauchzen über das steinerne Pflaster gezogen werden. Pilger halten bettelnd ihre Hand auf, nichts weiter am Leibe tragend als eine Weste und zerrissene Beinkleider.

Und überall trommelt und pfeift es, während an der Mole ein Schiff vor Anker geht, von dem Christen-Sklaven, deren Hälse mit eisernen Ketten verbunden sind, von Bord getrieben werden. Es sind Sklaven, die versucht haben, aus Algier zu fliehen.

Vor den Augen der Sachsen werden die Männer auf den Rücken geworfen. Die Matrosen-Soldaten halten ihre Füße nach oben, prügeln, dass das Blut nur so spritzt.

Schaudernd verlassen die Sachsen die Strafaktion im Hafen von Algier und hoffen, dass ihnen beim nahenden Osterfest solche Bilder erspart bleiben.

Rote und grüne Fahnen flattern im Aprilwind um das Zelt des Aga. Es ist mit prachtvollen Teppichen ausgelegt, auf denen Blüten und Pflanzen abgebildet sind, exotische bunte Vögel und Blumen in allen Farben. Die Zeltwände glitzern weiß und grün. In der Mitte prangt ein großes Sofa, das mit Damast-Kissen belegt ist. Dahinter stehen kunstvoll geschnitzte Kisten, deren Deckel geöffnet sind, so dass der Besucher sehen kann, was sie enthalten: Pulver, Kleider und Geld.

Um das Zelt des Aga herum stehen noch andere Zelte für seine Diener. Der Aga hat die sächsische Reisegesellschaft zu einer Schweinejagd eingeladen. Dafür hat er acht Jäger bestellt und mehrere Reiter, die verwegen mit Pistolen im Gürtel, Gewehren auf dem Rücken, mit Turbanen, die ihr Gesicht verhüllen, laut schreiend auf ihren rassigen Araberpferden um die Zeltstadt galoppieren. Sie gewähren dem Aga Schutz. Im Moment sitzt er unter einem Baum auf einer wollenen Decke und genießt sichtlich das Treiben. Es sind nicht nur Pferde zu sehen, sondern auch Maultiere, bereits beladen für die Jagd.

Die Sachsen sitzen als Gäste vor dem Aga, während die türkische Bedienung verschiedene Schüsseln vor ihnen aufbaut. Auf einem silbernen Tablett wird ein ganzes Lamm gebracht, innen mit Brot, Mandeln, Rosinen und Zucker gefüllt. In anderen

Schüsseln befindet sich eine gekochte Speise aus Mehl, Mandeln und Zucker. Jetzt wird Tee serviert, und der Aga eröffnet das Mahl. Der Blick von Johann Ernst Hebenstreit fällt auf das Zelt, in dem die Christen-Sklaven schlafen. Der Aga hatte es ihm am Morgen zur Besichtigung geöffnet. Hebenstreit kam aus dem Staunen nicht heraus. Das Zelt der Sklaven ist innen rot. Auf die Zeltbahnen sind Tücher aufgenäht, mit zarten Blumen verziert. An den Seiten hängen lederne Flaschen, überzogen mit schwarzem Samt, geschmückt mit Stickereien in Gold und Silber.

„So schlecht geht es den Sklaven eigentlich nicht", denkt Hebenstreit und sieht zufrieden, wie sich seine Sachsen an dem köstlich zubereiteten Lamm abarbeiten. Viel bleibt für die Hunde nicht übrig, die aufgeregt bellen und die Runde umkreisen. Wenn der Aga aufsteht, wissen alle, dass das Mahl beendet ist, auch wenn noch volle Schüsseln mit gefüllten Weinblättern auf hungrige Mägen warten.

Jetzt wird dem Aga eine kupferne Kanne mit Wasser gereicht, damit er sich die Hände waschen kann. Gleiches geschieht den Sachsen. Danach wird dem Fürsten das Pferd gebracht, eine schöne Stute von der besten Rasse. Der Sattel wie die Satteldecke sind von schwarzem Samt und mit Gold und Silber bestickt. Über seinem weißen Kleid trägt der Aga einen fünf Finger breiten Riemen, ebenfalls mit besticktem schwarzem Samt überzogen. Auf der linken Seite stecken zwei Pistolen. Auf der rechten Seite hängt die Patronentasche. Über der Schulter trägt er einen kostbaren Säbel.

Nun schließen sich dem Aga die acht Jäger und die Reitertruppe an, ebenfalls mit Pistolen und Gewehren bewaffnet. Ein wildes Bild bietet sich den Sachsen, das der junge Schuberth auf seinem Zeichenblock festzuhalten versucht, bevor die Jagdgesellschaft entschwindet.

Hebenstreit notiert in seinem Tagebuch, dass sie an einem Ort sind, welcher zwei Meilen von der Stadt Blida entfernt liegt, wozu sie von Algier aus drei Tagereisen gebraucht hätten. Er beschreibt den bis zu 1500 Meter hohen Gebirgszug mit dem Berg Chrea, in dessen Nähe der Aga seine Jagd veranstalten will. Hebenstreit wünscht Erfolg bei der Schweinejagd, und dass selbige ohne Begegnung mit Löwen oder anderen Raubtieren glücklich ausgehen möge.

Der Aga reitet im leichten Galopp dem Gebirge entgegen, hinter ihm Jäger und Reiter. Die arabische Stute des Aga steht für Ausdauer und Mut – mehr als ein Hengst. Der verfügt über andere Qualitäten… wie Schönheit und Intelligenz.

Der Aga reitet ein Asil-Pferd. Asil ist das arabische Wort für reines Blut. Der Aga, ein strenggläubiger Muslim, weiß aus dem Koran, dass die Araberpferde Mohammed zu verdanken sind.

Dieser hatte die Bedeutung eines reinen und rassigen Pferdes im Kampf gegen die Heiden erkannt und forderte seine Gläubigen zur sorgfältigen Pferdepflege auf. Der Aga kommt der Forderung Mohammeds gerne nach. Hatte Mohammed doch den Muslims versprochen: „Jedes Gerstenkorn für ein Pferd bringt Vergebung im Himmel für eine Sünde!“

Der Aga wird aus seinen religiösen Gedanken gerissen, denn die Jagdgesellschaft trifft unvermittelt auf eine Schweineherde, die in rasender Geschwindigkeit zu entkommen versucht. Schüsse zerreißen die Luft. Doch die Schweine sind in dieser zerklüfteten Felsenlandschaft zu Hause. Jeder Stein wird für sie zur Deckung. Das Schweinerudel löst sich auf und springt wie zerbrochenes Glas auseinander, so dass selbst die Hunde nicht wissen, welchem Schwein sie hinterher rennen sollen. Was bleibt dem Aga anderes übrig, als noch tiefer in das Gebirge einzudringen, denn ohne Jagdglück zurückzukehren, wäre unter seiner Würde. Doch diese Schande bleibt ihm erspart.

Zu später Stunde erlegen die Jäger vier Schweine. Im Zeltlager werden die Schweine den Hunden überlassen, auf dass sie sich auf die nächste Jagd freuen. In das Lager des Aga sind inzwischen Mädchen und Frauen aus den umliegenden kleinen Dörfern gekommen, die den Fürsten und seine Jagdgesellschaft mit roten Fähnlein begrüßen und ihrem König und seinen Männern Schüsseln mit Kuskus und Hammelfleisch anbieten, aber auch Pfannkuchen, in Honig getunkt, Backwerk und gebratene Hühner. Dazu wird Buttermilch gereicht. Was dem Aga und seinen Männern an Gastfreundschaft widerfährt, kommt auch den Sachsen zugute, wissen sie doch, dass morgen in aller Frühe die Zelte abgebrochen werden und ihnen ein anstrengender siebenstündiger Ritt nach Buchfaluem bevorsteht.

Der Aga hat sie darauf vorbereitet, dass sie auf dem Weg dahin einen Fluss, der von den Bergen kommt, überqueren müssen. Der Wasserlauf ist so windungsreich, dass sie ihn mindesten zwölfmal queren müssen. Von Buchfaluem geht es weiter in die Stadt Miliana, die 74 Meilen südwestlich von Algier liegt. Sie wurde im 10. Jahrhundert auf dem Gelände einer alten römischen Stadt gegründet. Angelegt auf einem Hochplateau mit steiler Böschung, gut bewaldet und reich an Wasser.

Als die Reisegesellschaft sich der Stadt nähert, wird sie von den Vornehmsten derselben auf Pferden und mit Musik begrüßt. Der Duft von Rauchfässern weht den Reisenden entgegen.

Die Männer tragen Gewehre. In den Händen halten sie weiße, grüne und rote Fahnen, auf die arabische Buchstaben gestickt sind. Sobald der Aga sich mit seiner Begleitung nähert, begrüßen sie ihn mit Gewehrschüssen und lautem Geschrei, während sie ihn an sein Zelt begleiten.

Drei Tage später. Hinter der Gefolgschaft des Aga reiten die Sachsen eine Stunde lang über die Berge. Sie sind zu einer Löwenjagd eingeladen. Endlich kommen sie in eine abenteuerliche Gegend voller Büsche, Mastix, Tamarisken und Pistazien. Was für ein Anblick. Das Tal ist gut und gerne mit tausend Mauren gefüllt, teils zu Pferd, teils zu Fuß. Sie begrüßen den Aga mit Schüssen in die Luft. Viele tragen Jagdspieße, mit denen sie das verborgene Wild erlegen sollen. Ein wüstes Geschrei und Schießen umgibt die Ankömmlinge.

Aber im selben Moment löst sich die Menge auf, um in den nächsten vier Stunden einen Löwen für den Aga zu erlegen. Leider findet sich kein Wild. Nur eine von Hunger gezeichnete

Hyäne fällt der Jagd zum Opfer. Es wird viel Munition verschossen, das Ziel jedoch verfehlt, so dass der Aga die Jagd aufheben lässt. Die Hyäne wird unter großem Tamtam an Ort und Stelle vergraben, denn die Einwohner glauben, dass das Gehirn der Hyäne der Zauberei dient. Deshalb verscharren sie das Tier mit größter Sorgfalt, damit niemand zu Schaden kommt.

Hebenstreit und seine Leute sind im Herzen froh, dass ihnen der Anblick eines toten Löwen erspart geblieben ist. Denn ihr kurfürstlich-königlicher Auftrag lautet ja, möglichst viele lebendige Tiere nach Sachsen zu eskortieren. Auch merken sie, dass es ein Fehler war, der Einladung des Aga zum Jagdvergnügen zu folgen. Hat doch der Fürst überall im Land Verwandtschaft, so dass er das Angenehme mit dem Nützlichen verbindet und seinen sächsischen Gästen erklärt, wie sehr sich seine Anverwandten freuen werden, die sächsische Expedition kennen zu lernen. Deshalb ginge der Ritt noch drei Tage weiter nach Medea. Eine Reise, die sie nicht bereuen würden, denn in Medea sei das größte römische Aquädukt des Landes zu bewundern.

In der Nacht jedoch kommt es im Zelt der Sachsen zum Streit. Christian Gottlieb Ludwig wie auch Hofgärtner Christian Thran wollen zurück nach Algier und nicht weiter als Anhang des Aga durch die Wüste reiten. Immerhin haben sie noch kein einziges Tier für ihren König erwerben können. In ihrem Aufstand gegen Johann Ernst Hebenstreit werden sie von Christian August Ebersbach unterstützt. Auch er meutert. Die anderen schweigen.

Doch Hebenstreit versucht zu beschwichtigen: „Die Expedition läuft Gefahr, auseinander zu brechen. Das kann ich nicht zulassen. Andererseits verstehe ich den Unmut der Expeditionsteilnehmer. Bis zum jetzigen Zeitpunkt haben wir viel erlebt und erfahren. Doch unser Auftrag scheint in der Weite der algerischen Wüste zu versanden. Außer den von Thran gesammelten Pflanzen haben wir weder Tiere erworben und nach Sachsen geschickt noch Häute oder Skelette. Schuberth zeichnet zwar fleißig seine Eindrücke von der arabischen Welt. Aber das genügt natürlich nicht. So können wir unseren Auftrag nicht erfüllen."

Hebenstreit steht vor einer Mauer des Schweigens. Seine in aller Offenheit geäußerten Bedenken setzen ihn auch selbst unter Druck. Deshalb geht er in die Offensive und erklärt: „Uns ist schon lange bewusst, dass es ein Fehler war, der Einladung des Aga zu folgen. Wir genießen seine Gastfreundschaft auf der einen Seite, auf der anderen sind wir von seinen Plänen abhängig. Wir sind in einem fremden Land. Wir kennen weder Weg noch Steg. Wie blind reiten wir in seiner Gefolgschaft über Berg und Tal. Wenn er auf die Idee käme, uns Christen in der Wüste auszusetzen, die Pferde wegzunehmen und unsere Wasserflaschen in den Sand zu leeren – wir wären von einem Tag auf den anderen verloren und des Todes."

Hebenstreit spürt, wie seine Worte wirken. Deshalb wendet er sich besonders eindringlich an die drei Meuterer. „Ich kann, Herr Hofgärtner", beginnt er seine Rede, „morgen den Aga überreden, Euch zurück nach Algier reisen zu lassen. Nur muss Er wissen: Er reist dann ohne Schutz. Keiner baut ihm für die Nacht ein Zelt auf. Keine Reitertruppe gibt Geleit. Essen und Trinken muss Er sich selber besorgen. Ob Er den richtigen Weg findet, ist seine Sache. Und muslimische Weiber, die Christen Buttermilch reichen, wird Er vergeblich suchen."

Hebenstreit macht eine Pause, lässt seine Worte in ihre Köpfe dringen, sieht, wie sich die Gesichter von Thran, Ludwig und Ebersbach zur Nachdenklichkeit verändern. Er lässt ihnen Zeit, bis er fortfährt: „Es hilft alles nichts. Wir müssen uns fügen. Aus Gastfreundschaft kann leicht Feindschaft werden. Gott möge das verhüten. Was macht es aus, wenn wir noch zwanzig Tage im Gefolge des Aga reisen? Er muss ja doch zurück nach Algier. Und wir mit ihm. Aber unter seinem Zelt sind wir sicher! Sind wir wieder in Algier, werden wir uns beim Aga wie beim Dey bedanken, danach mit Hilfe des englischen und holländischen Konsuls ein Schiff besteigen und nach Tunis segeln. Ist das nicht ein vernünftigerer Plan als der Eure, Herr Hofgärtner?"

Der so Befragte antwortet nicht, dafür nimmt Ludwig das

Wort: „Ich muss dir widersprechen, Johann Ernst. Dass wir unseren kurfürstlichen Auftrag nicht erfüllen, weise ich energisch zurück. Ich schreibe jeden Tag alles, was uns widerfährt, ganz ausführlich in mein Diarium. Ich schreibe über die Beschaffenheit des Landes, über die unterschiedlichen Ess-und Kulturgewohnheiten der Türken und Araber. Ich beschreibe die Kleidung der Berber, welche Pferde sie reiten und welche Waffen sie führen."

Ludwig ringt nach Luft bevor er weiter spricht: „Also, Land und Leute werden von mir so anschaulich wie möglich beschrieben, auf dass unser Kurfürst und König ein Bild von unserer Expedition bekommt."

Hebenstreit schaut Ludwig in die Augen und sagt besänftigend: „Dafür bin ich dir auch dankbar, Christian. Aber dass du so naiv bist und glaubst, hier so einfach wegzukommen, beunruhigt mich schon. Wir müssen zusammenhalten. In jeder Sekunde, in jeder Minute, in jeder Stunde, an jedem Tag, in jeder Woche, in jedem Monat. Wir müssen zusammenhalten! Wenn nicht, siehst du, Christian, dein Leipzig nie wieder, so wie Herr Hofgärtner Thran Karlsruhe vergessen kann und wir unser Dresden."

Thran holt tief Luft, um seinerseits zu antworten: „Wir müssen zusammenhalten, das ist wohl wahr. Aber wir müssen uns auch unsere Unabhängigkeit erhalten und vor allem unseren Auftrag, den dürfen wir nicht aus den Augen verlieren. Was macht das für einen Sinn, vier Stunden sinnlos im Zelt zu sitzen und zu warten, bis der Aga geruht, von seiner Schweinejagd zurückzukehren. Denn das Warten war ja vom Aga befohlen, zwei seiner Reiter waren extra abkommandiert, uns nicht aus den Augen zu lassen.

Das macht keinen Sinn. Deshalb plädiere ich für Umkehr. Doch ich begreife, dass das ein frommer Wunsch ist."

Hebenstreit fällt ein Stein vom Herzen. Der Konflikt ist ausgeräumt. Es gibt nur noch ein gemeinsames Wollen – oder eben Müssen... Und er ärgert sich schon, dass er bisher zu wenige konkrete Aufgaben an die einzelnen Mitreisenden verteilt hat. Passivität schafft Aggressivität. Das muss ich ändern, nimmt sich Hebenstreit vor.

Am anderen Morgen verscheucht die afrikanische Sonne die Schatten der Nacht. Die Männer der sächsischen Expedition satteln ihre Pferde, laden ihre Gewehre und umwinden ihre Gesichter mit weißen Tüchern, die sie gegen Wind, Sand und brennende Sonne schützen werden.

Da taucht im Licht der Morgensonne wie eine Fata Morgana eine Reitergruppe bewaffneter Nomaden auf. Unter Schreien und Abfeuern von Schüssen umreiten sie die Zeltstadt der Sachsen, die wie gelähmt vor diesem arabischen Spektakel stehen, nicht wissend, ob der Reiter-Zirkus zum Vergnügen zelebriert wird oder sie im nächsten Moment Räubern in die Hände fallen? Aber so schnell der Spuk über sie hergefallen ist, so schnell ist er auch wieder zerstoben. Nur der Sand wirbelt noch von den Hufen der davon galoppierenden Pferde auf und spritzt ihnen gegen ihre Reisekleider.

SCHWEINEJAGD UND SCHIFFSTRANSPORTE

Algier, Mai 1732

Der Kunst-und Lustgärtner Christian Thran notiert weiter nüchtern, fleißig und scheinbar emotionslos die mitunter spärlichen, manchmal aber auch aufregenden Ereignisse in sein Tagebuch:

„23. Mai: Der Aga divertierte sich mit der Schweinejagd, derer über 30 getötet wurden.

24.-26. Mai: Blieben wir mehrentheils in dieser Gegend und rückten alle Tage nur ein wenig fort, so dass wir endlich nahe by Algier anlangten und also unsere Reiße nicht ohne Nutzen endeten. Die Berge scheinen an vielen Orten Kupfer oder Eisen zu haben, doch der Mangel an Holtz und die Unerfahrenheit macht, dass sie solches nicht achten. Die Einwohner des Landes sind mehrenteils unter der Botmäßigkeit der Türken, ausgenommen einige, so auf den Bergen wohnen, und wegen derselben beschwerlichen Wegen bis dato von dem Joch frei sind. Sie sind Sklaven und Leibeigene der Türken, über einem jeglichen kleinen Distrikt ist ein Renegat ein zum Islam konvertierter Jude oder Christ oder Türk Kaid, dieser ist ihr Herr und handelt in gewissen Stücken nach seinem Belieben. Ihre Wohnungen sind einige Gezelte, welche einige zusammen genähte Stück wollenes und aus Ziegenhaaren verfertigtes schwarzes und durch etliche Pflöcke und Stricke in die Höhe gespantes Tuch. Ihre Mobilien sind sehr schlecht und bestehen aus etlichen Decken, ledernen Säcken zur Milch und Butter, irdenen Geschirren, ein alter Sattel, eine Handmühle zum Korn, bisweilen auch aus Gewähr. Sie haben mehrentheils zwei, drei bis vier Weiber.

Diese sind ihre Sklavinnen und müssen fast alle Arbeit verrichten. Ihre Kleidung bestehet aus einer wollenen Decke. Ihre Nahrung ist Milch, aus dem Weizen und Gerstenmehl machen sie Kuchen, so auf den Kohlen gebacken werden. Den Kuskus machen sie gleichfalls aus diesem Mehl, und dienet Ihnen zur gewöhnlichen Kost. Ihr Korn verwahren sie in etlichen in die Erde gemachten Gruben. Solches aus dem Stroh zu bekommen bedienen sie sich des Viehes, welches solches mit den Füßen heraustritt. Ihr Reichtum bestehet im Vieh, nämlich Ochsen, Kühe, Schafe, derer sie gemeinglich eine große Menge haben, Kamele und Hühner, wie auch Pferd und Maultier, desgleichen Biene. Ein jeder nimmt so viel Landes als er bearbeiten will, welches sie bloß mit einem hölzernen Pflug ackern. Jährlich geben sie 2mahl Tribut, und alsdann verkaufen sie entweder etliche Stücke Vieh, Korn, Wolle oder Honig. Der Mangel an Wasser ist einer von ihren größten Beschwernissen, sonderlich im Sommer, da es oft siedend warm ist. Die Faulheit der Leute ist so groß, dass wann sie einige Quellen besitzen, anstatt solche durch Zisternen rein zu halten, sie lieber solche mit Erden verschütten lassen."

Am 26. Mai 1732 traf Hebenstreit wieder in Algier ein. Von hier verschiffte er seine Tiere auf einem englischen Schiff nach Marseille. Der Transport bestand aus einem jungen, zahmen Löwen, zwei Gazellen, zwei Straußen, zwei afrikanischen Hühnern und einem schönen Falken. Zum Wärter für diese Tiere bestimmte Hebenstreit den Chirurgus Johann Caspar Renneberg aus Schleiz, den er in Algier als Sklaven antraf. Für 1000 Taler verschaffte er ihm die Freiheit. Soweit so gut, aber die Lage der Expedition wird schwieriger, weil man in Algier einen Angriff durch die Spanier erwartet. Algiers Einwohner vermuten, dass die deutschen Fremden mit den Spaniern in Verbindung stehen und abgesendet sind, um die Gelegenheit des Landes zu erkunden. Hebenstreit rät Schuberth zur Vorsicht, wenn er etwas zeichnen oder malen möchte. Auch der englische Konsul warnt und kolportiert Gerüchte, wonach bei einem Angriff der Spanier die Deutschen vor die türkischen Kanonen gestellt würden, um diese verabscheuungswürdigen Christen in Stücke in die Luft zu senden. Das alles gibt Ursache zu einem neuerlichen Streit zwischen Hebenstreit, Thran und Ludwig. Die Gerüchteküche kocht. Wohin die Sachsen auch schauen, sie treffen auf feindliche Blicke. Selbst die Augen tief verschleierter Frauen sprühen vor Ablehnung und Argwohn. Thran ist wieder einmal Wortführer, nach dem Motto: „Vorwärts Freunde, wir müssen zurück!"

„Wir sollten mit dem nächsten Schiff aus Europa so schnell wie möglich dieses barbarische Land verlassen", räsoniert er, „bevor wir um einen Kopf kürzer gemacht werden!"

Ludwig sieht das ebenso und plädiert: „Wir stellen uns unter den Schutz der Spanier, wenn sie Algier einnehmen."

Hebenstreit schüttelt verzweifelt den Kopf und widerspricht: „Mein Gott, Christian, was redest du für ein dummes Zeug."

Thran meutert: „Was wollen wir denn noch hier? Ich hab ja schon alles an Pflanzen gesammelt, manches sogar doppelt!"

Hebenstreit genervt: „Herr Hofgärtner, wenn Er uns verlassen will, dem steht nichts im Wege. Aber wir haben einen Auftrag zu erfüllen – und solange unser Kurfürst und König uns kein Signal zukommen lässt, an die Elbe zurückzukehren, so lange werden wir in Afrika bleiben."

Ludwig sieht Hebenstreit traurig an und sagt resigniert: „In Wahrheit forschen wir schon lange nicht mehr, Johann. Bei Lichte betrachtet, sind wir auf der Flucht vor unseren islamischen Glaubensbrüdern."

Ludwig sucht den Blick von Hebenstreit und Thran, um in deren Augen Zustimmung oder Ablehnung zu erkennen. Aber Hebenstreit streicht sich über das inzwischen von einem dicht gewachsenen Bart verdeckte Gesicht, so dass Ludwig nicht erkennen kann, welche Wirkung seine Worte haben. Das hält ihn aber nicht davon ab, den Gedanken weiter freien Lauf zu lassen, denn Thran nickt ihm heftig Bestätigung entgegen.

„Sie suggerieren uns Schutz", ereifert sich Ludwig, „dabei umzingeln sie uns Tag und Nacht. Ihre Ohren werden immer länger, damit sie ja nicht verpassen, worüber wir reden. Wenn ich des Nachts mal raus muss, steht garantiert ein Spahis mit seinem Säbel hinter mir und grinst mich höhnisch an, so dass ich mir wie eine Maus in der Falle vorkomme."

Hebenstreit weiß um die Wahrheit von Ludwigs Worten, aber er weiß auch: Nicht die Lüge, die Wahrheit tötet die Hoffnung.

„Wovor habt Ihr Angst?" fragt er seine mutlosen Gefährten. „Habt Ihr nicht begriffen, dass wir unter europäischem Schutz stehen? Habt Ihr nicht erlebt, dass wir in jedem Hafen an dieser zugegeben barbarischen Küste von einem Konsul erwartet und beherbergt werden? Hat bisher ein Moslem die Hand gegen uns erhoben? Wollt Ihr als Versager nach Sachsen zurück, statt als hochgeachtete Afrika-Forscher und Wissenschaftler an der Universität in Leipzig einzuziehen?"

Da er keine Antwort erhält, wird er pathetisch und ruft: „Wahrlich, ich sage Euch, Afrika wird Euch kein Haar krümmen. Nur müssen wir klug wie die Schlangen sein und das heißt: Je näher die Spanier mit ihren Schiffen kommen, umso weiter müssen wir uns von ihnen entfernen. Wir müssen die Ruhe im Land suchen, nicht die Unruhe.

Und Ruhe finden wir, wenn wir südlich oder ostwärts reisen, wozu wir die Genehmigung des Dey einholen müssen.

Hofgärtner Thran, ein bisschen besänftigt: „Das klingt ja nicht unvernünftig, mein lieber Hebenstreit, aber ich habe einfach keine Lust mehr, stundenlang auf schwankenden Kamelrücken zu reiten oder im Sturm auf dem Meer zum Spielzeug von Neptun zu werden!"

Das englische Schiff von Kapitän Jonatius Counram liegt auf dem Mittelmeer wie ein Brett. Es herrscht Windstille. Die Segel hängen schlaff an den Rahen, und der Steuermann ist an seinem Ruder eingeschlafen. Auf dem dicken Seil, an dem der Anker des Seglers hängt, sitzen Zacharias Philipp Schultz und Johann Heinrich Buchner und schauen auf die glatte See.

„Wenn wir weiter so herumhängen", moniert Schultz, „kommen wir nie nach Bona."

Buchner gähnt in die Sonne und meint: „Der Kapitän hofft auf Westwind gegen Mitternacht."

Schultz hält dagegen: „Mir hat er angedeutet, dass es gegen Abend Sturm geben soll."

Buchner sieht in den Himmel und fragt: „Siehst du irgendwo eine Wolke? Wo soll denn da Sturm herkommen?"

Schultz winkt ab: „Ob Wind oder Sturm, irgendwie wird es schon weitergehen. Hauptsache, wir werden von Piraten verschont. Hier herrschen schon komische Verhältnisse. Die osmanischen Piraten überfallen die nördlichen Küsten des Mittelmeeres und deren christliche Schiffe, aber wenn die sich in der Überzahl wähnen, kennen sie auch kein Erbarmen gegen die muslimisch besiedelten Küstenregionen, um Beute und Gefangene zu machen. Wo sind wir bloß hingeraten, Johann? Worauf haben wir uns da eingelassen? Wir müssen doch völlig verrückt gewesen sein, als wir uns für diese Expedition beworben haben?"

Buchner zieht sein Halstuch enger und räsoniert: „Verrückt ist gar kein Ausdruck dafür, was wir bisher erlebt haben. Die Muslime, sie essen kein Schweinefleisch, aber der Aga jagt die Schweine tagelang, um sie dann seinen Hunden zum Fraß vorzuwerfen. Warum lässt er die Tiere nicht in Frieden leben? Was haben sie ihm getan, dass er ihre Herden abknallen lässt?"

Buchner blickt schwermütig auf das träge Meer. Nicht mal das Schiff bringt es zum Schaukeln. Dafür präsentiert sich plötzlich ein anderes Schauspiel. Denn Schultz antwortet ihm nicht, weil er von einem Schwarm Delphine abgelenkt wird, die das Schiff umspielen. Ein faszinierendes Bild des Untertauchens und wieder Auftauchens. Buchners Schwermut ist verflogen.

Die Delphine, Buchner will sie zählen, aber es gelingt ihm nicht, sind dem Schiff so nahe, dass von ihren Sprüngen das Wasser des Mittelmeeres über die Reling spritzt. Die beiden Männer schauen gebannt auf dieses Spektakel.

Dann fragt Schultz seinen Expeditionskameraden: „Weißt du, Johann Heinrich, dass der Delphin mit der Göttin Demeter verbunden ist?“ Buchner schaut ihn neugierig an und schüttelt verneinend den Kopf. „Als der Sonnengott Apoll auf einer Insel mitten im Meer geboren wurde“, erzählt Schultz im feierlichen Ton, „wurde er anschließend von einem Delphin an Land gebracht. Als Sternbild wurde der Delphin verehrt, weil er Poseidon half, die Hand der Meeresnymphe Amphitrite zu gewinnen.“ Buchner interessiert: „Und wer war diese Amphitrite?“ Schultz sieht den sich entfernenden Delphinen nach und antwortet: „Sie war die Tochter des Gottes Nereus, ein sanfter und greiser Meeresgott. Er besaß die Gabe der Weissagung. Seine Gemahlin Doris gebar ihm fünfzig Nereiden. Sie werden besonders von Seeleuten verehrt. Die bedeutendsten unter ihnen sind Amphitrite, Galatea und Thetis, die Mutter des Achilleus.“

Buchner ist vom Wissen des Kameraden sehr beeindruckt: „Woher weißt du das alles, Zacharias?“ Er bekommt nicht gleich Antwort auf seine Frage. Schultz sieht auf das wieder träge gewordene Wasser und erklärt: „Mich hat schon immer das römisch-griechische Altertum interessiert, Johann. Deshalb habe ich mich auch um diese Expedition beworben, weil ich wusste, auf dieser Reise treten wir in die Fußstapfen antiker Götter. Zu ihnen gehört auch Poseidon, der uns seine Delphine schickt, damit wir ein Bild von der Schönheit des Meeres in unsere Seele aufnehmen.“

Buchner nickt ihm zu und wechselt abrupt das Thema: „Weißt du, Zacharias, ein Trost sind die Konsuln. Ohne die käme ich mir wirklich verlassen vor. Hebenstreit macht da eine gute Diplomatie. Er hat in Algier für uns Empfehlungsschreiben von allen europäischen Konsuln aufsetzen lassen – an den örtlichen Statthalter zu Bona, an den Bey zu Constantin und an den Dey zu Tunis und Tripolis. Hebenstreit hat jedoch diese Empfehlungsbriefe auch noch unterschreiben lassen vom Dey von Algier. Also, es dürfte uns eigentlich nichts passieren, wenn wir in Bona, an der nordöstlichsten Ecke Algeriens, wieder an Land gehen.“

Schultz seufzt: „Wie es kommt, kommt es. Wir müssen nach vorne denken. Ich bin gespannt auf das Kastell bei Bona. Da sollen die algerischen Raubschiffe vor Anker liegen, um Erfrischungen einzuholen, bevor sie wieder auf Kaperfahrt gehen."

Buchner fragt erstaunt: „Bist du dir da sicher?"

Schultz: „Das hat mir der englische Kapitän erzählt. Er meinte, er sei immer heilfroh, wenn dieses berüchtigte Kastell hinter dem Heck seines Schiffes nicht mehr zu sehen ist."

Buchner, den Kopf wiegend: „Kann ich nachempfinden, so eine gesunde Seemannsangst vor Piraten!"

Jetzt taucht Christian Gottlieb Ludwig an der Reling auf. Buchner und Schultz winken ihm zu, er möge sich zu ihnen setzen.

Ludwig lachend: „Aha, die Herren treiben Müßiggang wie der Wind, der zu faul ist, unser Schiff in Fahrt zu bringen. Aber was lange währt, wird gut. Ich bin sehr gespannt auf Bona. Da sollen ja noch Mauern aus dem Jahre 40 vor Christi stehen. Das römische Aquädukt fand ich schon faszinierend. Dass die von den Römern erbaute Wasserleitung, obschon einige Steine aus den Bögen fehlen, das Wasser noch immer von der Quelle am Berg in die Stadt leitet, grenzt doch an ein Wunder. Seit ich in Afrika bin, bereue ich, Medizin studiert zu haben. Ich hätte mich besser auf Archäologie werfen sollen. Das gibt mehr Sinn!"

Zacharias Philipp Schultz entgegnet: „Was Sinn gibt, lieber Dr. Ludwig, das weiß man meistens erst hinterher. Mein Studium der Juristerei kann ich jedenfalls in Afrika kaum gebrauchen. Die Gesetze werden hier von den Stammesfürsten diktiert. Und jeder hat sein eigenes. Und was nicht friedlich geklärt wird, das klären die Waffen. Hätte ich mir je träumen lassen, dass Piraterie als ein ordentliches Geschäft gesehen wird wie das eines Schuhmachers?"

Christian Ludwig lauscht auf das Knarren des im Meer dümpelnden Schiffes und meint versonnen: „Das mit dem Sinn ist ja fast eine Wissenschaft über die Fähigkeit unserer Wahrnehmung, unseres Empfindens.

Immerhin verfügt der Mensch über fünf Sinne, die äußeren Sinne, das sind wache, unempfindliche, empfindsame, abgestumpfte oder geschwächte Sinne. Tiere, das wissen wir, haben schärfere, feinere Sinne als der Mensch. Die Wahrnehmungen der Sinne können jedoch auch täuschen, denn was wir mit den Sinnen aufnehmen, das sind Eindrücke, die die Sinne beschäftigen, erregen, berücken, die unsere Sinne in Aufruhr bringen – deshalb, meine Herren, heißt es ja auch, ich muss sehen, dass ich meine fünf Sinne zusammenhalte, dass ich meine Fassung bewahre. Wer das nicht schafft, wer seiner fünf Sinne nicht mächtig ist, verliert schnell den Verstand. Deshalb lassen Sie unseren Sinn für Empfänglichkeit schärfen. Bleiben wir gesellig, verlieren wir nicht unseren Humor, verletzen wir nicht unsere Schicklichkeit, sondern wissen immer, was sich gehört – und wenn der letzte Mohr vor uns steht – genießen wir die Freuden des Alltags, seien wir dankbar für gute Musik, schärfen wir unseren Sinn für Gerechtigkeit und pflegen wir eine hohe Denkart gegenüber dem Menschen, wie fremd er uns auch daherkommt. Und pflegen wir auch eine hohe Denkart gegenüber der Natur. Lernen wir jeden Tag, neu den Sinn des höheren Wortes zu genießen – und wir werden uns alle immer besser verstehen!“

Schultz schaut bewundernd auf Ludwig und stellt fest: „Ein Glück, dass wir Windstille haben. Hätten wir Sturm, wäre es nicht zu diesem schönen Gespräch gekommen. Ich fühle mich durch Ihre Worte sehr geehrt, lieber Dr. Ludwig, und es würde mich freuen, wenn wir öfter Windstille hätten!“

Darüber müssen alle drei nun doch so laut lachen, dass der Steuermann am Ruder aus dem Schlaf gerissen wird. Gerade im rechten Moment. Denn plötzlich fällt ein kräftiger Westwind über das Schiff her, bläht die Segel, aber der Steuermann dreht das Ruder geschickt in die Windfahne, so dass das Schiff freudig Fahrt aufnimmt.

Den drei Männern ruft der Steuermann zu: „Wenn wir Glück haben, fahren wir morgen am Cap de Mabra vorbei. Von dort ist es nicht mehr allzu weit nach Bona!“

KRANKER KÖNIG UND KRIEGSGESCHREI

Warschau, Algier, Ende Juni 1732

Die Sonne scheint auf blühende, blassrosa im Sommerwind tänzelnde Oleander-Blüten, die in großen Kübeln auf der Terrasse des Warschauer Schlosses stehen und die Bank verstecken, auf welcher Kurfürst und König Friedrich August II., sitzt, während vor ihm sein Leibarzt Johann Heinrich Heucher steht, und wie immer auf alle Fragen seiner Majestät zu antworten bereit ist.

„Mein lieber Heucher", beginnt der König, „Er weiß, dass Wir vom 31. Juli bis 18. August dieses Jahres auf den Feldern zwischen Wilanow und Warschau ein großes Campement geben wollen, das die Welt nicht weniger beeindrucken soll als dermalen das Zeithainer Lager."

Heucher nickt und antwortet: „Wie ich so höre, Majestät, freuen sich die litauischen, polnischen und sächsischen Soldaten auf Euer königliches Manöverfest."

Eine Auskunft, die August II. gerne vernimmt und deshalb schwärmt: „Wir lassen ein Handschriftenbuch anlegen mit 55 Plänen, welches die Übungen der polnischen, sächsischen und litauischen Soldaten dokumentieren wird. Auf den Feldern von Czerniakow bei Warschau werden alle Waffengattungen vertreten sein: die sächsische Reiterei, die Infanterie aus polnischen, sächsischen und litauischen Bataillonen, samt Artillerie. Die Übungen und Bewegungen werden unter dem Oberbefehl des Regimentsgenerals der königlichen Streitkräfte Stanislaw Poniatowski absolviert."

Der König schaut Heucher prüfend an, aber er erhält Zustimmung: „Eine kluge Entscheidung, Majestät."

Der König ganz visionär: „Wir werden neue taktische Varianten und das Zusammenwirken verschiedener Waffengattungen zeigen. Und da haben Wir doch einiges zu bieten an Husaren, Panzerreiterei, Dragonern und Janitscharen. Infanterie und Dragoner sind mit modernen Steinschlossgewehren ausgerüstet. Wir haben reguläre Uniformen eingeführt. Die polnische Armee hat inzwischen, dank unseres sächsischen Einflusses, westeuropäischen Militärstandard."

Heucher sieht die roten Flecken auf den Wangen des Königs, die das gepuderte Gesicht nicht verdecken kann. Der Arzt macht sich Sorgen. Er weiß um die fortschreitende Krankheit seiner Majestät, um die Gichtanfälle, er kennt alle körperlichen Schwächen. Und obwohl er den König in seiner Vorfreude auf das Lager von Czerniakow unterstützt, ist sich Heucher nicht sicher, ob August II. dessen Strapazen durchsteht. Deshalb versucht er, seinem König schöne Erinnerungen zu vermitteln, die in Körper und Seele positive Energien freisetzen sollen.

„Ich bin sicher", führt Heucher das Gespräch fort, „dass Majestät in Czerniakow auch wieder ein Janitscharenkorps zum Einsatz bringt, so, wie damals 1730 im Zeithainer Lager."

Bei dem Wort „Janitscharen" blitzen die Augen des Königs und er ruft: „Ja, das war ein Campement, das sich sehen lassen konnte. 600 Janitscharen haben Wir aufmarschieren lassen mit Pallasch und Janitscharen-Helm. Wir haben die Ausrüstung für die große Militärschau der Garde selbst konzipiert und fertigen lassen."

Heucher fällt ihm ins Wort: „Majestät haben sogar die Probestücke für die Einkleidung der Janitscharen auf einer Figurine in der Türkenkammer aufstellen lassen!"

Der König erwidert freudig erregt: „Genau. An der Figurine befand sich ein versilberter Messing-Janitscharen-Pallasch mit breiter Klinge. Das Modell überzeugte, und wir haben davon große Stückzahlen anfertigen lassen. Die Gefäßform des Pallasch hat die einfache Eleganz eines türkischen Säbels. Nach diesen haben Wir die versilberten Pallasch formen lassen."

Wie sich der Körper des Königs bei seinen Worten plötzlich gespannt hat, fällt er nun zusammen, als er die Realitäten anspricht: „Was Wir uns im Zeithainer Lager geleistet haben, Heucher, 603 Janitscharen, denen die Bewachung der Zeltstadt und die Bedienung im königlichen Pavillon oblag, das wird in Czerniakow nicht stattfinden. Wir haben ja im vorigen Jahr das Janitscharenkorps aufgelöst und die überwiegend polnischen Soldaten anderen Formationen zugeordnet. Man kann nicht alles haben bis ans Ende seiner Tage. Auch ein König muss lernen, loszulassen."

Heucher widerspricht nicht, sondern lenkt das Gespräch auf ein anderes Feld: „Weil wir gerade bei den Janitscharen sind, Majestät, unsere Afrika-Expedition wird ja in Algerien die originalen Janitscharen erleben – mit Spießen und goldenen Helmen."

Der König sieht seinen Leibarzt neugierig an und fragt: „Gibt es denn etwas Neues aus Afrika?"

Heucher hebt die Arme und versichert: „Wenn Majestät keine Nachrichten bekommen, wer sonst soll sie haben?"

Der König kramt aus seinem mit Goldstickerei verzierten Rock einen Brief, den er mit den Worten kommentiert: „Uns plagt nicht nur die Gicht, die Vergesslichkeit plagt Uns auch."

Er öffnet den Brief und hält ihn Heucher hin: „Da, les Er mir vor, was Hebenstreit uns aus dem fernen Afrika mitzuteilen hat!"

Heucher faltet das Pergament auseinander, streicht es glatt und verkündet den Inhalt der Botschaft: dass zwei wilde Schweine, ein Löwe, Pflanzen und Blüten, gesammelt vom Hofgärtner Christian Thran, zwei Hyänen und ein junges Kamel auf die Reise nach Dresden geschickt worden sind. Die Expedition sei gesund und munter und gehe auf die tunesische Grenze zu. Die europäischen Konsuln seien eine große Hilfe, aber auch über die türkischen Offiziellen, den Bey und den Aga, könne man sich nicht beschweren. Wie weit die Expedition mit des Kurfürsten und Königs Unterstützung in Afrika vordringen solle? Mit dieser Frage endet der Brief.

Friedrich August II. hat nicht gleich eine Antwort parat. Schließlich ist die Afrika-Expedition für seine kurfürstliche Schatulle keine Kleinigkeit! Leibarzt Heucher gibt das Schreiben in die königlichen Hände, die das Papier zurück in die Rocktasche stecken, während Friedrich August nun doch antwortet: „Von Uns aus soll Hebenstreit mit seinen Leuten bis zum Kap der Guten Hoffnung reisen, auf dass wir einen Überblick über afrikanische Verhältnisse erhalten. Von Ägypten aus kommen sie ja relativ leicht mit dem Nil in den Sudan. Hebenstreit wird schon wissen, wie er vorzugehen hat. Wäre das nicht wunderbar, Heucher, wenn Wir in Moritzburg eine Menagerie aufbauen, die größer und exotischer ist als die des französischen Königs in Versailles?"

Heucher wiegelt ab: „Menagerie hin oder her. Majestät müssen gesund bleiben. Dafür bete ich jeden Tag zu Gott." Das trifft. Der König sieht Heucher nachdenklich an, senkt den Kopf und sagt demütig: „Ich auch. Ich bete auch, jeden Tag, dass mir Gott meine Gesundheit erhält und mir weiterhin Schaffenskraft schenkt."

Heucher ist von der Ehrlichkeit dieses königlichen Gefühlsausbruchs berührt und stimmt ihm zu: „Es gibt nichts Wichtigeres im Leben als Gesundheit und Tatkraft. Alles andere können Majestät kaufen."

Die Sonne wird von gewaltigen Kumuluswolken verdeckt. Plötzlich wird es kühl auf der Schlossterrasse. Der König von Polen steht auf. Heucher stützt ihn. Vorsichtig begleitet er den König zum Salon, während dieser laut darüber nachdenkt: „Wenn Er wüsste, Heucher, wie sehr Wir den Hebenstreit und seine Expeditionsteilnehmer beneiden, dass sie Afrika sehen können, während Wir das Gefühl haben, dass sich für Uns die Türen zum Hades langsam, aber sicher immer weiter öffnen."

Heucher wiegelt ab: „Mit einer Krankheit stirbt man nicht gleich, Majestät. Und keiner stirbt, ehe seine Zeit kommt." Der König lacht auf, aber es ist ein bitteres Lachen: „Es stirbt alles in der Welt, nur der Tod nicht!"

In Todesgefahr befindet sich auch die Afrika-Expedition, ohne es zu ahnen. Denn am 15. Juni 1732 beginnen die Spanier auf Geheiß ihres Königs Phillipp V. einen Feldzug gegen die osmanische Küstenstadt Oran. Diese drittgrößte Stadt im Protektorat Algier wechselt ihre Besitzer wie die Hemden.

Einst spanisch, wird sie 1708 von den Türken besetzt. Und jetzt findet der spanische König, sei es an der Zeit, dass Oran wieder spanisch wird. Um dies zu bewerkstelligen, werden von Spanien aus zwölf Schiffe für die Mannschaften, 50 Fregatten, sieben Galeeren, vier Briggs, Kanonenboote, 97 Schebeken, als Schiffe ähnlich den Galeeren, und 109 Transportschiffe, insgesamt eine Armada von 600 Schiffen, gegen die osmanische Küstenstadt zu Wasser gebracht, so dass vor lauter Fahnen kaum noch Mittelmeer zu sehen ist.

Das Kommando für diese kriegerische Expedition liegt in den Händen von José Camillo de Albermoz, Herzog von Montemar, und Don Francisco Javier Cornejo. Die spanischen Truppen gehen unter dem Feuerschutz ihrer Schiffs-Armada bei Mers el-Kebir, nahe Oran, an Land, wo sie auf das Janitscharen-Heer von Hassan Bey treffen, das zusammen mit Muslimen und Türken versucht, die 23.100 Spanier in ihrem Eroberungsdrang zurückzuwerfen.

Während in Oran ein Kampf auf Leben und Tod zwischen Christen und Muslimen tobte, wovon die sächsische Afrika-Expedition nichts wissen konnte, denn ihre Aufmerksamkeit wurde von anderen Bildern gefesselt, die Hofgärtner Thran am 27. Juni 1732 so beschrieb: „*Wir gingen früh von dannen. Zuerst kam der Bei, welchem einige Handpferde vorgeführt wurden, diesem folgten etliche türkische, ingleichen mohrische Spahis, nach diesen die Kamele und Maultiere mit der Bagage. Auch türkische Soldaten ohne Ordnung. Zuletzt und zwar weit zurück kam der Aga, gleichfalls mit einer Anzahl Spahis. Nachdem wir drei gute Stunden marschieret, und zwar beständig in einer Ebene, wurde unser Lager an einem Ort aufgeschlagen, welcher auf mohrisch Tres Vib hieß. Und zwar in solcher Ordnung, dass die Zelte der türkischen Soldaten eine Zirkel machten, in dessen Mitte der Bei und dessen Bediente. Um ihn herum zum*

Schutz hatten die türkischen Spahis und die Leibgarde des Bei ihre Zelte aufgeschlagen. Und als der Aga ankam, musste ihm der Bei auf 100 Schritt zu Pferd entgegen kommen, und also zogen sie mit voller Musik ins Lager.“

Indessen neigte sich die Waage des kriegerischen Schicksals zu Ungunsten der Muslime. Obwohl Hassan Bey rund 22.000 Verteidiger zur Verfügung stehen. Am 2. Juli 1732 ist es vorbei. Die Festung im Hafen und die Stadt Oran fallen in spanische Hände. Die europäische Christenheit ist außer sich vor Glück, und Papst Clement XII. lobt in Rom den Erfolg des spanischen Königs. Der Sieg in Oran lässt Spanien zu einer europäischen Großmacht heranwachsen. Enttäuschung und Wut bei den Türken sind groß, und der Hass auf die verfluchten Christen steigt in den Herzen der Muslime wie brodelnde Lava in einem Vulkan.

Die Botschaft von der osmanischen Niederlage verbreitet sich schneller als der Wind über ganz Algerien. Auf einer Brücke bei Constantin, die einen rauschenden Wasserfall überspannt, kommt es zum Eklat. Araber wie Türken, verbittert wegen der Niederlage gegen die spanische Armada, erschlagen die Christen, wo sie diese treffen. Die sächsische Expedition, bisher beschützt von Spahis, ist plötzlich allein. Die arabischen Reiter, sie sind verschwunden, als hätte sie der Erdboden verschluckt.

Hebenstreit und seine Leute wollen nach Cale, dessen Gouverneur sie eingeladen hat. Aber auf der zwischen zwei Felsen hängenden Brücke kommt ihnen osmanisches Volk entgegen, das wütend schreit: „Tod allen Christen!“

Es ist Hebenstreit, der sich der aufgebrachten Meute stellt und ihr auf Arabisch zuruft: „Im Namen Allahs, des Verzeihenden, Friede sei mit Euch!“

Diese wenigen arabischen Worte wirken wie ein Wunder. Die Leute weichen zurück. Ihr Schreien nach Christenblut verstummt. Einer ihrer Anführer geht auf Hebenstreit zu, jedoch vorsichtig Abstand wahrend, um ihm die Frage vor die Füße zu werfen: „Woher nimmst du Christenhund die Frechheit, den Namen Gottes im Mund zu führen?“

Hebenstreit wankt nicht, sondern geht sogar noch ein paar Schritte auf seinen Widersacher zu, um ihm auf Arabisch zu erklären: „Wir sind zwar Christen, aber wir sind keine Eroberer. Wir bewundern Eure osmanische Welt und respektieren Eure Kultur und Religion, wie wir hoffen, dass Ihr die unsrige ebenso respektiert. Wir sind keine Spanier, sondern Deutsche. Unsere Freunde sind türkische Beys und arabische Agas. Wir stehen unter dem Schutz europäischer Konsuln. Der Gouverneur von Cale erwartet unsere Ankunft. Wir sind Forschungsreisende im Auftrag des Kurfürsten von Sachsen und Königs von Polen, selbiger ein großer Verehrer osmanischer Kultur ist und diese deshalb in seiner Residenz in Dresden an der Elbe mit Respekt aufbewahrt. Lasst uns weiter reisen!"

Wie die Fluten des Roten Meeres sich teilten, um das Volk Israels vor seinen ägyptischen Verfolgern zu retten, so teilt sich der aufgeregte muslimische Volkshaufen nach Hebenstreits Worten vor den Sachsen, so dass diese unbehelligt auf die andere Seite der Brücke gelangen.

Die Männer um Hebenstreit sind erschöpft. Nur unter größter Anstrengung bauen sie ihre Zelte auf, in denen sie in einen traumlosen Schlaf fallen. Die nächsten Tage reiten sie rund zwölf Stunden zurück nach Bonne, von wo sie mit einem Schiff nach dem algerischen Cale Überfahrt nehmen wollen.

Hebenstreit fasst auf diesem Gewaltritt einen Entschluss. Er zügelt sein Pferd, so dass es neben dem von Johann Heinrich Buchner einhergeht. Hebenstreit schweigt, was die Neugier von Buchner weckt.

Eine Neugier, die Hebenstreit jetzt mit der Frage befriedigt: „Was hält Er davon, wenn er seinen Heimatort Merseburg noch in diesem Jahr wiedersieht?"

Buchner, von dieser Aussicht überrascht, vermutet: „Brechen wir die Expedition ab?"

Hebenstreit schüttelt den Kopf und erklärt: „Wir sehen, hören und erleben, dass unsere Expedition nicht ohne Gefahr ist. Es könnte sein, dass wir sie von einem Tag zum anderen beenden müssen. Das liegt nicht in unserem Interesse, aber der Tag ist lang. Wir haben bis jetzt wertvolle Ausbeute nach Sachsen geschickt. Weiteres soll in Bonne geschehen, und wir haben uns entschlossen, dass Er die Leitung übernimmt für den Transport der bereits erworbenen und noch zu erwerbenden Tiere nach Dresden."

Buchner findet, mit diesem Plan konfrontiert, keine Worte. Stumm reitet er neben Hebenstreit, während dieser fortfährt: „Wir müssen unserem Kurfürsten und König stets etwas zukommen lassen, damit er weiß, er kann sich auf uns verlassen. Ich denke an sieben Strauße, zwei Zebras, einen Löwen, zwei Stachelschweine, zwei Geier, einen Adler, drei Meerkatzen und zwei Affen, die wir in eure Obhut geben, auf dass Er sie gesund und munter in Dresden an Land bringt."

Da Buchner immer noch schweigt, verschärft Hebenstreit seinen Ton: „Ist Er dazu bereit, im Juli Richtung Europa zu segeln, so dass Er gegen September diesen Jahres auf der Elbe Anker werfen kann?"

Buchner nickt Hebenstreit zu und sagt: „Ich bin bereit."

WUNDER DER ANTIKE

Tabarka, Tunis, Lampedusa, Tripolis, Leptis Magna
Juli – Dezember 1732

Ein magerer Wind bläst am 21. Juli 1732 in die Segel einer französischen Fregatte, welche den Hafen von Cale verlassen hat, um an der algerischen Küste gemächlich entlang zu schippern – möglichst weit weg von den kriegerischen Ereignissen in und um Oran. Der französische Kapitän hofft, am nächsten Tag auf der Insel Tabarqua, seit 1540 im genuesischen Besitz, vor Anker zu gehen. Die Sonne brennt unbarmherzig vom wolkenlos-azurblauen Himmel. Das Mittelmeer liegt glatt und träge. Kein Segel bläht sich.

Unter einem weißen Zelt, das, über die Mitte des Decks gespannt, Schiffsleute wie Passagiere vor der Sonnenglut schützen soll, sitzt Johann Ernst Hebenstreit. Im Halbkreis auf Kisten und Fässern die von der Sonne gebräunten Männern, die seinen Worten wie Kinder lauschen, denn er liest ihnen aus einem arabischen Märchenbuch die Geschichte vom „Missgeschick eines Esels“ vor, der sein Glück nicht für sich behalten konnte und deshalb in Gefangenschaft landet.

Später tritt der Kapitän in den Kreis der Männer, um auf Französisch zu verkünden: „Wenn alles gut geht, Monsieurs, ankern wir morgen früh in Tabarqua. Es wird ein wenig dauern mit der Erlaubnis, an Land zu gehen. In dieser Zeit können Sie sich im Krabbenfang üben. Das Meer um Tabarqua ist klar wie Kristall und grün wie ein türkischer Turban. In den Bergen findet sich feinster Marmor. Falls Sie eine von den artigen und wohl gebildeten Frauenzimmern ansprechen wollen, wird es wohl nur auf Italienisch gelingen!“

Der Kapitän verneigt sich, genießt den Beifall, der ihm entgegen schallt, und stiefelt Richtung Steuermann davon.

Am 3. August 1732 herrscht in der französischen Handelsniederlassung von Cap Negre helle Aufregung, denn ihr Direktor hat erreicht, was er nicht zu träumen wagte: Die Türken haben auf ihrem Kastell alle 21 Kanonen mit Pulver und Blei gefüttert, die Gewehre der Soldaten munitioniert. Die Lunten brennen, und alles wartet auf den Befehl, dass die Salven gelöst werden. Es soll ein Freudenfeuerwerk werden – zu Ehren des Kurfürsten von Sachsen und Königs von Polen Friedrich August II. Aber warum dieser Aufwand? Weil Friedrich August der Auftraggeber der Afrika-Expedition ist, die heute an Bord einer Ruderfregatte geht, um mit ihr Bizerte im Norden Tunesiens zu erreichen.

Es ist zwar auch ein Räuberhafen für tunesische Korsaren, aber wichtig für die Expedition, denn von dort kann ein mit exotischen Pflanzen und Tieren bestücktes Schiff direkt ins französische Marseille segeln – dann weiter nach Hamburg, und schließlich die Elbe hinunter bis Dresden.

Bei diesen Worten schaut Hebenstreit bedeutungsvoll auf Johann Heinrich Buchner. Der Blick sagt, dass es für Buchner kein Zurück gibt.

In Bizerte erwartet der französische Agent Monsieur Rimbaut die Afrika-Expedition. Hier wird sie fünf Tage logieren, um dann weiter nach Tunis zu reisen, wo sie der französische Konsul Saint Gerval aufnehmen wird. Aber für den englischen, holländischen und genuesischen Konsul ist es eine Ehre, die sächsische Compagnie zu Tisch zu bitten. Und wenn zudem noch der Namenstag des Königs von Frankreichs gefeiert werden kann, lässt sich das europäische Miteinander in der arabischen Fremde besonders freudig begehen. Jeder der Konsuln will dem Kurfürsten von Sachsen und König von Polen ein Geschenk zukommen lassen, aber alle drei verehren Hebenstreit dasselbe: laut kreischende, in hohen Käfigen flatternde Papageien-Vögel von so unvergleichlicher Schönheit, dass es allen die Sprache verschlägt. Schuberth zeichnet wie besessen, hat er doch so etwas Wunderbares noch nie gesehen. Ein Graupapagei beäugt neugierig, was um ihn herum geschieht. Zwei farbenprächtige Loris, auch als Honigpapageien bekannt, verständigen sich mit schrillen Rufen. Ein blauer Hyazinth-Ara kümmert sich um gar nichts, sondern knackt bedächtig und geschickt Nüsse. Und ein grüner Eulenpapagei plappert in einer Tour, was er beim französischen Konsul gelernt hat: „Amour, Amour, Amour!"

Ludwig schüttelt fassungslos über so viel Verschwendung an Farben durch die Natur den Kopf und meint: „Wenn diese Wunderwerke im Grünen Gewölbe ausgestellt werden, wird sich kein Auge mehr für des Königs Edelsteine interessieren, denn die können weder fliegen noch sprechen!"

Auf die Frage nach der Herkunft der Papageien meint der holländische Konsul: „Unsere Welt ist kleiner, als wir denken. Wie die Franzosen und die Engländer oder Portugiesen haben auch wir Kolonien. Da kommt manches mit den Schiffen, das die Ureinwohner mit uns handeln – ob im brasilianischen Regenwald, aus dem tropischen Afrika oder in der Südsee. Und hier, auf arabischem Boden, ist es sehr wichtig, sich mit Gastgeschenken die Freundschaft eines Beys zu erwerben, denn nicht alle Palasttüren öffnen sich vor uns Christen. Aber wir wollen nicht klagen. Unsere Beziehungen zum Statthalter von Tunis sind so gut wie unsere Verehrung für den Kurfürsten von Sachsen und König von Polen!"

POST, PIRATEN, GROSSE PLÄNE

Moritzburg, Tripolis, September 1732

Auf einer Prunkgondel inmitten des Teiches am Moritzburger Schloss sitzen drei Männer und lassen sich von vier kräftigen Ruderknaben durch das Wasser ziehen. Unter einem Baldachin steht ein Tisch, auf dessen Damast-Decke Champagnergläser funkeln, die, sobald sie leer getrunken, von aufmerksamen Lakaien neuerlich gefüllt werden. Um den runden Tisch herum stehen nur drei barocke Stühle – hier scheinen drei Männer einander gleichberechtigt zu begegnen. Immerhin sitzen sich auf dieser von der Herbstsonne in mildes Licht getauchten Gondel Herren gegenüber, die das architektonische Gesicht Sachsens wie Polens mit ihrer Genialität auf das Prächtigste verändert haben. Es ist der 26. September.

Er macht einen kranken, wenn nicht hinfälligen Eindruck, der 62 Jahre alte Kurfürst von Sachsen und König von Polen, Friedrich August II. – ganz im Gegensatz zu dem jugendlichen Charme ausstrahlenden 46 Jahre alten Ingenieur-Offizier Johann Georg Maximilian von Fürstenhoff, der seinem verehrten Meister, dem 70 Jahre alten Matthäus Daniel Pöppelmann, gegenüber sitzt.

Der Blick des sächsischen Kurfürsten fällt auf das in der Sonne glänzende Schloss Moritzburg, und er sagt anerkennend zu Pöppelmann: „Wir wissen, Er braucht sein Licht nicht unter den Scheffel zu stellen. Für diesen Bau müssen wir uns nicht schämen, Pöppelmann. Es freut mich, wie Er baut. Damit kann Sachsen neben jedem Königreich bestehen. Für Moritzburg haben Wir die angenehmste Gegend erwählt mit schönen, ansehnlichen Gebäuden, in denen Wir Kostbarkeiten zeigen können – auf dass sich kein König und Kaiser darinnen nicht wohlfühlt."

Über die Gondel fliegt ein Schwarm laut schnatternder Enten so tief, dass der kurfürstliche König eine kleine Pause einlegen muss, bevor er weiter spricht: „Wir sehen mit Wohlgefallen in Sachsen ankommende Potentaten, Gesandte und hohe Passagiere, die Unseren Temple de Diane besuchen, und Wir freuen Uns, ihnen hier im Lustschloss einige Überraschungen bieten zu können."

Pöppelmann nickt, lächelt und antwortet höflich: „Ohne die planerischen Ideen Eurer Majestät, das langfristige Bauprogramm Eurer Majestät, wäre kein Zwinger entstanden, kein Holländisches Palais, nicht die Schlossanlage in Pillnitz und das Japanische Palais, nicht die Elbbrücke von der Altstadt in die Neustadt."

Friedrich August II. erhebt sein Glas auf Pöppelmann, den er 1718 zum Oberlandesbaumeister ernannte – eine Entscheidung, die er nie bereut hat.

Pöppelmann holt ein Papier aus der Tasche, das er vor den Augen seines Kurfürsten und Königs schwenkt, um zu erklären: „Dieses Dokument trage ich immer bei mir, seit mich Majestät in Gnaden haben bauen lassen. Darin steht alles, was Majestät wollen, und weil es voller Klugheit ist, was Majestät wollen – warum sollen wir es mit unseren bescheidenen Diensten nicht ausführen?"

Friedrich August II. schaut neugierig auf seinen Lieblings-Architekten und fragt: „Was habe ich denn da diktiert?"

Pöppelmann, gar nicht verlegen, lacht und sagt: „Es geht darin, Majestät, um Euer kurfürstlich-königliches Eingreifen in die Baukunst. Ich darf zitieren?"

Und ohne die königliche Antwort abzuwarten, liest Pöppelmann vor, was er nicht nur in seiner Tasche, sondern auch unter seinem Kopfkissen tags und nachts bei sich führt: „Nun ist es an dem, daß wir in der Civil und Baukunst Uns öfters delectiren, dahero hierinnen verschiedene desseins Selbsten inventiret, zu Pappier gebracht und solches Unsern Land-Baumeistern oder anderen Subalternen des Obristen Bau Amtes ungesäumt in Exekution zu bringen immediate allergnädigst anbefohlen. Auf daß Wir hierinnen desto mehrere facilitaet finden Unseren Zweck desto leichter erreichen mögen, haben Wir Uns die speciale dependenz expresse vorbehalten."

Friedrich August II. klatscht in die Hände und ruft begeistert: „Nicht schlecht, was Wir da formuliert haben, auf dass Uns die Baumeister nicht auf der Nase herumtanzen. Damit wären Wir beim Thema, Herr Ingenieur-Offizier!"

Der Kurfürst und König hebt Johann Maximilian von Fürstenhoff das Champagnerglas entgegen und lobt ihn, dass dem Baumeister das Blut die Wangen rötet, während zwei Schwäne direkt neben der Gondel eine elegante Wasserlandung vorführen.

„Er hat Uns den Georgenbau im Schloss dank des Wiederaufbaus zurückgegeben. Die schöne Englische Treppe im Schloss, sie ist sein Werk. Er hat das Zeughaus gebaut und die Tore der Dresdner Befestigungsanlagen. Die Gestaltung der Allee zu unserem Schloss Moritzburg hat Unser Wohlwollen gefunden. Aber jetzt erwarten Wir von ihm und Pöppelmann Neues!"

Die beiden Baumeister schauen erwartungsvoll auf ihre Majestät, während Lakaien neuerlich die Champagnerkelche füllen.

„Unseren Schlossteich schmücken kunstvoll angelegte Inseln", holt Friedrich August II. weit aus. „Wir haben Fischerhütten und Pavillons für Unsere Festlichkeiten anlegen lassen. Schwäne, Zierenten und seltene Wasservögel sind schöner als jeder Tempel der Lust. Aber das reicht Uns nicht. Wir wollen ein Laufgehege für Strauße, wofür Wir das Fasanen-Gehege werden erweitern lassen."

Der Kurfürst und König, dessen fahles, von der Krankheit gezeichnetes Gesicht bei seinen visionären Ausführungen eine gesündere Farbe annimmt, breitet die Arme vor dem großartigen Moritzburger Landschaftspanorama aus und verkündet: „Aber vor allem wollen Wir eine Menagerie, die sich um das gesamte Schlossareal wie eine Kette von Perlen windet. In jeder Parzelle und in jedem Pavillon wollen Wir andere exotische Tiere präsentieren. Affen, Schlangen Kamele, Leoparden, Giraffen, Panther, Löwen aus Afrika. Eisbären, weiße Füchse aus Russland und Büffel-Ochsen vom Schwarzen Meer."

Nach einem Schluck Champagner fährt Friedrich August II. fort: „Doch dafür brauchen Wir einen großzügigen Plan und weitsichtige Architekten, die Unseren Willen in die Tat umsetzen. Und deshalb, Herr Oberlandesbaumeister und Herr Ingenieur-Offizier machen Wir auf den Moritzburger Teichen diese Gondelfahrt, weil Wir unsere Menagerie von Ihnen ausgeführt wissen wollen.“

Fürstenhoff ist von diesem Angebot, das er als Befehl versteht, sichtlich überrascht und findet im Moment keine Worte, um zu antworten. Er schaut hilflos zu Pöppelmann, aber dieser senkt den Kopf, überlegt, wie er auf die fürstlichen Wünsche antworten soll, hebt sein Haupt wieder und schaut seinem Kurfürst und König mutig in die Augen.

„Majestät, Spielereien, Liebhabereien, Steckenpferde und andere Abarten wissenschaftlichen Strebens, die Mächtigen und Großen sind oft der Wissenschaft und Kunst durch glückliche Fügung förderlich gewesen, insofern ihnen Mittel geboten wurden. Eure Majestät lassen sich die Afrika-Expedition nicht wenig kosten, weil Majestät sich eine große Ausbeute erhoffen. Aber was Majestät mit der Menagerie vorschweben, würde die Moritzburger Landschaft völlig verändern, ganz abgesehen von den Entschädigungsleistungen, die auf Majestät zukommen.“

Friedrich August II. ist verblüfft und fragt drohend: „Soll das heißen, Pöppelmann, Er widerspricht mir?“

Pöppelmann schüttelt den Kopf und sagt: „Kein Widerspruch, Majestät, nur eine Warnung. Das habe ich unter Eurer Majestät sehr wohl begriffen: Manches im Leben und in der Baukunst geht, manches jedoch nicht. Letzteres trifft, denke ich, auf die Vision einer Menagerie von solchem Ausmaß, wie es Majestät vorschweben, durchaus zu.“

Eine bedrohliche Pause entsteht. Fürstenhoff schaut ängstlich auf den König, dann auf Pöppelmann, der ganz ruhig auf der Bank in der Gondel sitzt und weiß: Für die Wahrheit, die er soeben ausgesprochen hat, wird ihm kurfürstlicher und königlicher Dank bestimmt nicht zuteil. Und Pöppelmanns Erwartung wird nicht enttäuscht.

Der Kurfürst von Sachsen und König von Polen ist sichtlich wütend über die Äußerungen seines Oberlandesbaumeisters, obwohl er dessen Aufrichtigkeit versteht. Erregt wirft Friedrich August II. sein Champagnerglas in den Moritzburger Teich und empört sich gegen Pöppelmann mit den Worten: „Will Er mir vielleicht auch noch vorschlagen, die Expedition nach Afrika abzubrechen?"

Pöppelmann schüttelt verneinend den Kopf und meint begütigend: „Wenn Hebenstreit mit seinen Männern gerade durch die Wüste zieht, werden Majestät ihn schwerlich erreichen…"

Während der Kurfürst von Sachsen und König von Polen mit seinem Oberlandesbaumeister Pöppelmann und Ingenieur-Offizier von Fürstenhoff darüber streitet, wie eine Menagerie auf Schloss Moritzburg anzulegen sei, nähert sich dem Hafen von Tripolis bei Aufgang der Sonne am Morgen des 26. September 1732 eine französische Ruderfregatte. An Bord befindet sich die Afrika-Expedition in großer Erwartung, aber auch nicht ohne Angst. Denn Tripolis, warnte der französische Kapitän, sei für Christen ein gefährliches Pflaster.

„Von hier aus schwärmen die osmanischen Piraten ins Mittelmeer, kapern die Schiffe der Europäer und nehmen die Seeleute als Gefangene", berichtet der Kapitän den Sachsen, die sich immer unwohler fühlen, während der Kapitän weiter erzählt: „Um Reparationen und Kompensationen wegen der Seeräuberei zu erzwingen, erschien am 19. Juli 1728 der französische Kapitän Etienne Nicolas de Grandpré mit den beiden Linienschiffen ‚Esprit' und ‚Leopard', zusammen mit vier Fregatten, um vom Dey von Tripolis, dem Janitscharen-Offizier Ahmad Karamanli, Tribut zu verlangen. Dieser wies aber die französischen Forderungen zurück, woraufhin Grandpré das Feuer auf die Stadt und den Hafen eröffnete. Sechs Tage lang prasselten 2000 Geschosse auf die Stadt und legten sie in Schutt und Asche."

Der Kapitän sieht in die gespannten Gesichter seiner Zuhörer und steigert sich dramatisch: „Kaum waren die Franzosen abgezogen, wurde die Seeräuberei unter Ahmed Karamanli schlimmer als zuvor. Also kamen unsere Leute im Januar 1729 zurück, blockierten den Hafen und beschossen neuerlich die Stadt. Da erst stimmte der Dey einer Zahlung von 100.000 Livres sowie der Freigabe seiner christlichen Gefangenen zu."

Hebenstreit: „Und war danach Frieden?"

Der Kapitän schüttelt den Kopf und meint: „Mitnichten. Im Jahre 1731 musste wieder eine französische Flotte vor Tripolis erscheinen, um gegen die anhaltende Piraterie vorzugehen."

Während des Vortrags hat die Fregatte die Nähe des Hafens erreicht. Vom Kastell wird das Schiff mit drei Kanonenschüssen begrüßt.

Christian August Ebersbach fragt Christian Friedrich Schuberth ängstlich: „Ist das ein gutes oder ein schlechtes Zeichen?"

Schuberth, wie immer seinen Zeichenblock in der Hand, zuckt mit den Schultern und versucht, die Hafenkulisse mit seinem Stift zu erfassen.

Als die Sachsen das Schiff verlassen, werden sie an der Mole schon vom Dolmetscher des französischen Konsuls erwartet, der sie auf Deutsch herzlich begrüßt und die Bitte vorträgt, die Gäste möchten ihn in das Haus des Konsuls begleiten. Zwei Kutschen stehen für die Fahrt bereit. Hebenstreits Männer steigen ein und ahnen nicht, dass sie eine Höllentour erwartet.

In der Stadt hat sich längst herum gesprochen, dass Christen aus Sachsen im Hafen an Land gegangen sind und zum französischen Konsul gefahren werden. Tripolis zeigt noch immer die Wunden an den Häusern und Minaretten, die die französische Flotte der Stadt vor einem Jahr beigebracht hatte. Hinter den verwüsteten Mauern wohnen Hass und Wut zusammen mit der Rache. Ein gefährliches Dreigestirn, das sich mit schwarzen Tüchern das Gesicht verhüllt, in den Fäusten die Steine der zerbrochenen Mauern, in den Gassen versteckt, um die verhassten

Christen statt mit Honig und Rosinen mit einem Steinhagel zu begrüßen.

Hebenstreit wird an der Hand getroffen, die Haut reißt auf und beginnt sofort zu bluten. Die anderen werden auch verletzt, versuchen aber, mit den Händen die Köpfe zu schützen, während die Pferde vor Schmerzen fast die Zügel zerreißen. So rasen sie los durch die schmalen Gassen der Stadt, unter dem Johlen der Einheimischen, die mit ihrer „gastfreundlichen Begrüßung“ den Christen aus Sachsen und ihren französischen Protegés Tod und Teufel an den Hals wünschen.

Während die Steine gegen die Wände der Kutsche prasseln, in der Hofgärtner Thran mit Ludwig, Ebersbach und Schuberth sitzen, brüllt Thran auf, denn ein Stein hat ihn an der Schulter getroffen: „Das haben wir alles Hebenstreit zu verdanken. Statt umzukehren, reißt er uns immer mehr ins Unglück!“

Seine Mitfahrer lassen die Feststellung unkommentiert und sind heilfroh, dass ihr Kutscher die Pferde im Zaum hält und die Karosse endlich auf dem Hof des Konsuls zum Stehen kommt. Hinter ihnen stoppt die Kutsche mit Hebenstreit und dem Dolmetscher.

Die Tore zum Konsulat werden schnell geschlossen. Auf die Pforten prügelt ein Trommelfeuer aus Steinwürfen, so dass sich die Sachsen Sorgen um ihr Trommelfell machen müssen.

Der französische Konsul tritt aus der Tür seines großzügig im arabischen Stil mit Arkaden und Balkonen verzierten Hauses und ist außer sich bei dem blutigen Anblick, den ihm die sächsischen Gäste bieten.

„Monsieurs, welche Schande, welche Schande!“ ruft der Konsul, ein älterer Herr mit Backenbart, entsetzt. Draußen donnern weiter Steine gegen das Tor des Konsulats. „Kommen Sie ins Haus, bitte, kommen Sie!“

Das lässt sich die Hebenstreit-Expedition nicht zweimal sagen. Die Diener, zwei junge Türken, versorgen die Wunden mit warmen Tüchern. Tee wird gebracht. Stühle stehen bereit, und rund um den Tisch sitzt jetzt eine etwas verstörte Mannschaft, denn solch ein Empfang ist ihr bisher noch nie bereitet worden.

Der Konsul setzt sich zu seinen sächsischen Gästen und verkündet gleich die nächste Hiobsbotschaft: „Es ist mir zutiefst unangenehm, Monsieurs, aber bevor sie hier eintrafen, schickte mir der Pascha einen Boten und ließ sich entschuldigen; wegen einer Unpässlichkeit kann er heut nicht Audienz geben."

„Der Mann lässt Vorsicht walten", kommentiert Hebenstreit das Fernbleiben des Paschas. „Es mangelt ja nicht an spitzen Steinen in Tripolis!"

Der Konsul winkt beschwichtigend ab und vermeldet: „Es wird den Herren aus Sachsen trotz dieser Malaise an nichts mangeln. Für morgen hat der kaiserliche Konsul Meyer zu einem Bankett geladen. Und wer das Vergnügen hatte, einer solchen Einladung Folge zu leisten, weiß, beim Konsul gibt es das feinste Essen und die delikatesten Weine!"

Eine solche Aussicht beruhigt die aufgebrachten Gemüter, zumal auch das steinerne Trommelfeuer gegen das Konsulats-Tor verstummt ist. Doch der Konsul ist mit seinen schlechten Nachrichten noch nicht am Ende. Und so fährt er fort in einem etwas klagenden Ton, als müsse er sich für die Widrigkeiten entschuldigen, denen die Sachsen sich ausgesetzt sehen. Hebenstreit versucht, den Konsul mit interessierter Miene etwas aufzuhellen, aber es bleibt ohne Effekt.

„Wir Europäer hier in Tripolis, Monsieurs, sind sehr froh über Ihren Besuch. Er bringt uns ein wenig Abwechslung in die nordafrikanische Tristesse. Ob der englische Konsul, der kaiserliche oder der holländische, übrigens ein Ritter aus St. Marco in Venedig, aber von Geburt ein Hamburger – wir alle leben hier in der Diaspora. Wir hoffen sehr, dass unsere französische Flotte ein weiteres Bombardement von Tripolis vermeidet. Es bringt auch nichts. Die Osmanen und Araber werden von der Seeräuberei nicht lassen. Es ist ihre wirtschaftliche Existenz, und weder die Europäer noch die Araber sind fähig umzudenken. Keiner will den Schritt weg von der Konfrontation, hin zur Kooperation zuerst tun. Und weil das so ist, sind wir unseres Lebens nicht ganz sicher."

Der Konsul holt tief Luft nach der etwas längeren Rede, die von seinem Dolmetscher Wort für Wort ins Deutsche übersetzt wird.

Hebenstreit: „Wir werden uns nicht lange in der Stadt aufhalten, sondern so bald wie möglich ins Gebirge reisen, um seltene Tiere für unseren Kurfürsten und König zu fangen. Wie ist das Angebot auf dem hiesigen Markt?"

Der Konsul hebt abwehrend die Hände: „Tripolis ist arm. Der Zustand der Stadt ist erbärmlich. Sie ist ohne Zweifel die Geringste unter den Raubstätten der Barbarei, sowohl was Reichtum als auch, was die Architektur betrifft." Er holt wieder Luft, denn er leidet offensichtlich an Atembeschwerden. Der Konsul schaut bekümmert, als er fortfährt: „Die Häuser sind sehr schlecht, es gibt noch viele Ruinen, die von unserer französischen Flotte verursacht worden sind. Leider."

Er wechselt schnell das Thema und warnt: „Falls unsere Gäste es wagen auf den Markt zu gehen, die Einwohner gehen hier gekleidet wie in Algier, ausgenommen die Frauenzimmer, die beim Ausgehen kein apartes Tuch vor den Augen haben."

Der Konsul macht eine Pause, weil ihm wieder die Luft knapp wird, bevor er weiter spricht: „Also, es gibt hier eine unschöne Sitte, eine Gewohnheit, die unbedingt beachtet werden muss.

Wenn gegen Abend von den Minaretten gerufen wird, werden Sie sehen, wie eilig die Einwohner ihre Häuser aufsuchen. Denn nachdem das Rufen von den Türmen endet, werden viele große, ausgehungerte Hunde auf die Gassen gelassen, die so abgerichtet sind, dass sie diejenigen, die sich noch auf den Gassen befinden, anfallen und zerfleischen. So will man Diebstahl und Plünderung vermeiden!"

Die Sachsen sind entsetzt. Plötzlich kommt einer der türkischen Diener und flüstert dem Konsul etwas ins Ohr. Eine

Botschaft, die das Gesicht des Franzosen freudig erhellt. Er klatscht in die Hände und ruft seinen Gästen zu: „Genug der schlechten Nachrichten. Jetzt kommt eine gute. Soeben wird mir gemeldet, dass ein deutscher Gesandter aus Altenburg die Monsieurs sprechen will. Herein mit ihm!“

Durch die Tür tritt ein junger, gut aussehender Mann, keine dreißig Jahre alt, der sich vor dem Konsul verneigt und jetzt unbekümmert jedem der sechs Landsleute die Hand reicht und mit „Grüß Gott in Tripolis!“ um den Tisch geht. Ein Türke schiebt ihm einen Stuhl zu, so dass er sich zu der Runde setzen kann, um zu erklären: „Mein Name ist Hans Friedrich. Ich bin im Auftrag des Herzogs von Altenburg in Afrika, um antike Exponate zu erwerben. Hier gibt es ja einen imposanten Triumphbogen, der unter Kaiser Marcus Aurelius und seinem Mitregenten Lucius Venus errichtet wurde. Da lässt sich manche Skulptur abhacken, Inschriften, aber auch besonders geformte Steine.“

Christian Gottlieb Ludwig wirft spöttisch ein: „Von besonders geformten Steinen hat man uns bei der Ankunft schon mal eine Kostprobe geschenkt.“

Den ironischen Einwurf überhört Hans Friedrich glatt und palavert fröhlich weiter: „Der Triumphbogen steht am Wassertor, nicht weit vom Meer entfernt. Er ist nach ionischer Ordnung und aus gutem Marmor gebaut. Morgen soll ein Hanse-Schiff von Hamburg kommen, vorausgesetzt, es hatte keinen Händel mit den Seeräubern. Es wird meine Kisten mit den antiken Kunstwerken an Bord nehmen, so dass mein Herzog sich auf die Fracht freuen kann!“

Schuberth sieht den Altenburger skeptisch an und meint: „Na ja, es gibt halt Seeräuber und Grabräuber. Wo ist da ein Unterschied?“

Aber auch diesen Vorwurf überhört Hans Friedrich. Er ist so begeistert, endlich ein Forum vor sich zu haben, dem er erzählen kann, was er macht und vor allem, was er alles weiß, dass ihn nicht der geringste Zweifel plagt, ob die Tischrunde ihn überhaupt hören will. Er holt einen Zettel aus der Tasche und erklärt mit stolzer Stimme: „Man sammelt ja nicht nur. Man bildet sich auch. Marc Aurel hat es mir besonders angetan. Er war ein kluger Kaiser, wenn er schreibt: „Wir müssen von ganzem Herzen alles, was uns trifft, willkommen heißen, wir dürfen auch innerlich nicht murren, ja uns nicht einmal wundern!“ Oder dieser Gedanke: „Man muss erst so manches gelernt haben, ehe man über die Handlungsweise eines anderen urteilen kann.“ Am meisten gefällt mir diese Weisheit: „Die beste Art, sich zu rächen: nicht Gleiches mit Gleichem vergelten!“ Ist doch großartig, oder?“

Hebenstreit nickt ihm zu und fragt sachlich: „Wir sind ebenfalls hier, um afrikanische Naturalien für Sachsen zu sammeln. Können wir nicht unsere Präparate, Pflanzen und Tierhäute auch mit dem Hanse-Schiff nach Hamburg bringen lassen? Würden Sie das organisieren?“

Hans Friedrich schaut verblüfft auf Hebenstreit, weil dieser anscheinend ganz andere Sachen in seinem Kopf bewegt als Marc-Aurel-Zitate, und Friedrich antwortet brav: „Das müsste sich machen lassen, Herr…?“

„…Hebenstreit“, wird er ergänzt, „Johann Ernst Hebenstreit. Ich leite die Afrika-Expedition im Auftrag des Kurfürsten von Sachsen!“

Nun wird Hans Friedrich doch hellhörig und sagt anerkennend: „ Es ist mir eine Ehre, wenn ich helfen kann…“

Die türkische Bedienung gießt grünen Tee nach, und Hofgärtner Thran fragt: „Wie es aussieht, kennt Er sich hier in der Gegend gut aus. Kann Er uns etwas empfehlen, das unseren Absichten dient?“

Hans Friedrich überlegt nicht lange, sondern antwortet wie aus der Pistole geschossen: „Tripolis kann Er vergessen, aber Leptis Magna muss Er gesehen haben, bevor Er gestorben ist!“

„Und warum?“ will Schuberth wissen. Auf diese Frage hat der Altenburger Antik-Sammler nur gewartet, so dass er sprudelt: „Im Römischen Reich war Leptis Magna ein bedeutendes Handelszentrum.

Es exportierte exotische Tiere aus Afrika, Löwen und Elefanten für das Römische Reich. Direkt am Meer gelegen, haben die Römer ein grandioses Theater gebaut und einen Circus. Als die Einwohner unter Pompeius gegen Cäsar kämpften und verloren, wurden sie mit einem Tribut von 100.000 Hektolitern Olivenöl bestraft."

Schuberth fasziniert: „Ich würde gern mal wissen, wie viel so eine Strafe heute in Geld wert ist?" Hans Friedrich weiß es auch nicht, referiert aber weiter: „Leptis Magna war später Provinzhauptstadt unter Kaiser Diokletian, aber die Vandalen und Nomaden haben diese prächtige Stadt immer wieder überfallen, und 647 wurde sie von den Arabern endgültig erobert."

„Was kann man von der antiken Stadt noch sehen?" fragt der neugierig gewordene Hebenstreit.

„Alles, was der Wüstensand noch nicht verschluckt hat", antwortet Hans Friedrich. „Der wunderschöne Marktplatz, das Theater, die bunten Mosaiken und die kolossalen Säulen der Tempelstätten. Rom hat in Leptis Magna seine Träume in Marmor errichtet", schwärmt der Altenburger.

Der französische Konsul hat während Friedrichs Reden die Gesichter der sächsischen Gäste beobachtet und sieht an ihren glänzenden Augen, dass sie diesen römischen Marmortraum unbedingt besichtigen wollen. Leider hat er dazu wieder eine schlechte Nachricht: „Es wird nicht so einfach sein, nach Leptis Magna zu kommen – ohne die Einwilligung des Pascha", dämpft der Konsul die erwachende Reiselust. „Der Pascha hat mir gegenüber die Befürchtung geäußert, dass die Spanier nach der Eroberung von Oran auch Tripolis angreifen und dass sich hinter Eurem Expeditionsauftrag ein ganz anderer versteckt – der geheime Auftrag, für Spanien zu spionieren!"

Dieser Verdacht wandelt die Stimmung am Tisch. Hebenstreit erhebt sich und sagt mit erregter, bebender Stimme: „Wir sind keine Spione, Herr Konsul. Wir sind ehrliche, der Wissenschaft verpflichtete Männer. Wenn der Pascha uns Audienz geben würde, werden wir ihm beweisen, dass seine Verdächtigungen grundlos sind!"

Der französische Konsul schnappt neuerlich nach Luft und versucht, den Aufruhr zu befrieden, indem er feierlich verspricht: „Wir werden mit dem Pascha Euer Anliegen besprechen, so dass einem Ausflug nach Leptis Magna nichts im Wege steht." Eine Aussage, die dem Konsul großen Beifall einbringt.

Seit drei Stunden reiten Zacharias Philipp Schultz, Christian August Ebersbach und Christian Friedrich Schuberth an diesem 15. September 1732 von Tripolis kommend hinter Hebenstreit, Ludwig und Thran durch eine menschenleere Gegend.

Schultz gibt seinem Pferd die Sporen, um neben Ebersbach zu reiten und räsoniert: „Kannst du mir mal verraten, warum wir stundenlang durch diese Bergwüste traben, nur weil dieser Karlsruher unbedingt die letzten Ziegel von Karthago sehen will?"

Ebersbach lacht: „Na, ganz umsonst ist die Tour ja nicht. In meinem Lederbeutel ringeln sich schon drei Schlangen, und Pflanzen fürs Dresdner Herbarium hast du ja auch gesammelt."

Schultz schadenfroh: „Mach ich gerne, dann kann der Karlsruher nicht alles in seinen Sack stecken. Der Mensch strapaziert mir langsam, aber sicher das Nervenkostüm. Ständig doziert er uns seine lateinischen Kenntnisse – oh, ein Thitimalum serati! Kann der Herr Hofgärtner nicht mal seinen Schnabel halten? Er kann doch auch schweigend seinen Kali maritimus pflücken. Schließlich ist er kein Papagei. Und dann diese Sucht nach Ruinen. Eigentlich soll er mit uns Löwen fangen. Stattdessen sammelt er Steine…"

Ebersbach unterbricht seinen Redefluss und zeigt nach vorn, wo sich die Überbleibsel eines römischen Aquädukts über ein Feld in die Länge ziehen. Dahinter recken sich drei Berge in die Höhe.

„Schau mal, Zacharias, die Bögen, wie schön geschwungen sie sind", ruft Ebersbach begeistert. Schultz wirft einen kurzen Blick auf die römische Wasserleitung, um gleich zu dozieren:

„Hast du gewusst, dass Karthago im Jahr 814 vor Christus von Kolonisten aus dem Libanon gegründet und im 3. Jahrhundert nach Christus zur Hauptstadt der römischen Provinz Africa Proconsularis erhoben wurde?“

Ebersbach verneint kopfschüttelnd und Schultz fühlt sich aufgefordert, sein Wissen weiter auszubreiten: „Karthago wäre nie gegründet worden, wenn nicht die phönizische Prinzessin Elissa, die Schwester des tyrischen Königs Pygmalion, vor ihrem machthungrigen Bruder geflohen und an der afrikanischen Küste gelandet wäre. Der ortsansässige Häuptling versprach ihr so viel Land wie sie mit einer Kuhhaut umspannen könne.

Die Prinzessin schnitt darauf die Kuhhaut in hauchdünne Streifen, legte sie aneinander und konnte so ein großes Stück Land gewinnen. Dieser Küstenstreifen, auf den wir jetzt zureiten, Christian, war die Keimzelle Karthagos. Ist doch spannend, findest du nicht?“

Ebersbach meint lakonisch: „Der eine sammelt Pflanzen und der andere Geschichte. So kommt was zusammen!“

Endlich erreichen sie Karthago. Der Maler Christian Friedrich Schuberth setzt sich mit dem Zeichenblock vor 16 Zisternen und zeichnet, in ihren Anblick versunken, die Gewölbe, die, aus Kieselsteinen und Kalk zusammengefügt, ein mächtiges Bild geben. Das Material ist so hart, dass es Jahrhunderte überstanden hat und noch immer eine Vorstellung davon gibt, wie mächtig Karthago einst war. Schultz schaut Schuberth über die Schulter und staunt, wie dieser mit wenigen Strichen die antike Architekturdramatik aufs Papier bannt.

„Was ich dich schon immer mal fragen wollte, Christian“, beginnt Schultz sein Gespräch vor den Ruinen, „hast du in der Malkunst eigentlich Vorbilder?“

Er bekommt nicht gleich eine Antwort, weil Schuberth sein Bild zu Ende zeichnet. Dann dreht er sich aber zu seinem Reisegefährten um, nickt ihm freundlich zu und meint ironisch: „Durch Fragen und Repetieren kommt man fort im Studieren – stimmt doch?“

Schultz lacht und erwidert: „Eine Antwort sanft und lind, stillt die Neugier gar geschwind!"

„Ich verehre Peter Bruegel den Älteren", bekennt sich jetzt Schuberth. „Er hat das Theater der Welt gemalt. Er wusste um den Triumph der Zeit über unser kurzes Leben. Und er hat, fast zwei Jahrhunderte vor uns, die Menschen erkannt in ihrer Janusköpfigkeit."

„Was hat er denn gemalt?", will Schultz wissen.

„Seine Kupferstiche sind mir am liebsten", antwortet ihm Schuberth. „Kennst du nicht das Bild vom Mann mit dem Geldsack und seinen Schmeichlern?" Schultz schüttelt den Kopf. „Oder der Egoist, der sich am brennenden Haus wärmt?" Schultz verneint. „Dann kennst du sicher auch nicht das Bild ‚Man bettelt vergeblich an der Tür eines Tauben'?"

Schultz bestätigt, und weil ihn seine Unkenntnis beschämt, wechselt er das Thema mit einem Lob: „Was ich an dir bewundere, Christian, sind deine Bilder von den Schiffen, mit denen wir an den barbarischen Küsten entlang gesegelt sind. Wie du die Galeeren auf dem offenen Meer gezeichnet hast, die Kanonen und die Hafenstädte, die geblähten Segel im Sturm, die Matrosen im Mastkorb und auf den Rahen bei Sonne, Wind und Regen..."

Schultz schaut Schuberth bewundernd an und bekennt ehrlichen Herzens: „Ich könnte so etwas nie und nimmer – nur mit einem Zeichenstift die ganze Welt abbilden."

„Meine Schiffszeichnungen verdanke ich auch dem Peter Bruegel. Er war ein grandioser Meister im Darstellen von Galeerenflotten, Dreimastern oder Schiffen vor aufkommendem Sturm. Von ihm habe ich gelernt, wie er darzustellen ist, der Kampf des Menschen auf dem Meer mit der gewaltigen Natur."

Schultz hat großen Respekt vor Schuberths Meisterschaft und will nun wissen: „Wenn wir wieder in Dresden sind, Christian, weißt du denn schon, wo deine Bilder aufbewahrt werden?"

Der Gefährte nickt zufrieden: „Hebenstreit will die Bilder im Naturalienkabinett im Zwinger ausstellen. Ein Gedanke, der mir gefällt."

Schuberth wendet sich wieder seinem Zeichenblock zu und meint entschuldigend zu Schultz: „Jetzt muss ich aber weitermachen, Zacharias!"

Doch Schultz will das Gespräch noch nicht beenden und stellt Schuberth in Aussicht: „Heute wird uns auch noch die Höhle gezeigt, wo sich Dido und Aeneas geliebt haben. Du kommst doch mit?"

Schuberth lässt seinen Zeichenstift sinken und fragt interessiert: „Was ist das für eine Geschichte?"

Schultz begütigend: „Nichts wissen, Christian, das ist keine Schande, aber nichts lernen wollen. Du hast mir von dem Maler Bruegel erzählt. Ich erzähle dir die Geschichte von Aeneas, denn was man nicht weiß, das sieht man nicht!"

Schuberth ungeduldig: „Spann mich nicht so auf die Folter. Was ist mit diesem Aeneas?"

„Er war der Sohn des Trojaners Anchises und der Aphrodite", beginnt Schultz. „Nach der Eroberung Trojas durch die Griechen entkam er auf seiner Mutter Rat, den gelähmten Vater auf den Schultern, mit seinem Sohn aus der brennenden Stadt. Dabei verlor er seine Frau. In Delos sagte ihm ein Orakel, er solle das Land Italien, das Land seiner Urväter suchen. Nach Aufenthalt in Sizilien, wo sein Vater starb, kam er nach Karthago. Dido verliebte sich in ihn. Doch Aeneas wollte nicht bleiben. Die Königin Dido verzögerte seinen Aufbruch immer wieder. Vergebens. Als Aeneas Karthago verließ, tötete sich Dido mit seinem Schwert auf dem Scheiterhaufen. Seitdem gibt es die Feindschaft zwischen Rom und Karthago."

Schuberth hat Schultz aufmerksam zugehört, schaut nachdenklich auf den Erzähler und meint: „Du hast mich daran erinnert, Zacharias, dass ich die Geschichte von Äeneas und Dido doch kenne. Und weißt du woher?"

Schultz zuckt mit den Schultern: „Sags mir!"

Schuberth stolz: „Über die Liebe zu Dido gibt es ein Gemälde von Peter Paul Rubens."

In das Gespräch der beiden tritt Christian Thran, unterbricht es ohne Rücksicht, ruft begeistert: „Was hockt ihr hier herum. Geht zum Strand. Dort stehen ganz andere Mauern, Säulen und Brunnen. Aber vor allem haben wir da gefunden Esulam, Narcissus maritimus, Spargus spinosus…“

Schultz hält dagegen: „Und bestimmt auch Lavendulam!“

Thran überhört die Ironie, kann nicht aufhören, seine Sammlungserfolge zu zelebrieren: „Natürlich Lavendula, aber auch Thitimalum serrati und Kali maritimus!“ Thran ist nicht zu bremsen: „Ihr habt was verpasst: Wir speisten in einem Zelt, das wir am Strand fanden, in dem sich etliche Mohren fanden, die auf den Strand achtgeben. Sie brachten uns Trauben von solcher Größe, wie wir noch nie gesehen!“

Schuberth gibt ihm seine Zeichnung von den Zisternen und meint gelassen: „Wir haben unsere eigenen Trauben. Das ist die Kunst. Sie schmeckt genauso süß, und sie macht uns glücklich.“

Thran betrachtet das Bild, sagt versonnen: „Wir reisen von einem zauberhaften Ort zum nächsten. Wir lernen jeden Tag Neues. Uns begrüßt eine Natur von überwältigender Schönheit. Wenn ich nicht schon an den lieben Gott glauben würde, hier würde ich lernen, zu ihm zu beten.“

Er geht mit seinem Beutel voller Pflanzen davon. Schuberth und Schultz schauen ihm nach, und Schuberth sagt: „Ein merkwürdiger Mensch, dieser Hofgärtner. Aber bei Lichte besehen, ist er nicht weniger verrückt als ich. Er sammelt, ich zeichne. Wo ist da der Unterschied?“

„Es gibt keinen“, resümiert Schultz, „ihr liebt beide das Leben.“

Johann Ernst Hebenstreit schreibt im Oktober 1732 nach Dresden: *„Am 20.Oct. brachen wir auf zu einem Ausflug zu dem berühmten Berg Ganan, unter Begleitung eines von dem Day zugeordneten Renegaten, nachdem wir unsere Küche und Schlafgeräte auf Kamele geladen, da man an manchen Orten weder Wasser noch Einwohner findet. Wir richteten unsren Weg gegen Mittag und übernachteten zwischen den Palmen* *eines Ortes Sansur, wo uns von dem Kaid, einem griechischen Renegaten, viel Höflichkeit erwiesen ward. Wir brachen des Morgens frühzeitig auf, um wo möglich den Berg zu erreichen, weil unser Führer nicht für ratsam erachtete, in der Fläche zu übernachten, welche wir vor uns hatten und in welcher wir keine menschliche Seele antreffen sollten. Wir haben an diesem Tage, (21.Oct.) acht deutsche Meilen zurückgelegt, indem wir eine zum Ackerbau bequeme Fläche voll grüner Büsche durchreist, die aber von Einwohnern entblößt ist, weil solche es nicht für ratsam erachten, ihr Vieh und ihr Getreide an solchen Orten zu haben, wo sie zur Zahlung des Tributs gezwungen werden. Sie suchen vielmehr das fruchtbare Gebirge auf, wo sie sich vor der Gewalttätigkeit schützen können. Wir erreichten zur Mittagszeit Ain el Sultan, den Königsbrunnen, welchen der jetzt regierende Herr graben lassen, teils zur Bequemlichkeit der Reisenden, teils um die Einwohner zur Bebauung der Ebene anzulocken. Bei Nachtzeit kamen wir an die Wurzel des Berges, welche wir, der Dunkelheit ungeachtet, zu übersteigen hatten. Wir brachten drei Stunden zu, bevor wir uns mit unseren Tieren durch die Klippen hindurchgearbeitet und müssten endlich doch die Kamele mit einem Teil unserer Sachen zurücklassen. Nachdem wir die Spitze des Berges erreicht, übernachteten wir in einem Orte Benapher, welcher den Pass Bugilan beherrscht. Der Scheik verweigerte uns aufzunehmen, aus Furcht, dass unser Führer gekommen sei, seinen Kopf zu holen, bis er, durch viele Eidschwöre versichert, uns endlich einließ, wo es denn an Bequemlichkeit nicht mangelte: es wurden sogleich Leute abgesendet, um unsere zurückgelassenen Kamele und Sachen zu bewachen. Das Kastell ist mit Türken besetzt, welche mehr als andere Soldaten gefürchtet sind. Ich habe einen Schwarzen, der die Hand gegen einen der Besatzung erhoben, halb tot prügeln sehen.*

Da das Kastell mit Kanonen versehen und überdies an demjenigen Brunnen erbaut ist, welcher den umherliegenden Gegenden Wasser gibt, müssen die Einwohner dieser Gebirge notwendig Gehorsam leisten, obwohl sie zum Aufstand sehr geneigt sind und niemals ohne einige Arten Gewehr gesehen werden. Sie sind größtenteils mit großen Keulen von Olivenholz oder mit Schwertern bewaffnet und man erlaubt nur denen, die der Regierung gewogen sind, Feuerröhre. Ein Schuss Pulver ist das größte Geschenk, welches man geben kann. Die unterirdischen Wohnungen der Einwohner sind nicht unbequem und geben in heißen Sommertagen angenehme Kühlung. Man findet in einer festen Erde Alles, was zu einer Haushaltung gehört, bequem ausgegraben und ein im Viereck ausgegrabener Hof gibt von oben her genugsam Licht, welches das Auge Anfangs beim Eintritt in diese Höhlen nicht empfindet, nachher aber gemäßigt antrifft. Ein unterirdischer Gang führt zu diesen Wohnungen: die Baukosten sind nicht hoch und die Nachbarn sind gehalten, einander hilfreiche Hand zu leisten."

Hebenstreit erinnert sich, dass der Maler Schuberth von diesen Höhlen-Wohnungen Zeichnungen anfertigte. „Ich will ihn bitten", überlegt Hebenstreit, „mir einige davon zu geben, damit sie in Dresden Zeugnis unserer afrikanischen Mühen sind!"

Am 11. November 1732 speist die Afrika-Expedition im Haus des kaiserlichen Konsuls. Das heißt, sie möchte dort speisen... Aber dazu kommt es nicht, weil der Aufruhr, der in Tripolis herrscht, direkt in das Haus des Konsuls gespült wird. Man sitzt gerade bei Tisch, als ein Christen-Sklave, ein Spanier, ins Speisezimmer stürmt und sich dem Konsul zu Füßen wirft, wimmernd um Schutz bittet, während draußen im Hof eine wütende Meute einen anderen Christen-Sklaven gerade noch daran hindern kann, in das rettende Haus des Konsuls zu fliehen. Das Gebäude selbst wird von den Muslimen nicht betreten, weil es diplomatisches Terrain ist.

Der kaiserliche Konsul tritt mit Hebenstreit und seinen Männern auf den Arkaden-Umgang. Im Hof sehen sie ein erschütterndes Schauspiel: Zwei Araber werfen blitzschnell ein Seil um den Christen-Sklaven, fesseln ihn, so dass sich der Mann überhaupt nicht mehr bewegen kann. Die Festnahme wird von hysterischem Gebrüll begleitet, denn um die Strafaktion hat sich ein Kreis von Türken und Arabern gebildet, die drohend ihre Fäuste gegen den Christen erheben. Dieser wird jetzt wie ein Paket auf den Erdboden gelegt, um mit einem Zedernstock 500 Schläge auf seinen Hintern zu empfangen. Eine Zahl, die die Menge freudig skandiert. Auf den weißen Pluderhosen des Christen werden rote Blutflecke von Schlag zu Schlag größer. Der Delinquent schreit unter furchtbaren Schmerzen Gott um Hilfe an, doch Gott hört ihn wohl nicht. Der kaiserliche Konsul kann den Anblick nicht mehr ertragen und geht zurück in das Speisezimmer, wo der Spanier wie eine Salzsäule noch immer auf dem gleichen Platz hockt, auf dem er soeben die Füße des Konsuls geküsst hat. Hinter dem Konsul sind die Sachsen ebenfalls zurück, bilden einen Kreis um den Gejagten, wollen hören, was ihm geschehen ist.

Die Geschichte klingt unglaublich. Er und sein Kamerad hatten sich in zwei schwarze Frauenzimmer verliebt und sie heimlich mit deren Einverständnis beschlafen. Dummerweise prahlten sie mit ihrer Liebschaft in der Kaserne vor den anderen Christen-Sklaven, was deren wütenden Neid heraufbeschwor, worauf das Liebesverhältnis dem Pascha denunziert wurde.

Der Pascha nahm sich Zeit und ließ die beiden verliebten Christen noch einige Zeit in ihrem Liebeswahn gewähren, so dass sie sich immer sicherer fühlten. Aber der Krug, auch der christliche, geht so lange zum Brunnen, bis er bricht.

Und an diesem 11. November 1732 war es soweit. Des Paschas Soldaten zerrten die beiden Christen-Sklaven von den runden Leibern der afrikanischen Frauen, um sie ihrer gerechten Strafe zuzuführen. Denn Christen im Bett von muslimischen Frauen, das war die größte Todsünde, die man sich in Tripolis vorstellen konnte. Die beiden Geliebten der Christen-Sklaven wurden sogleich ins Wasser geworfen und wie Katzen ersäuft, während man den verprügelten Christen im Hof des Konsuls einfach liegen ließ, denn er hatte die 500 Schläge nicht lebend überstanden.

Was aber sollte mit dem Christen-Sklaven geschehen, der sich in das Haus des Konsuls retten konnte? Hebenstreit will sich beim Pascha für ihn einsetzen, denn an dem osmanischen Herrscher führt kein Weg vorbei. Und Hebenstreit hofft natürlich, die Einwilligung zur Reise nach Leptis Magna zu erhalten, die ohne den Reiterschutz des Paschas ein römischer Traum bleibt.

Hebenstreit wird vom Glück begünstigt. Ein toter Christ ist dem Pascha genug. Er will sich ja vor diesen Deutschen nicht als Unmensch präsentieren. Deshalb hört er sich gnädig Hebenstreits Bitte an, dem anderen Christen-Sklaven das Leben zu lassen. Während des Gesprächs schenkt die Geliebte des Paschas stark gesüßten Tee in die silbernen Schalen. Der Pascha kennt das weibliche Geheimnis unter der Burka. Seine Zunge hat schon manche Nacht den Nektar der Liebe genossen. Aber Liebe ist ja manchmal unersättlich. Deshalb wünscht sich seine Geliebte einen goldenen Gürtel für ihre schmalen Hüften, um die Glätte ihrer Haut für den Pascha zu schmücken. Dieses erotische Bild schießt dem Pascha gerade durch den Kopf, stimmt ihn milde, was zur Erfüllung von Hebenstreits Bitte führt.

„Der Christ soll leben. Er wird auf dem Sklavenmarkt verkauft. Christen-Sklaven sind teuer. So ein Sümmchen können wir gut gebrauchen!"

Am 25. November 1732 reiten die Männer aus Sachsen elf Stunden nach Lepida. Eine alte römische Tempelstadt, die Hebenstreit unbedingt kennenlernen will. Am Abend lagert die Reisegruppe in ihren eigenen, mit sicherer Hand errichteten Zelten und findet kaum noch Kraft für ein Feuer, um sich Tee aufzuwärmen. Doch schon am nächsten Tag erreichen sie Lepida.

Hebenstreit ist von der gewaltigen römischen Stadt, die zum Teil im Wüstensand versinkt, überwältigt. Viele gebrochene Säulen aus Marmor, die das Auge kaum fassen kann. Bunte Mosaikböden, auf denen schemenhaft Tiere und Pflanzen zu erkennen sind, lassen die Schönheit der römischen Villen erahnen. Verschüttete Brunnen, deren Rund zierliche Nymphen schmücken. Begabte Bildhauerhände haben sie in Marmor gehauen. Hebenstreit muss seine Augen mit den Händen schützen, so grell blendet die Sonne auf dem weißen Marmor der Kolonnaden, durch die verführerisch das Blau des Mittelmeeres schimmert.

Die Männer gehen an versunkenen Gräbern vorbei und bestaunen eine Säule, die die Figur des Herkules ziert. Ganz versunken steht Hebenstreit vor einer Inschrift zu Ehren Kaiser Hadrians, die er jetzt abschreibt, Wort für Wort: „Imp: Caesare Divi Trajani Imp: Filio et Divi Nerbae Nepote P: Patr: Hadriano Augusto Pont: Max: Trib: pot: II.Cos: III. Q servilius candidus sua Impensa aquam quasitam et elevatam in Coloniam perduxit."

Schuberth läuft von einem Motiv zum anderen, weil er gar nicht weiß, wo er seinen Zeichenstift zuerst ansetzen soll. So viele noch nie gesehene Bilder bedrängen ihn, und er denkt: „Wir Maler sind die Götter der Erde, weil wir mehr sehen als alle anderen."

Ludwig stellt sich neben Hebenstreit, liest die Inschrift und meint: „Interessant, Quintus Servilius Candidus berichtet, dass er Wasser gefunden, es gefördert und in die Stadt geleitet hat. Und was meinst du, zu welcher Zeit?" Hebenstreit überlegt und antwortet, sich nicht ganz sicher: „Wahrscheinlich im Jahr 120 nach Christi."

Am 30. November 1732 kommt die Afrika-Expedition aus Leptis Magna zurück nach Tripolis. Drei Tage später, am 3. Dezember, reitet Hebenstreit mit seinen Männern zum Garten des Paschas, um sich für das Vertrauen und die Hilfe zu bedanken, die ihnen bei ihrer Reise in die Römerstadt gewährt wurde.

Sie reiten über eine Stunde am Meer entlang und noch eine halbe Stunde in die Wüste hinein, bis sie zu der Oase gelangen, die der Pascha anlegen ließ. Es kommt den Männern aus Sachsen vor wie ein orientalisches Märchen. Mitten in der Wüste liegt der blühende Garten des Herrschers, den viele Orangenbäume zieren, wo sich Granatapfelbäume und Datteln verschwenderisch im leichten Wüstenwind hin und her bewegen. Auch Bananenstauden, allerdings ohne Frucht, beherbergt des Paschas Garten, in dessen Mitte ein Brunnen kühles Wasser spendet. Der Pascha hat drei Frauen, die tief verschleiert den Gästen ihres Mannes Mandeln und Rosinen auf einem silbernen Tableau servieren, um gleich danach ohne ein Wort zu verschwinden.

Hofgärtner Christian Thran ist hingerissen von diesem Garten Eden und versteht nicht, dass aus einem Brunnen mitten in der Wüste Wasser sprudelt. Der Pascha, ein Mann um die Vierzig, ein wenig zu gut genährt, dem das Staunen der Sachsen über sein Gartenparadies wohl gefällt, streicht sich durch den dichten, schwarzen Bart. Er ist ein tiefgläubiger Muslim und ein gelehrter Mann, das spürt Hebenstreit, bevor er begeistert von der römischen imperialen Anmutung der Stadt Leptis Magna erzählt, diesem Juwel aus weißem Marmor am blauen Mittelmeer!

Der Pascha hört aufmerksam zu, nickt huldvoll, als sich alle Mitglieder der Expedition bei ihm für die Gnade der Reise bedanken. Er streicht sich wieder durch den schwarzen Bart und meint vielsagend: „Wer nicht von dreitausend Jahren sich weiß Rechenschaft zu geben, bleibt im Dunkeln unerfahren, mag von Tag zu Tag leben."

Wie Schüler sitzen die Sachsen um den Pascha herum, der sich jetzt an Hofgärtner Thran wendet. „Wie man mich wissen ließ", beginnt der Pascha, „ist Er ein Pflanzensammler und ein Pflanzenkenner?"

Thran nimmt das Kompliment gern entgegen.

„Weiß Er denn auch um die Blumen der Wüste?" fragt ihn der Pascha.

„Alle kenne ich noch nicht", gesteht Thran, „aber ich würde sie gerne kennenlernen."

Der Pascha klatscht in die Hände. Er hat das Programm für die Christen aus Sachsen gut vorbereitet. Zwischen den hohen

Dattelbäumen erscheint eine seiner verschleierten Frauen. Sie legt einen Beutel vor dem Pascha ab, um gleich wieder lautlos zu verschwinden. Nun nimmt er aus dem Beutel eine Pflanze mit blauen Blüten und examiniert Thran mit der Frage: „Kann Er mir sagen, wie diese Wüstenblume heißt?"

Thran dreht die Pflanze begutachtend in seinen Händen und antwortet: „Ich glaube, es ist eine Leguminose." Der Pascha nickt zustimmend und holt aus dem Beutel eine bizarr aussehende Pflanze mit grünen Blättern und gelben Früchten.

Er hält sie Thran vor die Augen, aber dieser zuckt hilflos mit den Schultern. Den Pascha freut sichtlich, dass er jetzt Lehrmeister spielen kann: „Das ist eine Kukurbitazee. Sie hat viele gefährliche Dornen, ist aber wunderschön, wenn sie blüht!"

Der Pascha lächelt Thran verschmitzt zu und sagt: „Aller guten Dinge sind drei." Nun holt er eine weitere Pflanze aus seinem Beutel. Sie hat braune Früchte, was Thran ein souveränes Lächeln entlockt, denn er weiß um ihren Namen: „Das ist eine Polygonazee!"

Der Pascha ist begeistert, klatscht in die Hände. Die drei verschleierten Frauen, deren dunkle Augen neugierig unter der Burka auf die fremden, weißen Männer schauen, stellen Tee, Zucker und Rosinen auf den kostbaren Teppich. Alle schlürfen jetzt andächtig das heiße Getränk, während der Pascha eine kleine Rede beginnt.

„Ist das nicht ein Wunder Gottes", meditiert der Pascha, „in der Gleichförmigkeit der Wüste unterbricht meine Oase dieselbe mit ihrer aus der Tiefe entspringenden Quelle und schenkt uns frischeste und üppigste Vegetation. Denn das ist das Geheimnis der Wüste: Unter Sand und Felsen sprudeln die Wasser des Lebens, heiße und kalte Wellen. Sie treten nicht überall ans Licht des Tages, denn die Geister des Wassers sind scheu."

Er unterbricht seine Rede, um einen Schluck Tee zu nehmen, fährt dann fort: „Der Mensch ist gut beraten, die Natur nicht zu stören. Ihr Europäer kommt in unser Land, reißt unsere Pflanzen aus dem Boden. Ihr überfallt mit euren Netzen Löwen und Panther, um sie nach Europa in eure königlichen Menagerien zu schleppen. Ihr kauft unsere scharfen Dolche und Säbel und unsere in monatelanger Arbeit geknüpften kunstvollen Teppiche. Wenn ihr könntet, würdet ihr auch unsere Mädchen und Frauen in eure kalten Länder verschleppen, damit ihr es etwas wärmer in euren Betten habt. Eure Schiffe bombardieren unsere Städte und töten Frauen und Kinder. Ihr wollt immer mehr, als ihr gebrauchen könnt und seid von einer ungöttlichen Gier nach Geld und Ruhm getrieben. Warum?"

Da er keine Antwort erhält, die er auch gar nicht erwartet, sinnt der Pascha mit seiner ruhigen und sonoren Stimme weiter: „Manchmal verstehe selbst ich nicht, warum wir Moslems im Namen Mohammeds und seiner Korangesetze nicht von unserer Sitte abgehen: Betritt ein Fremder frierend unser Zelt, weil er kein Hemd hat, schenken wir ihm zwei, obwohl wir dann selbst kein Hemd mehr besitzen."

Der Pascha sieht in die nachdenklichen Gesichter seiner sächsischen Gäste und klatscht wieder in die Hände. Hinter den Orangenbäumen kommt erneut eine seiner verschleierten Frauen mit einem Fennek, einem kleinen Wüstenfuchs, an silberner Kette. Dessen Fell ähnelt dem Wüstensand. Am auffälligsten sind die großen Ohren. Die Frau übergibt ihrem Mann den Wüstenfuchs, der sich willig zu seinen Füßen legt.

„Ist die Natur nicht der größte Meister?", fragt der Pascha mit Blick auf den Wüstenfuchs. „Seine langen Ohren geben überschüssige Körperwärme an die Umgebung ab, was den Wüstenfuchs, der keine Schweißdrüsen besitzt, vor Überhitzung schützt. Auf diese Weise braucht das Tier kein Wasser zur Regulierung seiner Körpertemperatur.

Da der Wüstenfuchs sich tagsüber nur selten der Sonne aussetzt, statt dessen in seiner kühlen Höhle sitzt und sie erst in den Abend- und Nachtstunden verlässt, kann er seinen Wasserbedarf fast ausschließlich über die Nahrungsaufnahme decken."

„Trinkt der Wüstenfuchs denn gar nichts?“ will Ebersbach wissen. Der Pascha lächelt ob dieses Unwissens und erklärt: „Ohne Wasser kein Leben. Befindet sich im Revier des Wüstenfuchses eine Wasserquelle, so nutzt er diese ausgiebig.“

Der Wüstenfuchs kratzt sich wie zur Bestätigung am langen linken Ohr und harrt der Dinge, die da auf ihn zukommen. Der Pascha nimmt die silberne Kette und legt sie in Hebenstreits Hände: „Mein Geschenk für Euren Kurfürsten und König. Ein Wüstenfuchs ist schlau und schwer zu fangen. Ich hoffe, Ihr wisst unsere Gabe zu würdigen.“

Hebenstreit wie alle seine Männer ist überrascht von der Großzügigkeit des Paschas. Hebenstreit küsst dem Gastgeber dankbar die Hand, was dieser geschehen lässt – er weiß, dass ihm die Geste zusteht.

Zeit für die Rückkehr. „Wohin soll Eure Reise noch führen?“ will der Pascha wissen.

Hebenstreit: „Am 13. Dezember nehmen wir ein französisches Schiff mit Kurs auf Malta.“

„Wenn mich meine Rechnung nicht täuscht“, sagt der Pascha, „habt Ihr Euch 75 Tage in Tripolis und Umgebung aufgehalten. Ich hoffe, die Expedition geht klüger von dannen als sie ankam. Auch hat sie Glück gehabt, dass die Spanier es bei ihrer Eroberung von Oran belassen haben und nicht vor Tripolis aufgezogen sind. So konntet Ihr in Frieden Euren Interessen nachgehen.“

Hebenstreit, der den Wüstenfuchs in die Obhut von Christian Gottlieb Ludwig gegeben hat, legt die rechte Hand aufs Herz und erwidert: „Die Zerstörungen, die Kriege anrichten, haben wir in Tripolis wohl gesehen. Sie sind ein Hohn auf den Geist und seine Werke, auf Gesetz und Kunst. Kriege gleichen einem Würfelspiel. Der Gewinner ist früher oder später der Verlierer. Ich bin überzeugt, Pascha, die süße Frucht der Ordnung ist der Friede.“

Der Pascha lächelt: „Er spricht wie Mohammed.“

Aber Hebenstreit überhört das Lob, ist er doch mit seinen

Gedanken noch nicht am Ende. „Die Ordnung, sie renkt die aus den Fugen geratene Welt wieder ein und sichert mit dem Gesetz das Beieinander. Sie ordnet auch die Unruhe des Herzens. Der Mensch braucht die beruhigte Ordnung der Dinge, die leider ständig bedroht wird durch die Natur des Menschen. Sein hoher Geist ist stets in Gefahr. Mitten im Frieden droht das Gespenst des Krieges, deshalb sollten wir immer bedenken: Wenn du Frieden willst, pflege die Gerechtigkeit!“

Hebenstreit nimmt die Hand von seinem Herzen und reicht sie dem Pascha, der sie festhält, Hebenstreit in die Augen schaut und sagt: „Verzeih Er mir, dass ich in ihm und seinen Leuten spanische Spione sah. Er hat einen lauteren Charakter. Unser Stammvater Abraham ist auch der Stammvater der Christen. Wir sollten den Streit um die bessere Religion baldigst beenden. Der Frieden wäre sicherer zu Land und auf dem Meer. Allah sei mit Euch auf Eurer weiteren Reise. Es war mir eine Ehre, Euch kennenzulernen hier draußen in der Wüste, am Brunnen des Lebens.“

Der Hofgärtner bekommt den Beutel mit den Wüstenblumen, worüber sich Thran unbändig freut – welcher Europäer erhält schon Wüstenblumen aus der Hand eines Paschas!

Die Männer aus Sachsen haben das Gefühl, eine Sternstunde erlebt zu haben. Bevor sie wieder in die Sättel ihrer Pferde steigen, verneigen sie sich tief und dankbar vor dem Pascha von Tripolis. Doch dieser tritt noch einmal auf sie zu und fragt: „Wer ist der Maler unter Euch?“

Schuberth stellt sich vor und verneigt sich, worauf der Pascha in forderndem Ton verkündet: „Der Wüstenfuchs ist nicht ganz kostenlos. Ich möchte, dass Er mich in Lebensgröße zu Pferd malt!“

Schuberth fühlt sich von diesem ungewöhnlichen Auftrag mehr überrascht als geehrt und stottert vor Aufregung: „In Lebensgröße, natürlich, zu Pferd, in Lebensgröße, natürlich …“

Auf dem Rückweg reiten Hebenstreit und Ludwig Seite an

Seite, und Hebenstreit beginnt ein Gespräch über die Dinge, die ihn bewegen.

„Weißt du, Christian", sagt er, „die islamische Kultur hat ohne Zweifel ihren Reiz, und ich will mich ihr auch nicht entziehen. Doch seit ich Lepida gesehen habe, erregen vielmehr die Spuren der römischen Herrschaft in Afrika mein lebhaftes Interesse. Namentlich die Inschriften. Ich werde sie so weit möglich kopieren. Das ist doch Geschichte in reinster Kultur, was meinst du?"

Ludwig lenkt sein Pferd an Hebenstreit heran, um ihn zu ermutigen: „Du solltest nach unserer Rückkehr eine Übersicht über die Ergebnisse unserer Reise verfassen, vor allem über den Zustand Afrikas unter römischer Herrschaft!"

Hebenstreit freut sich über den Zuspruch und ruft seinem Reisegefährten zu: „Ich weiß auch schon den Titel, Christian, für meinen Reisebericht: Oratio panegyrica, qua antiquitatum Romanarum per Africam repertarum memoriam recolit!"

Lustvoll gibt er seinem Pferd die Sporen und denkt an den gewaltigen Löwen und sein verzweifeltes Brüllen, welchen sie mit Hilfe von wütenden Hunden vor ein paar Tagen umstellt hatten. Die Hatz fand statt in einem engen Felsental, dessen Ausgänge von bewaffneten Treibern besetzt wurden, die mit aus ihren Flinten abgegebenen Schüssen den Löwen in die Panik trieben, so dass der König der Tiere in der Falle saß, was diesem durchaus bewusst war. In seiner Angst schienen ihm Riesenkräfte zu wachsen. Vier Hunde lagen schon um ihn herum zerfetzt auf den Steinen. Doch es half ihm nichts. Für die arabischen Jäger war es nicht der erste Fang. Hoch oben, von einem Felsplateau, segelte plötzlich ein Netz herunter, in das sich der Löwe verfing. In blinder Wut versuchte er sich zu befreien. Stattdessen verwickelte er sich immer mehr in das ihn umfangende Netz, über das die Löwenjäger blitzschnell dicke Seile warfen, mit denen sie ihren prächtigen Gefangenen in zuckende Ohnmacht verwandelten. Das Bild von der hilflosen, geknebelten Kreatur geht Hebenstreit nicht aus dem Kopf.

„Eigentlich sind wir Räuber“, denkt er. „Wir plündern die afrikanische Natur, die uns nicht gehört, um einer königlichen Idee willen. Wir geben dafür viel Geld aus. Aber wir wissen nicht, ob diese herrlichen Geschöpfe Dresden an der Elbe je lebend erreichen, weil sie während der Fahrt über die Meere im Bauch des Schiffes elend zugrunde gehen können. Wir vergreifen uns an der Schöpfung“, dachte Hebenstreit. Ein bitterer Gedanke, auf den er gerne verzichtet hätte.

DIE ANKUNFT DES ADLERS

Dresden, Anfang Dezember 1732

Es schneit, und es ist bitterkalt. Aber das hält die Menschen nicht davon ab, sich in Scharen am Elbufer zu drängen, um ein Schauspiel zu erleben, das an die Geschichte der Arche Noah erinnert. Obwohl die Sachsen bibelfest sind, ob protestantisch oder katholisch, lässt es sich ein eifriger Kirchengänger nicht nehmen, von einem Haufen großer Sandsteine über die Köpfe der Menge hinweg laut und mit kräftiger Stimme aus der Bibel zu lesen: „Der Herr sah, dass auf der Erde die Schlechtigkeit des Menschen zunahm, und dass alles Sinnen und Trachten seines Herzens immer nur böse war. Da reute es den Herrn, auf der Erde den Menschen gemacht zu haben, und es tat seinem Herzen weh. Der Herr sagte: Ich will den Menschen, den ich erschaffen habe, vom Erdboden vertilgen, mit ihm auch das Vieh, die Kriechtiere und die Vögel des Himmels, denn es reut mich, sie gemacht zu haben. Nur Noah fand Gnade in den Augen des Herrn. Da sprach Gott zu Noah: Ich sehe, das Ende aller Wesen aus Fleisch ist da; denn durch sie ist die Erde voller Gewalttat. Nun will ich sie zugleich mit der Erde verderben. Mach dir eine Arche aus Zypressenholz. Statte sie mit Kammern aus, und dichte sie innen und außen mit Pech ab. So sollst du die Arche bauen: Dreihundert Ellen lang, fünfzig Ellen breit und dreißig Ellen hoch soll sie sein. Mach der Arche ein Dach, und hebe es genau um eine Elle nach oben an! Den Eingang der Arche bring an der Seite an! Richte ein unteres, ein zweites und ein drittes Stockwerk ein. Ich will nämlich die Flut über die Erde bringen, um alle Wesen aus Fleisch unter dem Himmel, alles was Lebensgeist in sich hat, zu verderben. Alles auf Erden soll verenden! Mit dir aber schließe ich meinen Bund. Geh in die Arche, du, deine Söhne, deine Frau und die Frauen deiner Söhne! Von allem, was lebt, von allen Wesen aus Fleisch, führe je zwei in die Arche, damit sie mit dir am Leben bleiben; je ein Männchen und ein Weibchen sollen es sein. Von allen Arten der Vögel, von allen Arten des Viehs, von allen Arten der Kriechtiere auf dem Erdboden sollen je zwei zu dir kommen, damit sie am Leben bleiben. Nimm dir von allem Essbaren mit, und leg dir einen Vorrat an! Dir und ihnen soll es zur Nahrung dienen. Noah tat alles genau so, wie ihm Gott aufgetragen hatte!“

Wie Noah kommt sich jetzt Johann Heinrich Buchner vor, als die ersten Kisten mit kreischenden Affen von Bord seiner afrikanischen Arche an sächsisches Land gebracht werden. Der Löwe brüllt. Afrikanische Tauben flattern aufgeregt in ihren hölzernen Käfigen, und ein Zebra lässt sich brav am Zügel von Bord führen. Die gaffenden Menschen bejubeln jedes einzelne Tier, als wäre es der Kurfürst persönlich. Ein stolzer Adler aus den arabischen Bergen schaut schweigend durch die Gitterstäbe seines überdimensionalen Käfigs, und zwei afrikanische Ratten rennen wie betrunken in ihrem engen Gatter hin und her.

Johann Heinrich Buchner hat es geschafft, dass ihm auf der Überfahrt von Afrika nach Europa wie bei der Weiterfahrt auf der Elbe über Hamburg nach Dresden kein Tier verlustig gegangen ist. Die damit verbundenen Mühen will er nun seinem Kurfürsten und König vortragen. Doch schon im Dresdner Elbhafen nimmt ihn ein Beauftragter der herrschaftlichen Kanzlei beiseite, um im Namen des Kurfürsten und Königs zum glücklichen Ende der abenteuerlichen Schiffsreise zu gratulieren, jedoch im gleichen Atemzug zu erklären, dass an eine Audienz im Schloss nicht zu denken sei. Denn der Kurfürst und König von Polen bereite eine Reise nach Warschau vor und sei deshalb für niemand zu sprechen.

Der so Abgewiesene sieht verbissen den Fuhrwerken nach, auf denen die Tiere unter dem Beifall der Dresdner Bürger im Schneetreiben zum Jägerhof gefahren werden, wo sie ein erstes Quartier erhalten. Einen solchen Empfang hat sich Buchner nicht vorgestellt, und er flucht innerlich darüber, dass er sich von

Hebenstreit hat überreden lassen, den Tiertransport zu übernehmen. Das kalte Dresden weckt in ihm die Sehnsucht nach der wärmenden afrikanischen Sonne. Der Missmut steht Buchner ins Gesicht geschrieben, deshalb versucht der kurfürstliche Hofbeamte ihn zu trösten: „Er soll für seine mutige Tat belohnt werden. Die Stelle eines Portionsschreibers in Leipzig ist frei geworden. Sie wird gut bezahlt. Schreibe Er an seine Majestät und bitte Seine königlichen Gnaden, bei Besetzung dieser Vakanz an ihn vor anderen zu denken!"

Johann Heinrich Buchner nimmt das Angebot schweigend zur Kenntnis, er blickt verächtlich auf den Beamten, der sich an den Spruch seiner Großmutter erinnert: „Tu niemand Gutes, dir widerfährt nicht Schlechtes!"

Trotz dieser Weisheit, deren Richtigkeit er in seinem kurfürstlichen Beamtenleben immer wieder bestätigt fand, will er Buchner helfen. Und obwohl ihre Mützen vom immer dichter werdenden Schneetreiben fast zugeschneit sind, versucht der Hofbeamte dem Heimkehrer neuerliche Hoffnung zu geben: „Falls Er die Leipziger Aussicht für seine Existenz ausschlägt, könnte Er sich auch an der Meißner Fürstenschule bewerben. Wir wissen um die frei werdende Stelle eines Schulküchenschreibers."

Nun ist es Buchner zu viel. Er packt den Hofbeamten und schiebt ihn über die Holzbrücke an Bord des Schiffes. Der kurfürstliche Hofbeamte ist ein dünnes Männlein, ausgetrocknet von der Bürokratie, so dass es dem kräftigen und muskulösen Buchner ein Leichtes ist, den Kanzleiarbeiter in die Messe des Schiffes zu schieben, wo er ihn auffordert, sich auf einen seidenen Teppich zu setzen, dessen leuchtend blau-rote Farben im afrikanischen Kontrast stehen zu der im Schneetreiben versinkenden Residenzstadt Dresden.

Aus einem kunstvoll geschnitzten Schrank von Zedernholz holt Buchner eine Flasche Rum und zwei Gläser, um sich im türkischen Schneidersitz zu dem Kanzlisten zu setzen. Er schenkt die Gläser voll, prostet seinem Gast mit den Worten zu: „Auf Sachsen, auf die Heimat!“ Der Kanzlist trinkt den scharfen Rum und bekommt davon einen fürchterlichen Hustenanfall, steht er doch eher auf selbstgemachten Apfelsaft aus seinem Garten in der Dresdner Neustadt. Buchner klopft ihm fürsorglich auf den Rücken und beginnt zu erklären: „Meine Reise nach Afrika bereue ich nicht. Aber ich bereue, dass ich mir von unserem Kurfürsten nichts Schriftliches habe geben lassen, was meine existentielle Zukunft nach der Expedition betrifft. Euer Angebot in allen Ehren, aber verlange Er nicht, dass ich darüber vor Glück zerspringe!“

Der Kanzlist hat sich mittlerweile von seinem durch den Rum ausgelösten Hustenreiz befreit und sieht mit Staunen das türkische Ambiente der Schiffseinrichtung. Pralle wie bunte Seidenkissen liegen in den Ecken des Raumes. Eine kupferne Lampe schwankt unter der hölzernen Decke. Auf einem Tisch, den vier Kamele aus Palmenholz tragen, steht eine opulente Wasserpfeife, und an den Wänden hängen blitzende, in Silber geschmiedete Säbel mit elfenbeinverzierten Löwengriffen. Afrika, mitten in Sachsen.

Der Kanzlist kennt natürlich die Türkenkammer seines Kurfürsten im Dresdner Schloss, aber was er hier sieht, hat doch einen anderen Reiz, kommen doch all die das Auge verführenden arabischen Devotionalien direkt von den barbarischen Küsten, ausgewählt von der Afrika-Expedition, im Auftrag des Kurfürsten von Sachsen und Königs von Polen.

„Ihr seid ein Held“, lobt der Kanzlist jetzt Buchner, der sich gerade noch einen Schluck aus der Rumflasche gönnt. „Eine solche Überfahrt mit den wilden Tieren an Bord ohne Verlust zu meistern, das ist eine Heldentat!“

Buchner fährt sich mit der Hand durch seinen auf der Rückreise dicht gewordenen Bart und meint: „Also, hinter mir liegen Abenteuer, die zu erzählen, bräuchte es viel Zeit. Ich habe gelernt, ein Schiff zu führen und von Hafen zu Hafen Löwe und Zebra zu füttern. So muss es ungefähr auf der Arche Noahs zugegangen sein. Trost fand ich nicht nur in der Bibel, auch im Koran habe ich gelernt zu lesen. Jetzt weiß ich gar nicht, ob ich noch Protestant bin oder doch schon Muslim?"

„Jeder Glaube hat seine Schönheit", philosophiert der Kanzlist und fährt fort: „Unserem Kurfürsten geht es gar nicht gut. Er muss in Polen um seine Krone kämpfen, und ich glaube, seine Pläne für eine exotische Menagerie in Moritzburg fliegen davon wie der Teppich in dem berühmten arabischen Märchen aus 1001 Nacht!"

Buchners Antwort ist bittere Ironie: „Und mit dem Teppich fliegen auch alle kurfürstlichen Versprechungen davon. Gut, dass meine Kameraden in Afrika davon nichts wissen..."

Die Winde wechseln und bestimmen, wie der Segler zu kreuzen hat, damit er vorwärts kommt. Der Südsüdwestwind gibt die Staffel weiter an den Nordnordwestwind und dieser, wenn er müde geworden, sagt zum Nordostwind: „Mach du weiter!"

Solche Gedanken schreibt Hebenstreit im Monat Dezember in sein Tagebuch. Eine milde Sonne scheint auf das einsame Schiff im Meer, das auf die Insel Lampedusa zustrebt.

Im Bauch des Bootes sieht es aus wie in der Arche Noah. Bergziegen meckern, ein schwarzer Panther läuft unruhig in seinem engen, hölzernen Käfig hin und her, Affen kreischen, wenn sie die Schlangen sehen, die sich züngelnd aufrichten in ihren an den Schiffsbalken hängenden Netzen. Alle Tiere müssen stündlich von der Afrika-Expedition mithilfe der französischen Seglerbesatzung versorgt werden, sollen sie doch wohlbehalten in Europa auf dem Festland ankommen. Doch jetzt ist das nächste Ziel erst einmal die Insel Lampedusa, die größte der vier Pelagischen Inseln im Mittelmeer zwischen Tunesien und Sizilien. Der Kapitän des französischen Schiffes will dort Proviant und Wein an Bord nehmen. Doch vor allem Fisch, weil er weiß, auf Lampedusa leben die besten Fischer des Mittelmeeres.

Schuberth, auf einem dicken Tau sitzend, blättert in seinen Zeichenmappen, die ihn an das Abenteuer im Oktober erinnern, als die ganze Mannschaft zu Pferd von Tripolis aus über das Gebirge Gariam geritten ist, gemeinsam mit dem Historiker aus Altenburg, der sich als kundiger Führer erwies. Außerdem waren ihm sechs mitreisende Afrikaner willig zu Diensten. Auch der Konsul von Bengasi und ein Informator des französischen Konsuls vermehrten die Compagnie. Das Meer zur rechten Hand und zur linken die schönsten Dattelbäume. Auf dem sandigen Boden kam die Kavallerie-Expedition gut voran. Nur Hofgärtner Thran bremste hin und wieder den Vormarsch, wenn er aus seinem Sattel heraus eine Myrtus communis oder einen Artemisia abrotanum entdeckte.

Und da Christian Thran im Laufe der Zeit seinem pädagogischen Talent tüchtig Zucker gab, unterließ er es nie, seine Reisekameraden über die Funde sowohl im Lateinischen wie im Deutschen aufzuklären, so dass Schuberth, der die gesammelten Pflanzen mit seiner Zeichen- und Malkunst liebevoll dokumentierte, unter die gerade gezeichneten Pflanzen „Myrte" und „Wermut" schreiben konnte.

Um rasch vorwärts zu kommen, wurde auch des Nachts geritten, was kein Problem war, denn der arabische Mond schien so hell, dass sogar die Skorpione zu sehen waren, die versuchten, sich vor den Hufen der Pferde im Sand zu verstecken. Nach einem Zwölf-Stunden-Ritt sanken alle todmüde in den Zelten zu Boden, und die Männer wurden erst wieder munter vom Geschrei und dem Donner von Schüssen außerhalb der Zelte.

Was war geschehen?

Das ruhige Dorf, in dem die Expedition am Abend angekommen war, wurde am Morgen zum Unruheherd. Die schwarzen Einwohner rebellierten gegen den türkischen Kaid, der ihnen das Wasser rationierte – als Strafe für ihre Unbotmäßigkeit ihm gegenüber, dem Herrscher über dreißig Dörfer. Doch die Afrikaner hatten keine Chance, als sie gegen das Kastell anrannten, in dem der Kaid mit der Tochter des Pascha wohnte – gut geschützt von dessen Soldaten, die keine Hemmung hatten, auf die unbe-

waffneten Aufständler zu schießen. Die Situation war grotesk. Die Zelte der Sachsen standen auf einem Plateau, von dem aus sie auf die Stadt schauen konnten wie in einem Theater. Sie sahen, wie die schwarzen Einwohner vergeblich gegen das Kastell anrannten und der Platz davor sich mit Toten füllte. Niemand interessiert sich dafür, dass hinter dem Rücken der streitenden Parteien eine christliche Afrika-Expedition so schnell wie möglich ihre Zelte abbricht, um den Ort der Rebellion so rasch wie möglich über die Pfade zu verlassen, auf denen sie des Nachts gekommen war.

Schuberth löst sich von seinen Erinnerungen, denn Hebenstreit steht vor ihm und erklärt: „Wenn wir in Lampedusa vor Anker gehen, werden wir auf die kleine Insel Isola de Conigli fahren. Sic liegt vor der Südküste von Lampedusa. Die Insel de Conigli nutzen die Unechten Karettschildkröten für das Ablegen ihrer Eier. Wir wollen natürlich ein paar Exemplare mit nach Dresden nehmen – nicht die Eier, sondern die Schildkröten!

Aber da man ja nie weiß, was lebend an der Elbe ankommt, wäre es schön, wenn der Herr Maler ein paar Tiere auch im Bilde festhalten würde."

Schuberth nickt Hebenstreit freudig zu. So ein Auftrag schafft Aufmerksamkeit auf Dinge, die sonst an ihm vorbeigegangen wären, obwohl er sich während der ganzen Reise sehr bemüht hat, dass dem Auge nichts verloren geht von der Schönheit der Welt. Und diese steigt gerade vor ihm auf: Der Segler fährt vorbei an den mächtigen Felsenklippen von Lampedusa, gegen die die Wellen des Mittelmeeres seit tausenden von Jahren vergeblich anrennen.

Im Hafen von Lampedusa wird das Schiff am Nachmittag mit großem Geschrei von den Insulanern begrüßt, denn Abwechslung ist hier genauso kostbar wie Regen, welcher die Insel, ihre Bewohner, Pflanzen und Tiere nur selten besucht. Die Physiognomien der Männer um Johann Ernst Hebenstreit haben sich seit Marseille deutlich verändert. Die Sonne Afrikas hat ihre

Haut gebräunt. Dichte Bärte sind ihnen gewachsen, in blond und schwarz. Sie tragen verwegene Hüte, und Ebersbach hat sich auffällig mit seidenen arabischen Schals kostümiert. Sie sehen eher wie Piraten aus, die Teilnehmer der Afrika-Expedition aus Sachsen. Aber wer über karge Berge geritten ist, Wüsten durchquert, Löwen gejagt und sich gegen feindliche Muslime tapfer verteidigt hat, kann aussehen wie er will, so lange ihm die Götter weiterhin Gesundheit und Lebensfreude schenken.

Am nächsten Tag werden Hebenstreit, Schuberth und Ludwig von kräftigen Fischerarmen hinüber auf die Insel Isola de Conigli gerudert, deren Name mit „Kanincheninsel“ übersetzt wird. Als die drei Männer den weiten und einsamen Strand erreichen, auf dem im Sommer die Weibchen der Unechten Karettschildkröten ihre Eier ablegen, ruht das Meer in grün und blau schimmernd vor ihnen. Die lampedusischen Fischer bereiten die Netze vor, mit denen sie hoffen, ein oder zwei Schildkröten zu fangen – was nicht leicht sein wird.

„Die Männchen verbringen ihr ganzes Leben im Wasser“, erzählen die Fischer den Bootsinsassen. „Nur die Weibchen suchen das Land auf, um ihre Eier abzulegen. Sie kommen jedes Jahr im Frühling an die gleichen Plätze, wo sie selbst geschlüpft sind und können bis 440 Pfund schwer werden. Es gibt keine größeren Schildkröten!“

Nachdem die Fangnetze vorbereitet sind, wird das Boot wieder auf das Meer gerudert, das so klar wie ein Glas Wasser ist und im Licht der Sonne wie ein Edelstein funkelt. Dann passiert es! Aus der Tiefe des Meeres taucht ein wunderbares Exemplar der Unechten Karettschildkröte auf. Ihr wuchtiger Kopf mit dem hornigen Schnabel, in dem ein Hummer zappelt, bewegt sich hin und her, als ob sie noch einen Krebs suchen würde. Die hellbraune Farbe auf dem fein weiß gemusterten Panzer schimmert verführerisch wie Elfenbein im Wasser. Die Vorderflossen, größer als die Hinterflossen, funktionieren wie schnelle Paddel. Doch die Fischer verstehen ihr Handwerk. Mit kräftigem Schwung werfen sie das Fangnetz in das Wasser und zwar genau in dem Moment, als die Schildkröte neugierig, aber gelassen auf das Boot zu schwimmt. Das Netz zieht sich um sie herum. Die Schildkröte ist gefangen. Sie lässt den Hummer aus ihrem hornigen Schnabel fallen und versucht sich zu befreien. Vergeblich. Zusammen mit den Sachsen ziehen die Fischer das jetzt schwer gewordene Netz Zug für Zug an das Boot heran und hieven die Schildkröte unter größter Anstrengung an Bord. Bewegungslos, mit eingezogenem Kopf liegt das Tier jetzt im Netz und muss sein neues Schicksal, ob es will oder nicht, annehmen und ertragen.

Am 2. Januar 1733, abends gegen zehn Uhr, läuft das französische Schiff mit der Afrika-Expedition an Bord im Hafen von Malta ein. Ein großes Leuchtfeuer weist dem Segler den Weg.

Die Sachsen um Hebenstreit stehen an der Reling und bestaunen die mächtigen Mauern der alten Malteser-Kreuzritter-Stadt.

Zacharias Philipp Schultz meint zu seinem Nachbarn Christian August Ebersbach: „Ich habe immer gedacht, meine Heimatstadt Breslau hat die schönsten Bauten, aber jetzt komme ich mir beim Anblick dieser gewaltigen Quader doch recht klein vor mit meinem Breslauer Größenwahn."

Ebersbach hört die Rede und gibt seins dazu: „Ich habe auch das Gefühl, je länger unsere Reise dauert, dass mein Schleswig-Holstein, das so flach ist, dass man am Montag schon sieht, wer am Sonntag zu Besuch kommt, in mir zur Mücke schrumpft. Was sind schon die Butterblumenwiesen von Louisenlund gegen das Sandgebirge der libyschen Wüste?"

Nun muss auch Christian Friedrich Schuberth seinen Senf dazugeben und plaudert: „Was mir die Fischer von Lampedusa erzählt haben, das konnte ich nicht glauben."

„Was haben sie dir denn erzählt?" will Schultz wissen, der sich jetzt zur Gruppe dazu stellt. Aber erhält keine Antwort.

Ebersbach schaut auf das Lichtermeer im Hafen, hört das Stimmengewirr der Menschen von den Kriegs- und Handelsschiffen, die vor Anker liegen, zeigt auf die Symphonie der

Häuser und Kirchen und sagt pathetisch: „Haben wir jemals geglaubt in unserer deutschen Provinz, dass unsere Augen einmal Malta sehen werden? Die Insel, auf der die Geschichte des Christentums mit dem Schiffbruch des Apostels Paulus im Jahre 60 begann! Malta, das 365 Kirchen besitzt !"

Ebersbach, erstaunt: „Dann hätten die Malteser ja für jeden Tag eine Kirche?"

Schultz nickt ihm zu: „Die Insel ist Zwischenstation für die Pilgerfahrten nach Palästina."

Während die Männer beim Anblick der gewaltigen Festungsanlagen des Hafens verstummen, schwärmt am Bug des Schiffes Hofgärtner Thran vor Hebenstreit und Ludwig von seinen Sammlerhoffnungen: „Ich freue mich auf unseren Landgang morgen. Die Flora Maltas soll mit der Siziliens verwandt sein. Also müssten hier auf der Insel der Johannisbrotbaum wachsen, der Olivenbaum, Kopfiger Thymian, die Vielblütige Heide und diverse Wolfsmilch- und Lauchgewächse sowie Strandflieder und Orchideenarten."

Hebenstreit relativiert seinen Eifer: „Mein Lieber, Eure Pflanzensucht ist das eine, das andere ist unsere Aufgabe, Tiere zu erwerben. Hier ist die Vogeljagd ein Hauptvergnügen. Wenn wir ein paar prächtige Vögel auf dem Markt von Malta finden, wäre das kein schlechter Fang." Christian Ludwig moniert: „Die Malteser haben ein merkwürdiges Vergnügen daran, jedes Jahr hunderttausende Vögel vom Himmel zu schießen. Dabei sind sie eifrige Katholiken. Ist ihnen Gottes Schöpfung nichts wert?"

Und da er keine Antwort auf die ihn bedrängende Frage bekommt, dämpft er die Wünsche von Thran und Hebenstreit mit den Worten: „Eines ist sicher. Morgen früh geht von uns bestimmt keiner von Bord!"

Vier Augen blicken ihn fragend an.

Ludwig, in wissendem Ton: „Der Kapitän hat mir erzählt, dass morgen früh ein Kontrolleur an Bord kommt, um den Kapitän zu examinieren. Der Hafenkontrolleur will wissen, woher wir kommen, was wir für Waren mitführen und wie lange wir in

Malta bleiben wollen. Alle Briefe werden morgen früh geräuchert aus Angst vor Pest und Cholera. Der Kapitän kennt sich aus in diesen Ritualen. Er läuft ja nicht zum ersten Mal den Hafen von Malta an."

Hebenstreit, leicht verärgert: „Und warum erzählt der Kapitän solche wichtigen Sachen dir und nicht mir als Leiter der Expedition?"

Ludwig reagiert auf diese Frage nicht, schließlich weiß er noch mehr: „Wir werden auch nicht in die Stadt gelassen. Vielleicht gibt man uns ein Boot, mit dem wir im Hafen von Valletta spazieren fahren können, um uns die Galeeren und Kriegsschiffe der Spanier anzuschauen, die auf Malta Proviant und Mannschaften für ihren Feldzug gegen Oran akquirieren."

Jetzt muss Hebenstreit nun doch lächeln, wenn er sagt: „Ich wundere mich schon die ganze Zeit während der Überfahrt von Tripolis nach Malta, dass du kaum zu sehen warst. Kann es sein, dass du dich mehr in der Kapitäns-Kajüte verlustiert hast, als es der Anstand erlaubt?"

Christian Gottlieb Ludwig lacht auf: „Von Verlustierung kann keine Rede sein, Johannes, eher von einem Bildungsgang in Sachen Seefahrt, Völker- und Meereskunde. Die ganze Zeit ins Wasser starren und warten, ob mal ein Delphin oder Poseidon persönlich auftaucht, ist mir zu langweilig. Unser Kapitän ist ein kluger Kopf. Warum nicht davon profitieren?"

Hofgärtner Thran meint daraufhin zu Hebenstreit: „Wenn ich Kapitän wäre und in meiner Kajüte ständig so eine neugierige Fledermaus herumschwirren würde, ginge das nicht lange gut."

Jetzt rasselt die Ankerkette ins Wasser. Das Schiff dreht und wendet sich, als wolle es nicht akzeptieren, dass es nun an einem Platz ruhig liegen bleiben muss. In der maltesischen Nacht schwanken die Laternen auf den Schiffen, und Hebenstreit findet, dass es an der Zeit ist, sich zur Ruhe zu begeben.

Nur einer findet keine Ruhe: Zacharias Philipp Schultz. In Breslau von seinen Eltern im katholischen Glauben erzogen, fühlt er sich während der gesamten Reise irgendwie im religiösen Abseits. Seine Kameraden halten ihren Gottesdienst nach protestantischen Regeln, ob in der Wüste oder unter der Takelage eines Seglers. Daran kann und will er nicht teilnehmen.

Hebenstreit hat ihm zwar angeboten, vom evangelischen Gottesdienst zu profitieren, aber Schultz findet die protestantische Liturgie armselig und zieht sich lieber zum Gebet allein zurück. Auf den französischen Schiffen, mit denen er gesegelt ist, waren ihm die katholischen Seeleute zu grob. Kaum mit dem Gebet zu Ende, wurde gleich wieder geflucht. Diese grobe Gemeinde gab ihm auch kein geistiges Dach. Und dann: die ständige Konfrontation mit den türkischen und arabischen Moslems, die keinem Christen die Hand geben. Dieses Defizit menschlicher Berührung, es verursacht ihm Kopf- und Magenschmerzen.

Deshalb ist er überglücklich, dass die Sachsen im katholischen Hafen von Valletta auf Malta vor Anker gegangen sind.

Gegen Abend schleicht sich Zacharias Philipp Schultz, die Quarantänekontrolle umgehend, von Bord des Franzosenseglers und eilt durch die Straßen zur St. Johns Kathedrale, die mitten im Stadtzentrum liegt. Er hat sich schon erkundigt, wer die Kirche gebaut hat. Es war der Malteser Architekt Girolamo Cassar.

Als Schultz jetzt die Kirche betritt, stockt ihm der Atem. So etwas Schönes haben seine Augen noch nie gesehen: der Boden von glattem Marmor mit Intarsien von kostbaren bunten Steinen, überall großartige Gemälde, Skulpturen und Wandteppiche. Schultz schreitet sprachlos die acht Kapellen ab, die den unterschiedlichen Zungen des Ordens von St. John gewidmet sind. Welche ist die Richtige, welche soll er wählen für sein Gebet mit Gott? Die Schritte hallen wider in dem reich verzierten Innenraum. Er ist ganz allein. In den Kapellen und auf dem Altar brennen Kerzen, die das Wunder dieser Kirche in ein mystisches Licht tauchen.

Schultz entscheidet sich für die deutsche Kapelle auf der linken Seite der Kirche. Sie ist der Erscheinung des Herrn und den

Heiligen Drei Königen gewidmet. Er kniet sich vor den Altar und das Gemälde von Stefano Erardi und beginnt zu beten: „Liebe Frau Mutter, verehrter Herr Vater, wenn Ihr wüsstet, wo ich jetzt bin, Ihr würdet aus dem Staunen nicht herauskommen. Unser Dom in Breslau, er kam mir immer so groß wie die Welt vor. Doch die Welt ist immer größer als sie zu denken ist. Wir haben auf unserer Reise viele Abenteuer durchgestanden. Wir haben Wüsten, Gebirge, wilde Tiere und auch barbarische Menschen gesehen. Doch was uns auch der Tag noch bringt, ich vertraue auf Gott und das allmächtige Gesetz der Liebe zu seiner Schöpfung. Und deshalb habe ich auch keine Angst vor dem Morgen, liebe Mama und lieber Papa. Ihr habt mich den Sonnengesang des Heiligen Franz von Assisi gelehrt. Ich habe ihn auf unserer Breslauer Dom-Insel mit Euch gebetet, aber so richtig verstanden habe ich ihn nicht, diesen Gesang an das Leben. Erst durch dieses ungewöhnliche Abenteuer, auf das ich mich eingelassen habe, und für das ich Euch danke, dass Ihr mich davon nicht abgehalten habt. In Afrika gibt es eine faszinierende Tierwelt. Die Araber und Türken handeln und verkaufen davon, soviel ein Fremder will. Erst jetzt begreife ich, dass der Sonnengesang des Heiligen Franziskus auch der meine ist. Und ich hoffe, Ihr hört mein Gebet, das ich für und mit Euch in dieser ehrwürdigen Kathedrale zum Himmel sende:

Höchster, allmächtiger, guter Herr, dein sind der Lobpreis, die Herrlichkeit und Ehre und jeglicher Segen. Dir allein, Höchster, gebühren sie, und kein Mensch ist würdig, dich zu nennen. Gelobt seist du, mein Herr, mit allen deinen Geschöpfen, zumal dem Herrn Bruder Sonne; er ist der Tag, und du spendest uns das Licht durch ihn. Und schön ist er und strahlend in großem Glanz, dein Sinnbild, o Höchster. Gelobt seist du, mein Herr, durch Schwester Mond und die Sterne; am Himmel hast du sie gebildet, hell leuchtend, kostbar und schön. Gelobt seist du, mein Herr, durch Bruder Wind und durch Luft und Wolken und heiteren Himmel und jegliches Wetter, durch das du deinen Geschöpfen den Unterhalt gibst. Gelobt seist du, mein Herr, durch Schwester Wasser, gar nützlich ist es und demütig und kostbar und keusch. Gelobt seist du, mein Herr, durch Bruder Feuer, durch das du die Nacht erleuchtest; und schön ist es und liebenswürdig und kraftvoll und stark. Gelobt seist du, mein Herr, durch unsere Schwester, die Mutter Erde, die uns ernähret, lenkt und trägt und vielfältige Früchte hervorbringt und bunte Blumen und Kräuter. Gelobt seist du, mein Herr, durch jene, die verzeihen um deiner Liebe willen und Krankheit ertragen und Drangsal. Selig jene, die solches ertragen in Frieden, denn von dir, Höchster, werden sie gekrönt werden. Gelobt seist du, oh Herr, durch unseren Bruder, den leiblichen Tod; ihm kann kein lebender Mensch entrinnen."

Schultz atmet schwer, denn er ist leicht erregt von seiner religiösen Hingabe. Er macht eine kleine Pause, bevor er sein Gebet schließt: „Wehe jenen, die in schwerer Sünde sterben. Selig jene, die sich in deinem heiligen Willen finden, denn der zweite Tod wird ihnen kein Leid antun. Lobt und preist meinen Herrn. Und sagt ihm Dank und dient ihm mit großer Demut. Amen." Zacharias Philipp Schultz bekreuzigt sich, steht auf, verneigt sich vor dem Altar und fühlt sich wie von einer großen Last befreit. Und als wolle der Himmel seine religiösen Gefühle bestätigen, braust die Orgel auf zum Lob Gottes im mächtigen Kirchenschiff.

Leicht wiegt sich der französische Segler an seiner Anker-Kette, als der Sohn der schlesischen Stadt Breslau in seine Hängematte steigt. Ein leises Schnarchen erfüllt den Schiffsraum, das von den anderen Männern ausgeht. Ein fast beruhigendes menschliches Geräusch, das Schultz sanft und entspann in Morpheus Armen einschlummern lässt.

ZITTERN UM DIE ZUKUNFT
Dresden, Warschau, Malta, Januar 1733

Im Dresdener Schloss herrscht hektische Unruhe. Pferde werden eingeschirrt, Truhen mit allen möglichen Utensilien für eine längere Reise gefüllt. Die kurfürstlich-königliche Schlittenkutsche wird mit Fuchs- und Wolfsfellen gefüttert, denn in Dresden herrscht an diesem 10. Januar 1733 bitterste Kälte. Sämtliche Hofbedienstete haben sich in dicke Pelze gehüllt, so dass man glauben könnte, eher in Sibirien als in Sachsen zu sein.

Auch Friedrich August probiert in seinem Ankleidezimmer den einen oder anderen kostbaren Pelzmantel aus, woran er allerdings nicht die rechte Freude hat, denn sein Leibarzt Heucher liegt ihm in den Ohren. „Das ist Wahnsinn, Majestät", barmt Heucher. „Majestät sind krank. Wie kann Er in seinem Zustand nach Polen reisen. Dort ist es noch winterlicher als in Dresden. Verschneite Einöden müssen Majestät bis Warschau durchreisen. Majestät sind mindestens sechs Tage unterwegs. Ich kann es als Eurer Majestät Leibarzt mit meinem ärztlichen Gewissen einfach nicht vereinbaren, dass Majestät in den Schlitten steigen!"

Friedrich August fällt es schwer zu stehen. Sein vor vier Jahren operierter Fuß verursacht ihm höllische Schmerzen. Deshalb lässt er sich in einen Sessel fallen, reißt sich die Perücke vom Kopf, streicht sich nervös durch das schütter und grau gewordene Haar und sagt resigniert zu seinem Leibarzt: „Er spricht, das wissen wir, die Wahrheit. Aber die Wahrheit ist auch, wenn ich nicht dem polnischen Reichstag persönlich die Zustimmung abringe, dass mein Sohn mein Nachfolger als König von Polen wird, wäre alles verspielt, was wir bisher erreicht haben."

Heucher will widersprechen, doch Friedrich August verwehrt ihm dies mit einer heftigen Geste und referiert selbst weiter: „Er muss sich nicht wiederholen, Heucher. Das wissen Wir ja, die

Königskrone war eine Dornenkrone. Deshalb hat mein Sohn alle Freiheit, diese zu nehmen oder nicht. Aber im Augenblick bin ich, der regierende König von Polen, gefragt, weil Gefahr droht. Und bin ich nicht verpflichtet, mehr auf meine Völker Bedacht zu nehmen als auf meine Person?“

Der Leibarzt läuft erregt auf und ab, er warnt: „Lebensjahre kann man sich nicht kaufen, Majestät. Was nützt Majestät der polnische Reichstag, wenn Majestät von der Erde abberufen werden? Die Polen brauchen für ihr zerrissenes Land eine starke und ordnende Königshand. Sie werden den Sohn Eurer Majestät so oder so wählen. Deshalb können Majestät auf diese an seiner Gesundheit zehrende Reise gut und gerne verzichten!“

Doch der König winkt ab und meint: „Im Grenzenlosen den inneren Anreiz suchen, das war immer mein Bestreben. Die polnische Königskrone hat mir ein Reich in den Schoß gelegt, das nahe der Oder beginnt und über den Dnjepr hinausreicht. Von der Ostsee bis zum Schwarzen Meer. Polen ist das Tor zum Orient. Das hat meine Phantasie zum Träumen gebracht. Konnte ich nicht vertrauen auf meine körperliche Tüchtigkeit? Auf den Glanz meines Auftretens? Auf meine Gewandtheit, die Gabe, Menschen für mich einzunehmen? Sollte ich nicht vertrauen auf die Treue meiner Sachsen und ihren wachsenden Wohlstand?“

Da Heucher nicht wagt, die Fragen des Königs zu verneinen, reflektiert der hinfällige Monarch weiter mit stolzer Stimme: „Warschau – was haben Wir aus dieser kleinen Siedlung gemacht? Einen Königssitz, eine Metropole. Eine Stadt mit aufblühender Bürgerschaft! Wir haben die Staatswirtschaft in Schwung gebracht, unsere Architekten haben prächtige Bauten in Warschau errichtet, und der gute Geist Sachsens vermischt sich mit dem polnischen. Nein, mein lieber Heucher – auch, wenn es vielleicht meine letzte Reise nach Polen ist – sie findet statt. Da kann Er mir erzählen, was Er will!“

Im Hof wiehern die Pferde. Es gibt kein Zurück.

Im Schloss von Krossen an der Oder wartet auf Friedrich

August II. der preußische Unterhändler und General Grumbkow. Der Tisch ist reichlich gedeckt, und auch an Wein ist kein Mangel. General Grumbkow ist ein mit allen Wassern und Wässerchen gewaschener Diplomat und eröffnet das Gespräch mit dem König von Polen mit einer Warnung: „Majestät, lasst Euch nicht mit Frankreich ein. Wir hoffen, ihr verzichtet auf solche Gedankenspiele, denn würdet ihr sie spielen, würdet ihr zwischen Österreich und Preußen zerrieben werden."

Der so Angesprochene trinkt sein Weinglas in einem Zug leer, wischt sich den Mund mit einer Seidenserviette sauber und betont: „Uns liegt viel an einem guten Verhältnis zu Preußen. Wir sind sogar bereit, auf Unsere Ansprüche auf Jülich, Cleve und Berg zu verzichten, wenn Preußen sich an einem Ausgleich beteiligt."

General Grumbkow wiegt den Kopf und meint salomonisch: „Das dürfte zu machen sein."

Hinter dem König von Polen hängt eine Landkarte Polens und der Ostseegestade und macht Grumbkow deutlich, dass sein Gegenüber durchaus für die Zukunft an weitgreifende Eroberungen denkt. Damit ihm keiner der Gedanken des Königs entgeht, wässert Grumbkow seinen Wein, was Friedrich August spöttisch zur Kenntnis nimmt, aber bei weitem nicht davon abhält, die Kannen selbst bis auf den Grund zu leeren.

Doch der Körper lässt sich nicht betrügen. Auf der weiteren Reise überfallen ihn Ohnmachten und Schwächezustände. In dem Dorf Schielo muss die Reisegesellschaft anhalten, weil des Königs Kreislauf zusammenbricht. Sein operierter Fuß ist stark geschwollen und entzündet. An Schmerzen ist kein Mangel. Doch der König von Polen hat ein Ziel, und das heißt Warschau. So sitzt er wieder in seiner durch den knirschenden Schnee fahrenden Schlittenkutsche und will von seinem Leibarzt wissen, wie es um die Afrika-Expedition steht.

Heucher verfügt aber seit Wochen nicht über neue Informationen und weicht aus: „Wenn der Reiseplan eingehalten wurde und kein Unglück geschehen ist, Majestät, sollte Hebenstreit mit seinen Männern jetzt in Malta sein."

Um den König von diesem Thema abzulenken, holt Heucher ein Pergament aus seinem roten Fuchspelzmantel und fragt: „Kennen Majestät eigentlich den Bericht, den der Graf Flemming über Majestät zu Papier gebracht hat?" Friedrich August staunt: „Über mich?"

Heucher nickt und warnt vorsichtig: „Nicht alles ist positiv, Majestät."

Doch Friedrich August ist neugierig geworden, fordert kurz und bündig: „Lasst hören!"

„Der König ist ein gut aussehender Fürst, der zu gefallen versteht und die Herzen jener gewinnt, die ihn sehen", liest Heucher vor. „Er ist kräftig und gesund geartet." Der König lacht: „Schön wärs…"

Heucher wiederholt: „Er ist kräftig und gesund geartet, und wenn er sich nicht allzu viel zumuten würde, so könnte er auch ein hohes Alter erreichen."

Der König nachdenklich: „Das entscheidet Gott allein."

Heucher fährt fort: „Er ist im Grunde ein Melancholiker, daher seine vielen Pläne, seine zahlreichen Lustschlösser und der Umstand, dass er auf ihn zukommende Gefahren oft übertreibt. Er ist überzeugt, dass niemand, den er ernsthaft für sich zu gewinnen wünschte, ihm widerstehen könne, und eben darum wird er nur zu oft von unehrlichen Menschen getäuscht."

„Das stimmt!", ruft Friedrich August, „lies Er weiter!"

„Vergnügungssucht und Ehrgeiz sind die ihn beherrschenden Leidenschaften, aber nach dem Vergnügen verlangt er doch wohl noch stärker."

Der König klatscht in die Hände und fragt: „Ist das nun ein Lob von Flemming oder hat er was gegen Vergnügen?"

Heucher, statt einer Antwort, liest weiter: „Nur zu oft haben ihm seine Vergnügungen einen Erfolg verwehrt, aber noch nie hat er sich von der Ambition bei einem Vergnügen stören lassen. Sein Wissen ist erstaunlich umfassend."

„Hört, hört!“, unterbricht der so Porträtierte sein Porträt. „Wo er Recht hat, der Flemming, hat er Recht. „Ich habe in meinem ganzen Leben viel Energie darauf verwendet, meine Studien zu vervollständigen, und ich habe meinen Wissenshonig ehrlich und nicht ohne Mühe gelöffelt.“

Heucher nickt seinem König verständnisvoll zu und zitiert Flemming weiter: „Sein Verhältnis zum Geld ist oft missdeutet worden. An sich bedeutet es ihm wenig, er braucht es nur als Mittel zum Zweck und zur Erreichung seiner Ziele, und eben darum sind ihm zur Geldbeschaffung alle Mittel recht und alle Menschen genehm.“

„Wenn Flemming noch leben würde“, poltert der König, „ für solche Sätze würde ich ihm die Ohren lang ziehen!“

Heucher lächelt und merkt sachlich an: „ Jacob Heinrich Graf von Flemming ist auf einer diplomatischen Reise in Wien am 20. April 1728 im Alter von 61 Jahren verstorben.“

Der König sieht Heucher erstaunt an, während draußen der Kutscher die Peitsche knallen lässt, damit die Pferde nicht in ihrem Tempo nachlassen, und meint nachdenklich: „Das ist ja auch schon wieder fast fünf Jahre her. Die Zeit ist uns nicht gnädig. Was hat er denn noch so über seinen König geschrieben, der Herr Graf?“

Heucher milde: „Eigentlich nur Gutes, zum Beispiel: Der König hat kein Verlangen, irgendetwas Böses oder Boshaftes zu tun, aber man kann ihn dazu bringen. Er ist zärtlich, will es aber nicht zeigen. Ruhm und Erfolg anderer Fürsten machen ihn eifersüchtig und erwecken seinen Neid. Beleidigungen vergisst er nicht so leicht, aber es fällt ihm nicht schwer, sie zu verzeihen. Er behauptet, mit seinen Absichten hinter dem Berg halten zu können, aber gerade diese Fähigkeit fehlt ihm und hat ihm bei Verhandlungen schon sehr geschadet. Davon abgesehen aber bringt er die besten Gaben für einen großen Herrscher mit. Er ist großzügig und hat ein mildes Herz, er ist tapfer wie sein Degen, und sein guter Verstand erfasst die Dinge schnell und ohne Mühe. Sein Nachteil war nur, dass er nicht für die Herrschaft erzogen wurde, sondern in einem ausschweifenden Prinzenleben wertvolle Jahre vergeudete, unziemliche Neigungen annahm und unehrliche Menschen an seine Seite zog…“

Heucher schaut von seinem Papier auf, weil er Widerspruch erwartet, aber was er sieht, wirkt sowohl beruhigend wie beunruhigend auf ihn. Der König ist vor Schwäche eingeschlafen, denn was ihm der Leibarzt vorgelesen hat, das weiß Friedrich August selbst am besten, und er weiß auch, wenn er sich einmal für einen Menschen entschieden hat, dass dieser ein Leben lang auf des Königs Wort bauen kann.

Heucher sieht die von Krankheit gezeichnete Gestalt des Kurfürsten von Sachsen und Königs von Polen auf dem Weg nach Warschau und wagt den Gedanken, dass die Afrika-Expedition in Dresden bei ihrer Wiederkehr wohl eher vom Sohn des Fürsten begrüßt werden wird.

Am 20. Januar 1733 erhält Hebenstreit mit seiner Expedition endlich die Erlaubnis, offiziell das französische Schiff zu verlassen, um an Land zu gehen. Alle Untersuchungen auf Einhaltung der Quarantäne durch die Hafen-Guards verliefen zugunsten der Sachsen. Aber in Malta waltet die Vorsicht. Deshalb müssen die Sachsen noch durch die sogenannte Parfüm-Kontrolle. Das ist ein Pulver, dessen geheimnisvolle Herstellung dem Großmeister von Malta vorbehalten bleibt. Hofgärtner Christian Thran bekommt dank seiner Kenntnisse über Pflanzen nur heraus, dass es sich dabei um ein Harz aus der Wurzel des Asants handelt, vermischt mit Gummiharz aus Weihrauchwacholder. Dazu Salpeter und Stroh, selbiges angezündet mit seinem Räuchereffekt Krankheitserreger vernichten soll.

Jeder der Männer muss sich für eine gewisse Zeit in eine solche Rauchwolke stellen. Erst danach ist der Landgang erlaubt – bis zu einem Tisch, wo wiederum Hafen-Guards jeden Einzelnen nach Namen und Herkunft sowie nach seinen Zielen auf Malta befragen. Sind die Antworten überzeugend, muss jeder seinen Eid ablegen, dass er vollkommen gesund ist und dies per Unterschrift beglaubigen. Ist alles zur Zufriedenheit der maltesischen Kontrolleure erledigt und hat sich die Besatzung den Kontrollen nicht widersetzt, erhält der Kapitän ein Fähnlein mit einem Löwenabbild. Die Fahne wird am Mast hochgezogen und zeigt allen im Hafen liegenden Schiffen – heute sind es vier Galeeren und große Kriegsschiffe mit bis zu sechzig Kanonen – dass der Franzose von den Hafen-Guards kontrolliert und akzeptiert ist!

Der englische Konsul erwartet die Sachsen mit zwei Eselkaleschen, mit denen sie zuerst zum Hospital fahren, wo ein heißer Kaffee auf sie wartet.

Hebenstreit versucht sich an dem Getränk und kommentiert das Selbstlob seines Gastgebers: „Das beste Hospital ist doch jenes, mein verehrter Grand Hospitalier, das man nicht betreten muss. Wir haben viel erlebt auf unserer Reise. Gesund bleiben, das haben wir in Afrika wohl begriffen, ist das höchste Gut, das uns Gott schenken kann. Und wenn wir einmal ins Schwanken kamen, haben wir unser evangelisches Gesangsbuch unter dem Kopfkissen hervorgeholt und zum morgendlichen Gottesdienst auf dem Schiff oder im Zelt in der Wüste das Gebetslied ‚Gott, den ich als Liebe kenne' von Christian Friedrich Richter gesungen.

Er war Arzt im Waisenhaus in Halle und ist 1711 gestorben. Aber seine Gedanken, sie sind lebendig. Wenn der ehrwürdige Grand Hospitalier gestatten, würden wir gern als Dank für die uns gewährte Gastfreundschaft das Richter-Lied singen."

Der englische Konsul ist von diesem Vorschlag begeistert und wirbt gegenüber dem Grand Hospitalier um Toleranz: „Das Lied ist mir nicht unbekannt. Es ist zwar evangelisch, aber vielleicht übernimmt Er es in sein Hospital?"

Der Grand Hospitalier antwortet zurückhaltend: „Vielleicht…"

Inzwischen haben sich die Sachsen zu einem kleinen Chor aufgestellt. Hebenstreit summt den Anfang der Melodie vor – und jetzt singen alle aus voller Brust: „Gott, den ich als Liebe kenne, der du Krankheit auf mich legst und des Leidens Glut erregst, dass ich davon glüh und brenne; o verbrenne doch in mir, was den Geist bisher gehindert und der Liebe Regung mindert, die mich ziehen will zu dir."

Der englische Konsul übersetzt leise die Worte für den Grand Hospitalier, während die Afrika-Expedition weitersingt: „In der Schwachheit sei du kräftig, in den Schmerzen sei mir süß; schaffe, dass ich dich genieß, wenn die Krankheit streng und heftig. Denn was jetzt den Leib erregt, was mein Fleisch und Mark verzehret, was den Körper jetzt beschweret, hat die Liebe auferlegt. Leiden ist jetzt mein Geschäfte; anderes kann ich jetzt nicht tun, als nur in dem Leiden ruhn. Leiden müssen meine Kräfte, leiden ist jetzt mein Gewinnst; das ist jetzt des Vaters Wille, den verehr ich sanft und stille; leiden ist mein Gottesdienst."

Das Männer-Sextett verklingt.

Der Grand Hospitalier ist gerührt: „Ein schönes Lied. Wir werden es in unsere maltesische Sprache übersetzen und in unserem katholischem Gottesdienst im Grand Hospital singen!"

Darüber sind die Sachsen sehr erfreut und wollen wieder zu ihren Kaffeetassen, doch der englische Konsul drängt zum Aufbruch: „Der Großmeister erwartet uns. Wir können nicht länger bleiben!"

Weiter geht die Fahrt mit den Kaleschen zum Palast des Großmeisters des Ordens, vor dessen Eingang dreißig Leibgardisten Wache halten. Nachdem der englische Konsul sich und seine Begleiter ausgewiesen hat, dürfen sie passieren.

Auf der großen, weit geschwungenen Treppe erwartet Antonio Manoel de Vilhena, der 66. Ordensgroßmeister, ganz in Schwarz gekleidet, seine europäischen Besucher. Auf dem Oberkleid leuchtet ein goldenes Kreuz. Der 70-jährige Mann strahlt Autorität aus.

Der englische Konsul hatte über ihn erzählt: „Antono Manoel de Vilhena ist ein portugiesischer Aristokrat königlicher Abstammung. Sein Vater war erster Graf von Vila Flor. Als solcher gehörte er der kastilischen Zunge des Ordens an. Der

Großmeister Antonio Manoel de Vilhena bedeutet für Malta außerordentliches Glück. Um der wachsenden Bevölkerung gerecht zu werden, erließ er 1724 einen schachbrettartigen Bebauungsplan zwischen Floriana und Valletta. Ihm verdankt die Stadt seit zwei Jahren das fantastische Manoel-Theater. Schade, dass wir so wenig Zeit haben, uns an seiner barocken Pracht zu erfreuen. Auch die alte Citta Notabile ließ de Vilhena erneuern. Also, dass Ihre Expedition“, wendet sich der Konsul an Hebenstreit, „von ihm heute Audienz erhält, hat sicher damit zu tun, dass er in Ihrem Kurfürsten einen wichtigen Verteidiger des europäischen Christentums gegen das muslimisch-osmanische Reich sieht. Malta versteht sich vor der Küste Afrikas als Bastion desselben.“

Diese Wertschätzung wird den Sachsen mehr als deutlich. Der Großmeister des Ordens der kastilischen Zunge empfängt sie ungemein gnädig und fährt mit ihnen zu dem Kastell, das er zu seinem Gedächtnis für 250.000 Reichstaler hat errichten lassen. Von den hoch gemauerten Zinnen schweifen nun ihre Blicke über die unendlichen Meereswogen, auf denen nur ein einsames weißes Segel in der Januar-Sonne blitzt.

Der Großmeister breitet die Arme aus und erklärt: „Alle Festungsbauten wurden auf Fels errichtet. Auch die Brustwehren bestehen aus Felsgestein. Weil das Gestein von Malta so weich ist, widersteht es den Kanonenkugeln, indem sie darin stecken bleiben wie in einem Brei. Gegen die Landseite haben wir so fest gebaut, dass wir eine Belagerung zwei Jahre aushalten könnten. Nur am Point Dragout zeigt Valletta Schwäche.

Da kann der Feind leicht eine Bresche schießen. Aber wir werden ihn nicht so dicht heran lassen, dass ihm dies gelingt.“

Die Sachsen sind von ihrem Reiseführer beeindruckt, und Schuberth fragt vorwitzig: „Wie steht es mit dem Proviant für die Stadt?“

Der Großmeister lächelt über solche Zweifel und meint souverän: „Valletta ist jederzeit mit Proviant versehen. Jede Kirche hat Behälter für Korn. Die meisten Lebensmittel kommen aus

Sizilien, wie übrigens auch die Puzzolanerde, die wir, zusammen mit Kalk, als Mörtel verwenden."

Christian August Ebersbach fasst sich ein Herz und richtet eine Frage an den Großmeister, die ihm schon lange auf der Seele brennt: „Verehrter Großmeister, seit wann gibt es den Maltester-Orden?"

Antonio Manoel de Vilhena antwortet nicht sofort, richtet seine braunen Augen neuerlich auf den blauen Horizont, weil ihm deutlich wird, dass sein Orden wie das Meer ist – uralt. Dann suchen seine Augen die von Ebersbach, und er erzählt: „Unser Johanniter-Orden, der später zum Malteser-Orden umbenannt wurde, verdankt seine Gründung der Eroberung von Jerusalem im Jahre 1099 – er wurde von den Teilnehmern am Ersten Kreuzzug gegründet. Aber die christlichen Kreuzfahrer waren nicht stark genug gegen die islamische Streitmacht, die den Orden aus Jerusalem vertrieb, so dass sich die Kreuzritter nach Rhodos und von dort nach Malta zurückziehen mussten. Der Orden blieb in Malta, verließ die Insel zunächst wieder, aber ab 1530 wurde er hier ansässig. Wir denken und glauben, alles was seither hier entstand, verdankt sich der klugen Struktur des Ordens, der sich eine dreigegliederte Hierarchie gab: Zur ersten Klasse gehörten die Justizritter und Konventual-Kapitäne, zur zweiten die Obödienz-Ritter und Justiz-Donaten, zur dritten die einfachen Mitglieder. Alle durften Waffen tragen, wenn sie ihre Herkunft nachweisen konnten und sich zur christlichen Lebensführung bekannten. Aus den Reihen der Justiz-Ritter wurde in demokratischer Wahl das Oberhaupt des Ordens, der Großmeister, bestimmt. Es gab und gibt acht Sprachen, je nach regionaler Herkunft, die ihre eigenen Residenzen unterhalten. Und jede bringt ihr Wissen und Können für Malta ein, um aus der Insel eine uneinnehmbare Festung des Christentums werden zu lassen!"

Die Sachsen schauen sich vielsagend an, aber Christian Thran will es genau wissen: „Wie kam die Stadt Valletta zu ihrem Namen?"

Der Großmeister berichtet nicht ohne Stolz in seiner gutturalen Stimme: „Das war unser Großmeister Jean Parisot de la Valette. Er wurde 1494 geboren und avancierte zum Oberhaupt des Ordens des Heiligen Johannes von Jerusalem."

Gespannt hören ihm alle zu.

„Er kämpfte wie ein Löwe", fährt der Großmeister fort, „ und kam dem gefährdeten Europa in schwerster Zeit zu Hilfe. Seiner christlichen Armada standen 40.000 Türken gegenüber. Aber mit Gottes Hilfe kaperte dieser geniale Stratege 57 türkische Schiffe und befreite das belagerte Malta und die nach ihm benannte Stadt. Mit mehreren Siegen bezwang er den grimmigen Soliman und wurde so zum Vorbild des Ordens und Wahrer der christlichen Freiheit des Volkes."

„Klingt wie ein Märchen", kommentiert Hebenstreit die Rede des Großmeisters, worauf dieser erwidert: „Ja, es klingt nicht nur so, es ist ein wahres Märchen, und wir wollen es jedes Jahr noch schöner machen, dieses maltesische Märchen, damit Fremde wie Ihr es im Herzen mit in Eure Heimat nehmt und erzählen könnt, wo der Apostel Paulus auf seiner Flucht Wohnung genommen hat."

Vom 28. Januar bis 5. Februar 1733 segelt die Afrika-Expedition von Malta aus bei mäßigem Nordostwind Richtung Tripolis mit Halt im Hafen von La Goulette. Dort warten arabische Reiter, drei Spahis, auf die Männer aus Sachsen, um mit ihnen drei Tage lang in die Berge zu reiten – zur Löwenjagd.

Die Männer durchqueren Odula, eine leere und verwüstete Stadt, durch deren tote Fensterhöhlen der Wind heult. Endlich erreichen sie ihr Ziel, den Ort Elefes, wo 16 Zelte im Kreis aufgestellt sind. Den Männern aus Sachsen wird ein altes, zum Teil zerrissenes Zelt angeboten. Sie sind froh, überhaupt ein Dach über dem Kopf zu haben, denn die Nächte in den Bergen sind windig und kalt. Den Kamelen, die um die Zelte herum lagern, scheint das frostige Bergwetter nichts auszumachen. Ihre großen schönen Augen, umrahmt von langen, dicht stehenden

Wimpern, schauen neugierig auf das Treiben der Menschen. Ihre dicht behaarten Ohren nehmen jedes Geräusch auf.

Von den Tieren geht eine große Ruhe aus, als wüssten sie, dass es sie schon seit dem 3. Jahrtausend vor Christus gibt und seitdem sie im Dienst des Menschen stehen, diesen mit seinen guten und schlechten Seiten besser kennen als er sich selbst.

Im Zelt der Sachsen sitzen die Männer in wärmende Decken gehüllt um einen Teekessel herum, schlürfen genüsslich das heiße, herbe Getränk und hören aufmerksam Hebenstreit zu, der ihnen seine Pläne erklärt. „Wir müssen morgen früh heraus“, beginnt Hebenstreit, „bis Zaghouan reiten wir ungefähr vier Stunden, ließ mich der Anführer der Spahis wissen. Dort übernachten wir und ziehen dann weiter in die Berge, wo es Löwen geben soll.“

„Das ist doch sinnlos“, widerspricht Hofgärtner Thran, „wir reiten und reiten. Und immer wird uns versprochen, hinter dem nächsten Berg gibt es Löwen. Ich habe aber bis jetzt keinen einzigen gesehen!“

Hebenstreit glaubt, den Grund dafür zu wissen: „Wir sind nicht die einzigen Europäer, mein lieber Christian, die exotische Tiere jagen, fangen und töten. Und die Einheimischen müssen ja auch sehen, wo sie bleiben im Kampf mit den Naturgewalten. Jeder nimmt dem anderen etwas weg. Am Schluss bleibt für Mensch wie Tier nichts übrig. Nur kahle, nackte Felsen. Ich habe mir vorgenommen, nur einen Löwen, tot oder lebendig, nach Dresden zu bringen. Auch wenn unser Kurfürst und König uns beauftragt hat, von jedem Exemplar möglichst zwei heranzuschaffen.“

„Ich habe mein Soll erfüllt“, unterbricht Schultz Hebenstreits Gedanken. „Meine zwei algerischen Igel habe ich in Bona einem deutschen Hanse-Schiff mitgegeben!“

Ebersbach fragt spöttisch: „Und deshalb meinst du wohl, wer erfolgreich algerische Igel jagt, kann auch afrikanische Löwen jagen?“ Ein Lachen aus Männerkehlen erschüttert das Zelt, so dass draußen die Pferde zu wiehern beginnen.

„Mit den Löwen ist das so eine Sache“, beginnt Hebenstreit erneut. „Ich will euch eine Geschichte von einem Löwen und einem römischen Sklaven erzählen, woraus ihr erkennen sollt: Der Mensch weiß zu wenig über die Seele der Tiere, weil er sie nur als Jagdbeute sieht.

Da hat Gott, unser großer Schöpfer, seinem Adam einen falschen Gedanken in die Menschenwiege gelegt. Und ich bin mir nicht sicher“, sagt er zweifelnd, „ob es der Mensch je schafft, sich von diesem falschen Denken und Handeln zu trennen?“

„Also, was ist nun mit der Geschichte vom Löwen und dem Sklaven?“ will Schuberth ungeduldig wissen. Hebenstreit nimmt einen Schluck Tee und beginnt, wie ein orientalischer Märchenerzähler seine Geschichte vor den ihm andächtig lauschenden Männern auszubreiten: „Es war einmal, vor langer Zeit, in Afrika, das vom Römischen Reich beherrscht wurde, in der Stadt El Djem. Dort wurde ein großes Amphitheater errichtet. Vier starke Etagen übereinander, nach der Ordnung gebaut. Mit vierundsechzig Bögen nach außen. Geschmückt mit herrlichen Statuen aus Marmor. Ein prächtiger Ort. Doch wer durch das große Tor in das Amphitheater ging, um dort den Circus zu erleben, brauchte gute Nerven. Denn der römische Statthalter von El Djem liebte weniger Theater als blutige Vorstellungen seiner Gladiatoren mit wilden Tieren. Auf den Ausgang der Kämpfe freute sich dieser Römer wie ein kleines Kind, wusste er doch: Ein Toter liegt danach immer im Sand – der Löwe oder der Gladiator. Und da Löwen bekanntlich faul sind, sie ruhen bis zu zwanzig Stunden am Tag, hetzte der Römer noch Hyänen und Geparden auf den Gladiator, wenn der Löwe zu wenig Angriffslust zeigte. Eines Tages gelang es einem Gladiator, seinem tödlichen Gefängnis zu entfliehen. Über seinen Fluchtplan hatte er Jahre nachgedacht und zu keinem darüber auch nur ein Sterbenswörtchen verloren. Er floh in die Berge, aber er verirrte sich, während ihm die Soldaten des römischen Statthalters, zusammen mit arabischen Spahis, bereits auf den Fersen waren.

In seiner Not fand der flüchtende Gladiator eine Höhle über einem Felsplateau, die tief in den Berg hineinführte. Er kletterte hinauf und wusste, hier würden ihn seine Verfolger nicht finden, denn kein Weg und kein Steg waren weit und breit zu sehen. Wie gesagt, die Höhle ging in die Tiefe, und je weiter er fortschritt, umso weniger Tageslicht erhellte die Felsenwände. Doch in dem Moment, da nur noch ein winziger Lichtstrahl der Sonne den Felsentunnel erreichte, schallte ihm das ohrenbetäubende Brüllen eines Löwen entgegen. Der Gladiator saß in der Falle. Zurück konnte er nicht mehr, denn vom Fuße des Berges klangen die Rufe seiner Verfolger. Vor ihm saß ein Löwe mit gewaltiger Mähne.

Der Gladiator wusste um den Appetit des Löwen, der alles frisst, was er zu packen bekommt, ob größere Huftiere, Vögel, Hasen, Affen, Straußeneier, Krokodile oder Fisch. Dieses gewaltige Raubtier jagt auch Leoparden und frisst Aas, das es in der Umgebung der Geier, Schakalen oder Hyänen findet. Und Menschen verschmäht es auch nicht. Was tun? Vor der Höhle die römischen Häscher. In der Höhle ein hungriger, brüllender Löwe. Dazwischen ein wehrloser Mensch. Wie sollte das gut gehen? Doch was geschah? Der Löwe setzte nicht zum Sprung an, um dem Gladiator das Genick durchzubeißen, sondern zeigte ihm, beständig brüllend, seine rechte Pfote, wie eine Aufforderung, der Mensch möge sie sich anschauen... In der Pfote steckte ein dicker Dorn, der tief in das Fleisch eingedrungen war und dem Löwen ganz offensichtlich barbarische Schmerzen bereitete.

Der Gladiator war ein mutiger Mann. Er nahm die blutende Pfote des Löwen, biss mit seinen kräftigen Zähnen in den Dorn und zog ihn mühsam heraus, bei beständigem Gebrüll des Löwen. Aber damit nicht genug. Der Gladiator trug immer eine Salbe bei sich, die ihm half, seine Wunden zu heilen. Mit dieser Salbe bestrich er die entzündete Pfote des Löwen. Die Wirkung der Salbe war so groß, dass der Löwe aufhörte zu brüllen, stattdessen dem Gladiator dankbar in die Augen schaute und vertrauensvoll die große Mähne schüttelte. Inzwischen war die

Sonne untergegangen, und die Finsternis hatte in der Höhle Wohnung bezogen. Was blieb dem Gladiator weiter übrig, als die Nacht mit dem Löwen zu verbringen. Da es zunehmend kälter wurde, kroch der Gladiator immer näher an den mächtigen, warmen Körper des Löwen heran, was dieser zuließ. Erschöpft von der Flucht und vom Abenteuer der Begegnung mit dem König der Tiere, fiel der Gladiator in den Schlaf wie ein Stein in einen tiefen Brunnen. Am nächsten Morgen weckte die Sonne den Gladiator, welcher sich den Sand der Nacht aus den Augen rieb und zu seinem Erstaunen feststellte, dass der Löwe nicht mehr an seinem Platze war. Sein Patient musste ihn in der Nacht verlassen haben. Das empfand der Gladiator als ein großes Glück. Denn es hätte ja auch sein können, dass der Löwe am Morgen seine Dankbarkeit vergessen und ihn dann doch noch vor Hunger aufgefressen hätte. Mit neuem Lebensmut verließ der Gladiator die Höhle, kletterte den Felsen hinunter ins Tal. Aber als er unten angekommen war, packt ihn von hinten die harte Hand eines römischen Soldaten.

Während der Gladiator in der Höhle des Löwen die Nacht zugebracht hatte, logierten seine Verfolger im Tal, weil der hohe felsige Berg ihnen den Weg versperrte. Mit Stricken gefesselt und von Peitschen geschlagen, wurde der Gladiator zurück in das Amphitheater von El Djem gebracht. Der römische Statthalter war über die Flucht seines Sklaven so wütend, dass er fest entschlossen war, diesen beim nächsten Circus von den wilden Tieren zerreißen zu lassen, selbst wenn er sich erfolgreich zur Wehr setzen würde. Und so kam es: Als erster wurde ein schwarzer Panther auf den Gladiator gehetzt. Das Publikum tobte. Der Panther, dem eine Woche lang das Fressen vorenthalten worden war, sprang auf den Gladiator zu, um ihn zu zerfleischen. Doch es gelang ihm nicht. Vom Hunger geschwächt, war der entscheidende Sprung zu kurz, blieb der Panther vor den Füßen seines Appetits liegen, wo es dem Gladiator ein Leichtes war, dem Tier mit einem Spieß das Leben zu nehmen. Daraufhin wurden zwei Geparden in die Arena getrieben. Doch auch diese hatten gegen den Gladiator keine Chance. Er packte einen am Schwanz und schleuderte ihn, sich rasend schnell im Kreis drehend, gegen die Bande der Arena, wo er zerschmettert liegen blieb. Dem anderen Geparden rammte der Gladiator kaltblütig sein langes Messer in die Brust. Das Publikum verlangte die Freiheit des Gladiators und plädierte für dessen Leben. Doch der römische Statthalter wollte Blut sehen. Deshalb öffneten sich die Tore für einen Tiger, der langsam in die Arena hinein schlich. Und von der anderen Seite wurde ein gewaltiger Löwe in den vom Blut der Tiere rot gefärbten Sand gelassen. Der Tiger sah den toten schwarzen Panther. Der Löwe registrierte die noch zuckenden Geparden. Und beide, Tiger wie Löwe, gingen langsam auf den Gladiator zu, bis sie ihn in der Mitte hatten.

Wem er auch sich zuwendete, seine Überlebenschancen waren gleich Null. Der Tiger legte sich hin, bereit zum Sprung. Und auch der Löwe bereitete sich vor, indem er den Gladiatoren aufmerksam beobachtete. Tiger wie Löwe hatten wie ihre tot im Sand liegenden Kameraden seit einer Woche kein Futter bekommen. Der Hunger auf Menschenfleisch war groß. Und in diesem Moment raste der Tiger auf den Gladiator zu, wie auch der Löwe zu einem gewaltigen Sprung ansetzte. Doch dieser galt nicht dem Gladiator, sondern dem Tiger, in den sich jetzt der Löwe verbiss, um ihn wie eine Katze wild hin und her zu schütteln.

Der Tiger aber befreite sich und fiel nun seinerseits den Löwen an. Doch dieser war stärker. Wie eine Salzsäule stand der Gladiator vor diesem tödlichen Kampf. Und im Amphitheater hielten die Menschen ihren Atem an, denn sie ahnten, dass bei diesem Spiel die Götter die Regeln bestimmten. Der Kampf ging zu Ende. Der Tiger lag mit aufgerissenem Bauch auf dem Rücken. Diese Hilflosigkeit nutzte der Löwe, um ihm die Kehle durchzubeißen. Mit blutigem Maul ließ der Löwe von seinem Opfer, ging auf den Gladiator zu und legte sich zu seinen Füßen. Die Arena tobte. So etwas hatte hier noch keiner gesehen, und der römische Statthalter begriff: Seine Macht reichte nicht in den Himmel. Der Löwe aber hielt dem Gladiator die Pfote hin, aus der er ihm in der Höhle den Dorn gezogen hatte. Da schossen dem Gladiator die Tränen aus den Augen. Er warf seine Waffen in den Sand, kniete sich vor den Löwen und küsste ihn auf die vom Tigerblut nasse Nase, was der Löwe mit einem wohlwollenden Grollen geschehen ließ. Um es kurz zu machen, liebe Freunde", beendet Hebenstreit seine Geschichte, „der Gladiator bekam die Freiheit. Seine Sklaverei hatte ein Ende. Er zog weg von El Djem. Der Löwe folgte ihm. Irgendwo in den Bergen im tunitanischen Land begannen sie ein neues Leben."

„Und wenn sie nicht gestorben sind…", versucht Christian Ludwig die Spannung der Zuhörerschaft aufzulösen, „sehen wir den Löwen bald auf unserer Jagd und werden ihn nicht töten!"

Alle klatschen Beifall für Ludwigs letzte mahnende Worte.

TOD UND TRAUER

Krakau, 15. Februar 1733

Von allen Kirchen und Klöstern der Königs-Stadt Krakau läuten an diesem Morgen die Glocken. An der Auffahrt zum Wawel-Schloss drängen sich trotz der bissigen Februar-Kälte die Schaulustigen und erzählen, ihre verfrorenen Nasen auf ein bisschen Wärme hoffend in die winterliche Sonne haltend, was sie an Gerüchten aufgeschnappt haben. Vor dem Tod soll der Kurfürst von Sachsen und König von Polen, Friedrich August II., mehrmals seinem katholischen Priester gebeichtet haben. Seinen letzten Willen habe er Graf Heinrich von Brühl anvertraut. Nur ihm habe er die königlichen Insignien und Geheimpapiere übergeben, die Kronen und Kleinodien. Am frühen Morgen gegen fünf Uhr, am 1. Februar, sei der Tod gekommen. Der König habe noch die Kraft gehabt, den Arm zu heben und die Hand an die Augen zu führen, als wolle er sie sich selbst zudrücken. Er sei in den Armen des Grafen von Brühl, ohne ein Wort, gestorben. Die Leiche sei, von schillernden Ornaten umhüllt, zur Schau für die Warschauer aufgebahrt worden. Der König habe verfügt, dass er in Krakau begraben wird. Aber nur sein Körper. Sein Herz dagegen soll in der Hofkirche von Dresden ruhen.

Der königliche Leichenwagen ist mit rotem Samt und goldenen Tressen bedeckt. Auf dem Sarg schwankt ein silbernes Kreuz. An den Seiten das gestickte kurfürstliche und königliche Wappen. Acht schwarze Pferde ziehen den Wagen. Sie sind wie der Sarg mit rotem Samt und goldenen Tressen geschmückt, die bis zur Erde reichen. Desgleichen die Kutscher und Vorreiter. Neben dem Wagen gehen auf jeder Seite zehn ebenfalls in roten Samt gekleidete Personen. Vornehme polnische Herrschaften tragen die Leichentücher. Hinter dem Sargwagen tragen die vornehmsten Senatoren die Reichssigna auf silbernen Kissen.

Vor dem Leichenwagen des Königs reiten zehn ganz in Schwarz gekleidete Polen zu Pferd. Hinter ihnen geht ein geistlicher Kanonikus, dessen langer Trauermantel sich über die von Schnee bedeckte Erde schleppt. Gravitätisch schreiten sechs königliche Kammertürken.

In ihrer Mitte der Kronkammerherr, der die Krone trägt. Hinter ihm der Kronregimentarius, der auf schwarzem Kissen das goldene Zepter hält.

Neben ihm der Untere Marschall mit dem Reichsapfel. Bedächtigen Schrittes wälzt sich das Leichenzeremoniell unter dem Dröhnen der Krakauer Glocken von den Kirchen- und Klostertürmen auf das Schloss zu, gerahmt von der Königlichen Kron-Garde mit paradierenden Gewehren. Die Fahnen sind mit schwarzem Flor versehen, auch tragen alle Offiziere schwarze Feld- und Degen-Binden. Ein einziges Bild der Trauer.

Leib-Medicus Heucher, der mit anderen Höflingen dem König die letzte Ehre gibt, kann seine Gedanken gar nicht richtig fassen. Hinter ihm spielen die Grand Musquetiers, die den Trauerzug abschließen, dem Toten geweihte Lieder.

„Wie wird es wohl der königlichen Afrika-Expedition gehen?" fragt sich Heucher. „Wird des Königs Sohn sie nach Dresden zurückrufen oder sie weiter bis zum Kap der Guten Hoffnung reisen lassen?" Eine Frage, die er sich in diesem Moment nicht beantworten will, weil er es auch gar nicht kann.

Das Drama des Todes, das den Kurfürsten von Sachsen und König von Polen Friedrich August II. in Warschau ereilt hat, es war seiner Krankheit geschuldet. Obwohl, wie es im Volksmund heißt, der Mensch nicht an seinen Krankheiten stirbt, sondern wenn seine Zeit vorbei ist. Doch gibt es Todesfälle, die, gewaltsam herbeigeführt, die Blume des Lebens mitten in ihrer schönsten Blüte brutal zerbrechen. Und der Mensch? Hilflos sieht er zu.

Am selben Tag, an dem Friedrich August II. in Krakau königlich zu Grabe getragen wird, also am 15. Februar 1733, reitet Hebenstreit mit seinen Männern, begleitet von drei bewaffneten, die Expedition schützenden Spahis, zehn Stunden gegen Süden. Die Männer passieren unfruchtbare Felder, so dass sie den ganzen Tag kein Dorf und kein Zelt zu Gesicht bekommen.

Erst am Abend taucht im Licht der untergehenden Sonne ein Aduar auf, welcher aber wenig Hoffnung auf eine gute Nacht verspricht. Seine Bewohner sind schmutzig, ihre Kleidung zerrissen. Und die Kamele sind so dürr, dass man nicht weiß, was Höcker und was Knochen sind. Auch wird den Sachsen keine Gastfreundschaft zuteil. Der Hass auf die Christen steigt wie die Sonne aus dem Meer – und wird jeden Tag größer.

Und morgen beginnt Ramadan, die Fastenzeit. Das heißt, vom Beginn der Morgendämmerung bis zum Sonnenuntergang wird der gläubige Muslim auf Essen und Trinken verzichten und sich des Beischlafs enthalten. Das ist das äußere Fasten. Doch noch viel wichtiger ist ihm das innere Fasten, was bedeutet, sich von aller Sünde frei halten, Fasten zu begreifen als einen Pilgerweg zu Gott, um zu erkennen: Der Mensch ist von Gott abhängig. Fasten will die Zufriedenheit Gottes erlangen. So wie es im Koran steht: „Ihr, die Ihr glaubt, euch ist das Fasten vorgeschrieben, damit ihr gottesfürchtig werdet!“

Hebenstreit und seine Männer haben viel gelernt auf ihrer Reise durch die arabischen Länder Afrikas. Es wäre ihr Tod, würden sie deren heilige Bräuche missachten. Schon vor der Morgendämmerung verlassen sie den ärmlichen Aduar und reiten weiter gen Süden. Dabei erleben sie ein faszinierendes Schauspiel: Mehr als dreißig wilde Gazellen kreuzen ihren Weg. Sie sind so schnell, dass es keinem aus der Expeditions-Gruppe gelingt, auch nur eine zu fangen.

Diese schlanken, langbeinigen Tiere tragen ein Fell von bezaubernder Farbe: An der Oberseite und an den Flanken brillieren sie in gelblichgrau bis braun, ihre Unterseite jedoch ist weiß. Männchen wie Weibchen sind gehörnt, wenn auch die Weibchen zierlicher. Leuchtend hebt sich die algerische Gazelle mit ihrem dunkelroten Fell ab. Dieses Wunder der Natur taucht auf wie eine Fata Morgana, um im nächsten Augenblick wieder zu verschwinden.

Nach drei Stunden Ritt halten die Männer und ihre drei Spahis vor dem Haus des Kaid von Sfax, einer Küstenstadt in Tunesien. Sie liegt wie ausgestorben am Meer, weil alle fasten. Doch sollen sich die Gäste davon nicht täuschen lassen, warnt der Kaid, sondern brav im Haus bleiben, damit es ihnen nicht so ergeht wie einem christlichen Kaufmann in Tunis. Er missachtete den Ramadan und ging auf die Jagd. Die muslimischen Einwohner wurden darüber so wütend, dass sie ihn auf der Stelle packten, zu einem ausgetrockneten Brunnen zerrten, um ihn gnadenlos in die Tiefe zu stürzen. Die deutschen Sachsen, so der Kaid, hätten allen Grund, sich auf ihrer Reise in Acht zu nehmen, denn Christen hätten in Afrika wenig Kredit, weil sie Allah nicht als ihren Gott anerkennen wollen.

Johann Ernst Hebenstreit spricht englisch so gut wie französisch, als Mediziner ist sein Latein perfekt. Auf seiner Reise durch die arabischen Küstenländer am Mittelmeer, hat er sich, weil außergewöhnlich sprachbegabt, auch des türkischen wie des arabischen gern angenommen. Dies öffnet ihm manche Tür, die sonst ihm und seiner Reisegesellschaft verschlossen geblieben wäre. Er hätte es sich auch leichter machen können, auf die Weisheit seiner Mutter bauend, die ihm als Kind auf seine Frage, ob es schwer sei, in fremde Länder zu reisen, den mütterlichen Rat gab: „Dafür brauchst du nur zwei Wörter. Sie heißen danke und bitte!" Und seiner Mutter Ratschlag war ihm stets ein Schutz wie Segen, und so rühmt Hebenstreit im März 1733 die Gastfreundschaft in einem weiteren Brief nach Dresden:

„Sie üben die Gastfreiheit entweder gezwungen aus, da ein Fremder ohne genügsame Begleitung niemals reiset, oder als eine Tugend, zum wenigstens kann ich von ihnen sagen, dass sie mir und meiner Gesellschaft gewisse Gefälligkeiten erwiesen, die ich von ihnen nicht erwartete. Sobald ein Fremder unter Begleitung eines Offiziers des Fürsten des Landes ankommt,

räumt ihm der Scheik oder Älteste des Ortes sein Zelt ein und macht zur Bewirtung seines Gastes und der Equipage Anstalt und hält sich noch für sehr geehrt, wenn man ihm oder seinen Kindern etwas von dem Essen gibt, das er zubereitet, indem sie außerdem kein Thier schlachten, welches ein Teil ihres baren Vermögens ist. Der Führer lässt nicht zu, dass man die Rechnung bezahle, weil es wider die Gewohnheit ist, hingegen gibt man einige kleine Geschenke, die man in Vorrat auf einer solchen Reise mitnehmen muss. Die Gastfreundschaft ist geprägt von guten Sitten und freundlichen Umgang mit Fremden."

Nach meiner Rückkehr, überlegt Hebenstreit, werde ich in Leipzig nochmals rühmend der mir gewährten Gastfreiheit in meinen Erinnerungen gedenken. Und ich weiß auch schon den Titel dafür: „Oratio panegyrica, qua antiquit. Roman. per Africam repertorum memoriam recolit."

OHNE GELD UND GEDULD

Dresden, 17. März 1733

Im Audienzzimmer des Dresdner Schlosses berät Friedrich August, Sohn des verstorbenen Kurfürsten und Königs von Polen, mit Graf Brühl wichtige Staatsgeschäfte. Den 37 Jahre alten Kurfürsten von Sachsen beschäftigt nur ein Gedanke: Wie kann er als Friedrich August III. und als König von Polen in die Geschichte eingehen? Er sitzt bei einem Glas Meißner Wein dem vier Jahre jüngeren Heinrich Graf Brühl gegenüber. Dieser dämpft des Kurfürsten politisches Verlangen mit den Worten: „Wir müssen uns jeden Schritt sehr genau überlegen, mein Kurfürst. Es geht auch um Geld. Ihr verehrter Vater, Friedrich August II., unser hochgelobter König von Polen, er hat leider Schulden hinterlassen. Keine kleine Summe", Graf Brühl macht eine bedenkliche Pause, „immerhin sind es bis jetzt 4.137.847 Taler!" Der Kurfürst sieht Brühl entsetzt an und fragt erregt: „Aber es ist doch noch etwas in der Kasse?" Brühl zuckt bedauernd seine schmalen Schultern und erklärt: „In der Kasse, mein Kurfürst, sind leider nur 670.986 Taler, 7 Groschen und 2 Pfennige gezählt worden. Davon ist allerdings bereits eine gute Hälfte von 300.000 Talern unterwegs nach Polen. Aber das wird nicht reichen. Die polnische Krone kostet viel Geld. Eine Million wird wohl noch folgen müssen, bevor die Polen Euch, mein Kurfürst, die königliche Krone auf das Haupt setzen."

Kurfürst Friedrich August senkt nachdenklich den Kopf, um zu überlegen, wie er aus dieser finanziellen und politischen Sackgasse herauskommt. Sein Zorn über die Schulden seines Vaters nützt ihm gar nichts. Es braucht einen Schachzug, mit dem er die Verantwortung für Geldangelegenheiten in fähige Hände legt, jemanden, der ihm den kurfürstlichen Rücken frei hält, jemanden, dem er die Schuld in die Schuhe schieben kann, nachdem er ihn jetzt ausgezeichnet hat.

Dieser Gedanke blitzt wie ein Geschenk des Himmels in ihm auf, und er sagt mit verführerischem Lächeln zu Brühl: „Was meint Er, Graf, wenn einer es schafft, die Wahlgelder für meine Krönung in Polen zu akquirieren, so seid Ihr es. Und damit Ihr frei in Euren Geschäften seid für das Wohl Eures Kurfürsten, übertrage ich Euch die Aufsicht über sämtliche Kassen, desgleichen die Beobachtung der Kammer- und Bergwerkssachen, wie nicht weniger die Verpflichtung des Kammer- und Akzis-Collegs, auch des Berggemachs!"

Der Kurfürst sieht, wie sich die Wangen des Grafen Brühl vor Aufregung röten und setzt nach: „Wir werden an alle Instanzen unsere landesherrliche Spezialorder ergehen lassen, damit sie wissen, dass dergleichen Brief-, Porto- und Estaffettengelder nur nach Unterzeichnung durch Unseren Wirklichen Geheimen Rath von Brühl als Minister von dem Department der domestiken Affären ausgezahlt werden."

Brühl atmet schwer, und er fragt mit belegter wie fassungsloser Stimme: „Will Er wirklich, mein Kurfürst, die Staatsfinanzen völlig in meine Hand geben?" Friedrich August lächelt hinterhältig und meint salomonisch: „Die polnischen Angelegenheiten drücken, mein lieber Graf. Sie drücken. Und wenn Er Uns von diesem Druck befreit, soll es sein Schaden nicht sein!" Brühl will dem Kurfürsten seine Loyalität versichern, aber dazu kommt es nicht. Ein Lakai tritt ein und verkündet, dass der Leibarzt des verblichenen Königs von Polen um Audienz bitte.

Friedrich August Junior reagiert auf diese Störung ungehalten. Doch wissend um die Verdienste, die sich Heucher um seinen Vater erworben hat, winkt er dem Lakai generös zu, für den Leibarzt und Direktor der kurfürstlichen Kunstkammern die Tür zur Audienz zu öffnen. Als Heucher das Zimmer betritt, stockt sein Schritt beim Anblick des Grafen Brühl, während ihm der Kurfürst entgegenlacht: „Was will Er, Heucher? Braucht Er Geld? Mich muss Er nicht fragen, solcherlei Angelegenheiten liegen seit heute bei Graf Brühl!"

Heucher verbeugt sich kurz, erst vor dem Kurfürsten, dann vor Brühl, legt die Hände vor die Brust und erklärt: „Mein Herz trauert um Euren Vater, kurfürstliche Durchlaucht. Er hatte große Pläne, die ihm der Tod aus der Hand geschlagen hat. Doch kurfürstliche Durchlaucht können die Visionen Eures hochverehrten Vaters verwirklichen. Kurfürstliche Durchlaucht wissen, dass im Namen des verstorbenen Kurfürsten von Sachsen und Königs von Polen Friedrich August II. eine Expedition in Afrika unterwegs ist, um Tiere und Pflanzen zu erwerben für eine Menagerie auf Schloss Moritzburg, die diejenige des französischen Königs in Versailles zum Schatten werden lassen soll."

Je eifriger Heucher auf sein Ziel zusteuert, umso ablehnender wird der Gesichtsausdruck des Kurfürsten, der Heucher keines Blickes würdigt und stattdessen Graf Brühl fragt: „Was meint Er, Graf, haben Wir nicht schon zwölf Wisente in Moritzburg auf der Wiese?" Graf Brühl nickt beflissen. „Und Löwen, Tiger und Bären, tummeln die sich nicht im Jägerhof?" Heinrich Graf Brühl nickt wieder. „Brauchen Wir deshalb Kamele?"

Brühl setzt ein falsches Lächeln auf, bevor er antwortet: „Wohl eher nicht, mein Kurfürst." Dieser nickt ihm wohlwollend zu, um sich dann anklagend Heucher zuzuwenden: „Wir haben andere Sorgen, Herr Leibarzt. Die polnische Krone kostet viel Geld, das mein Vater leider nicht hinterlassen hat, weil wohl einige zigtausend Taler nach Afrika geflossen sind, quasi in die Wüste. Damit werden wir Schluss machen. Wir befehlen, diese wenig sinnvolle Afrika-Expedition nach Dresden zurück zu beordern."

Heucher wagt Widerspruch: „Verzeiht, kurfürstliche Durchlaucht, die Ordre Eures verehrten königlichen Herrn Vaters erging für die Teilnehmer der Expedition bis zum Kap der Guten Hoffnung." Der Kurfürst lacht auf: „Das war gestern, lieber Heucher. Mein Kap der Guten Hoffnung liegt heute in Warschau, aber ganz bestimmt nicht in Afrika."

Heucher senkt betrübt den Kopf und schweigt. Ein Anblick, der den Kurfürsten nun doch rührt. Deshalb sagt er versöhnlich: „Er ist der Direktor unserer Kunstsammlungen. Alles, was die Afrika-Expedition schon geschickt hat, noch senden oder mitbringen wird, soll Er im Naturalienkabinett im Zwinger präsentieren. Die Tiere verteilen wir über den Jägerhof und in Moritzburg. Aber eines soll Er wissen: Ende dieses Jahres will ich Hebenstreit und seine Leute wieder an der Elbe haben, weil ab 1. Januar 1734 definitiv für seine Expedition auch nicht ein Taler aus Unserer Staatskasse mehr in die afrikanische Wüste fließt."

Heucher verlässt rückwärts, sich vor dem Monarchen und Brühl ständig verneigend, das kurfürstliche Gemach. Hinter ihm schließt sich die hohe Tür, während Friedrich August ihm kopfschüttelnd nachsieht und Brühl verschwörerisch zuflüstert: „Um Uns herum gibt es genug Affen. Da brauchen Wir nicht noch welche aus Afrika. Was Wir brauchen, sind schöne Bilder, die Uns die Welt ertragen lassen!"

Am 14. März 1733, gegen vier Uhr nachmittags, erreichen Hebenstreit und seine Männer neuerlich Tunis. Die nächsten Tage sind sie damit beschäftigt, ihre Errungenschaften sorgfältig zu verpacken, damit das Sammelgut unbeschädigt nach Sachsen verschifft werden kann. Unter dem Gepäck sind etliche Kisten mit Straußenfedern.

Johann Ernst Hebenstreit vermerkt in seinem Diarium: „*Tunis, welches durch den Untergang Karthagos groß geworden, ist eine ziemlich große Stadt mit schönen öffentlichen und Privathäusern. Es sind 6 große und über 300 kleine Kirchen, zwei an der Landseite erbaute Kastelle, nebst der Cassaba oder dem Schloss der Stadt, welches von fern ein gutes Ansehen hat. Die Stadt nebst Vorstädten hat sieben innere Thore. Die Residenz des Fürsten ist südwestwärts von der Stadt eine Stunde weit entlegen, in welcher Gegend man eine Reihe moderner Aquädukte sieht, welche das Wasser in das Kastell führen. Man nennt diesen Ort den Pardo und ist solcher mit artigen Gebäuden nach Art des Landes versehen. Die Zimmer sind mit allerhand bunten Steinen und in Gips gearbeiteten verzogenen Figuren verziert, welches, wiewohl es keine Kostbarkeit hat, doch nicht unterlässt, dem Auge eines Fremden zu gefallen.*"

Der kaiserliche Konsul lädt die Expedition drei Tage später zum Frühstück, bevor es wieder zu Pferde nach Bizerte geht. Denn Hebenstreit hat seinen Wunsch, weiter in Afrika zu bleiben, für sich noch nicht aufgegeben. Doch hat er sich entschlossen, Ludwig mit einem Hamburger Schiff mit den erlangten Tieren und Sammlungen zurück nach Sachsen zu schicken, auch weil er sieht, dass Ludwig seiner schwachen Gesundheit wegen nicht zu weiteren Reisen zu gebrauchen ist. Auch der Rest der Expedition drängt auf Heimkehr. Dafür gibt es einen guten Grund. Seit dem Tod Friedrich August II. hat sich die Stimmung unter den Teilnehmern der Expedition dramatisch verschlechtert.

Ob es am Wetter liegt? Sie sind tagelang durch den Regen geritten. Die Zeltunterkünfte waren miserabel. Das Essen wurde immer eintöniger. Überall Aufruhr der Nomaden gegen ihre Beys. Unerfreuliche Auseinandersetzungen durch räuberische Überfälle, so dass sie des Nachts in ihren verschmutzten Kleidern schlafen mussten, Gewehre und Munition stets an der Seite. Immer in Angst vor einem Überfall. Es bedarf, darüber wird sich Hebenstreit immer klarer, einer baldigen Entscheidung darüber, wie es mit der Expedition weiter gehen soll.

Auch wird das Geld knapp, denn all die Käufe von Tieren, Teppichen, Handwerkszeug, Topf- oder Kupferwaren waren immer teurer als erwartet.

Und die Spahis, die die Expedition in gefährlichen Gegenden manchmal schützten, verlangten auch nicht gerade wenig an Bakschisch.

Hebenstreit nimmt deshalb das Frühstück beim kaiserlichen Konsul zum Anlass, seinen Männern zu erklären, dass er beabsichtige, mit einem französischen Schiff über Marseille nach Europa zurückzukehren. Sein Vorschlag erhält viel Beifall. Vor allem Hofgärtner Thran ist von dieser Aussicht beglückt, weil er doch endlich sein Pflanzenverzeichnis in Druck geben will, an dem er bereits vor seiner Abreise nach Afrika gearbeitet hat. Hebenstreit hat sich das französische Schiff vom kaiserlichen Konsul empfehlen lassen. Es segelt unter dem Namen „Poldere“ und wird von Kapitän Jean Charles Careé geführt.

ABSCHIED UND ANKUNFT

Tunis, 17. März 1733

Johann Ernst Hebenstreit und Christian Gottlieb Ludwig sitzen nach dem Frühstück beim kaiserlichen Konsul unter hohen Dattelbäumen auf einer Bank in der Morgensonne. Im Hof wiehern die Pferde, die für die Reise nach Porte Varine und weiter in die Küstenstadt Bizerte geputzt und gesattelt werden. Aber noch ist es nicht so weit, und Ludwig fängt einfach an zu erzählen, was ihn bewegt: „Wir haben viel gesehen, Johann, und noch mehr gehört. Du weißt, dass ich mich vor der Reise intensiv mit den Sprachen der Länder beschäftigt habe, die wir durchwandert sind. Während du dich mit römischen Steinen umgeben hast, Thran mit seinem Pflanzen-Wahn, Schuberth versucht hat, alles zu zeichnen und zu malen, was sein Auge nur fassen konnte, Schultz, Buchner und Ebersbach auf wilde Tiere aus waren, habe ich mich bemüht, zu erforschen, ob bei diesen wilden Völkern Spuren der Dichtkunst zu finden sind."

Hebenstreit nickt Ludwig zu, ist aber abgelenkt. Ihn bewegen andere Gedanken, und Ludwig ist es im Moment auch nicht so wichtig, ob ihm Hebenstreit Interesse entgegenbringt. Er spricht einfach weiter: „Das war nicht leicht. Weil ich die Sprache nicht verstehe, ist es mir schwer geworden, etwas zu erforschen. Doch habe ich etwas vernommen, wenn die Menschen singen, was ja, wie du weißt, oft geschieht. Aber was singen sie? Entweder Huren-Lieder, welche mit vielen Zoten angefüllt sind oder Sauf- und Heldenlieder. Dies aber ist mir aufgefallen. Sie kümmern sich weder um das Silbenmaß noch um die Reime. Andererseits ist ihnen ein gewisses Maß an Zeilen angenehm, weil es sich damit besser singen lässt. Reime in Saufliedern habe ich des Öfteren gehört."

Ludwig holt tief Atem in der frischen Morgenluft und verspricht: „Also, was ich damit sagen will, Johann: Die Sprache ist für mich eine spannende Welt. Und wo ich noch etwas lernen kann, auch mit Hilfe eines Dolmetschers, will ich mich bemühen, darin noch besser zu werden."

Hebenstreit nickt wieder, Verständnis heuchelnd, und sagt: „Ich muss dem Kurfürsten schreiben, Christian. Wir reisen hier durch die arabische Welt und wissen gar nicht, ob der Expeditionsauftrag unseres im Februar verstorbenen seligen Kurfürsten noch besteht?"

Er schaut seinen Reisegefährten nachdenklich an und Ludwig begreift: Was Hebenstreit bewegt, ist wichtiger als seine Sprach-Exkursionen. Hebenstreit sinnt weiter: „Die Ausbeute unserer Expedition, trotz natürlicher Verluste, ist nicht gering. Da müssen wir unser Licht nicht unter den kurfürstlichen Scheffel stellen. Unter unseren Exoten, die bereits nach Dresden versandt worden sind, gibt es viele ausgestopfte Vögel, Insekten, Fische, Kräuter, Muscheln Zeichnungen, Abrisse und dergleichen."

Christian Gottlieb Ludwig fällt Hebenstreit ins Wort: „Wollen wir denn überhaupt weiterreisen, Johann? Wir haben eigentlich fast alle Wünsche unseres verblichenen Königs erfüllt – über Hamburg hat doch Buchner ein gut gefülltes Schiff sicher nach Dresden gebracht."

Ludwig hebt den Finger, als wolle er das Ergebnis der Expeditionsbemühungen besonders unterstreichen, indem er betont: „Alles natürliche Dinge, Johann, doch für Dresden bisher unbekannte Seltsamkeiten, welche das Naturalien-Kabinett vervollständigen werden!"

Hebenstreit steht auf und bestätigt stolz: „Ja, du hast Recht, wir bringen Dinge und Tiere nach Sachsen, die dort noch nie jemand gesehen hat. Ich freue mich schon auf die großen, staunenden Augen im Leipziger Theatro Anatomico, wenn ich den Hörern den Embryo eines Löwen erklären werde!" Ein Zukunftsgedanke, der ihm gefällt. Trotzdem geht er jetzt unruhig vor Ludwig auf und ab, wobei seine Stimme plötzlich sorgenvoll wird: „Also, um unsere Exoten ist mir nicht bange. Um

Hofgärtner Christian Thran schon. Seine Darmbeschwerden werden von Tag zu Tag schlimmer. Wie der Mann überhaupt noch mit uns reiten kann, ist mir schleierhaft. Es wäre sicher vernünftig, wenn sich Thran von uns trennt und früher nach Europa zurückreist. Wir wissen auch nicht, ob seine Krankheit eine ansteckende ist. Bis jetzt hat uns ja der Herr im Himmel nicht verlassen. Wir können nur hoffen, dass es auch in Zukunft so bleibt."

Ludwig sieht jetzt eine Chance, einige Dinge beim Namen zu nennen, die er bisher unter dem Sand der Wüste gehalten hat. Vorsichtig nähert er sich der unbequemen Wahrheit, mit der er Hebenstreit nun konfrontiert. „Es geht nicht nur um Thran", beginnt Ludwig, „auch die anderen Teilnehmer unserer Expedition werden unruhig. Nachts in den Zelten werden schwierige Fragen gewälzt, vor allem die nach der Zukunft. Was erwartet unsere gelehrte Gesellschaft in der Heimat? Kunde über die afrikanischen Küstenländer haben wir, so denke ich, genug gewonnen. Was mich betrifft, so habe ich in historia naturali und in Botanics vieles untersucht und von der Zeit, die wir unterwegs waren, stark profitiert. Und ich habe die unverdiente Gnade, auf Befehl unserer Majestät würdigsten Andenkens nach Afrika zu gehen, durchaus genossen. Doch auf welche Belohnung darf ich hoffen? Vom verstorbenen König erhielten wir die höchste Versicherung, nach vollendeter Reise sollte für unser Glück gesorgt werden. Ein Versprechen, das der König mit ins polnische Grab genommen hat. Wird es sein Sohn, unser neuer Kurfürst, genauso halten?"

Auf diese Frage weiß Hebenstreit keine Antwort. Deshalb geht er in die Offensive und erklärt: „Was uns betrifft, wir bleiben in Afrika, solange uns keine kurfürstliche Botschaft erreicht, die Expedition abzubrechen. Doch soll keiner daran gehindert werden, uns zu verlassen. Hofgärtner Thran hat ja bereits avisiert: Wenn wir das tunesische Bizerte erreichen, will er vom dortigen Hafen Ende März mit einem französischen Schiff nach Marseille zurück. Wir werden ihn in seinen Plänen nicht aufhalten."

Ludwig kann Hebenstreits Aussage kaum fassen und fragt zweifelnd: „Und wann beenden wir unsere Expedition und kehren nach Sachsen zurück?“

Hebenstreit antwortet nicht, diese Frage will und kann er noch nicht beantworten, und so weicht er mit den Worten aus: „Bei allen afrikanischen Sorgen. Für mich ist die Welt eine optimistische Schöpfung – alle Vögel singen in Dur!“

Ludwig schaut mit seinen blauen Augen auf seinen Freund Hebenstreit und meint verschmitzt: „Jetzt fehlt nur noch, dass du den Apostel Paulus zitierst. Seine Briefe an die Römer kennst du ja auswendig!“

Hebenstreit lässt Ludwigs biblische Provokation natürlich nicht in der milden Luft des Mittelmeers stehen, ist sie ihm doch ein schöner Anlass, laut darüber nachzudenken, was sein Herz bewegt. „Wir sind sieben Männer“, beginnt Hebenstreit, „aber jeder von uns hat einen anderen Charakter, hat andere Gaben. Jeder hat Vorteile in seinem Wesen, aber auch Nachteile.

Ich habe in mancher Nacht Gott gedankt, dass er es so gefügt und jedem von uns etwas Besonderes geschenkt hat. Da muss ich eben immer an Paulus und seinen Brief an die Korinther denken, wo er über die Verschiedenheit und Einheit der Menschen schreibt: Es gibt verschiedene Gnadengaben, aber nur den einen Geist. Es gibt verschiedene Dienste, aber nur den einen Herrn. Es gibt verschiedene Kräfte, die wirken, aber nur den einen Gott: Er bewirkt alles in allen. Jedem aber wird die Offenbarung des Geistes geschenkt, damit sie anderen nützt. Dem einen wird vom Geist die Gabe geschenkt, Weisheit mitzuteilen, dem anderen durch den gleichen Geist die Gabe, Erkenntnis zu vermitteln, dem dritten im gleichen Geist Glaubenskraft, einem anderen – immer in dem einen Geist – die Gabe, Krankheiten zu heilen, einem anderen Wunderkräfte, einem anderen prophetische Reden, einem anderen die Fähigkeit, die Geister zu unterscheiden, wieder einem anderen verschiedene Arten von Zungenrede, einem anderen schließlich die Gabe, sie zu deuten. Das alles bewirkt ein und derselbe Geist; einem jeden teilt er seine besondere Gabe zu, wie er will."

Christian Gottlieb Ludwig schweigt, beeindruckt von der Rede.

Hebenstreit atmet tief aus, und fragt jetzt: „Ist dir eigentlich schon aufgefallen, Christian, dass es in unserer Expedition nie einen Anlass zur Rivalität gab? Dass wir auf jede Rangordnung verzichten konnten, weil jeder den anderen respektiert, weil jeder seinen Beitrag zum Gelingen unseres Expeditionsauftrags verantwortungsvoll wahrnimmt. Vielleicht auch darum, weil jeder von uns in der Natur den Gabentisch Gottes erkennt und seine Güte begreift."

Ludwig sieht Hebenstreit bewegt und nachdenklich an, will wissen: „Warum hast du eigentlich Medizin studiert, Johann, und nicht Theologie? Wenn ich dir zuhöre, komme ich mir stets vor wie im Gottesdienst."

Hebenstreit lacht: „Deine Frage ist berechtigt. Ich wollte Theologie studieren, aber mein Vater meinte, ein Mediziner sei auch Theologe, denn in seinen Händen läge die Entscheidung über Leben und Tod. Und dieser Dienst sei deshalb genauso christlich wie eine Predigt auf der Kanzel. Das hat mich überzeugt, und ich habe es bis heute auch nicht bereut."

Hebenstreit wechselt abrupt das Thema und sieht Ludwig dabei bedeutungsvoll an, während er verkündet: „Ich weiß, dir geht es gesundheitlich nicht so gut. Deshalb habe ich mir überlegt, Dich im April von Tunis aus mit einem Hamburger Schiff, das unsere Pflanzen-Tier-Sammlung aufnimmt, zurück nach Dresden zu schicken. Wärst du dazu bereit?"

Ludwig überlegt nicht lange und antwortet: „Unsere ausländischen Seltenheiten zu sichern und zu begleiten, das ist ein ehrenvoller Auftrag, Johann."

Vom 19. bis 25. März 1733 wird die Geduld der Expedition noch einmal auf eine harte Probe gestellt, denn das erwartete Schiff bleibt aus. Die Männer um Hebenstreit logieren im Haus der Afrikanischen Kompagnie. Aber am 26. März nachmittags geht es endlich an Bord, und schon einen Tag später bekommen sie gegen Mittag Sardinien zu sehen.

Weil der Wind beständig aus Nordwest weht, lässt der Kapitän am 29. März vor der Insel St. Pierre vor der Westküste Sardiniens die Ankerkette ins Meer rasseln. Die Expedition geht an Land. Hofgärtner Thran ist entzückt von der Vielfalt der Pflanzen, während Hebenstreit und Christian Gottlieb Ludwig eine Gattung von Fischen bestaunen, die die Fischer Tong nennen, und die sie in großen, mit Netzen eingezäunten Meereskäfigen geschickt halten.

Christian August Ebersbach, Zacharias Philipp Schultz und Christian Friedrich Schuberth sitzen auf einem Plateau und schauen auf ein weites Feld, auf dem unzählige Schafe friedlich weiden. Die goldene Märzsonne wärmt ihre Gesichter. Das Meer rauscht. Ein paradiesischer Frühling liegt über der grünen Insel. Ein Schäfer spielt Flöte, wozu die Lerchen ihr eigenes Lied singen.

Ebersbach wendet sich an seine Reisegenossen: „Wenn meine Friederike in Leipzig nicht auf mich warten würde – ich hätte keinen Grund, diese paradiesische Insel zu verlassen.“

Vier Männeraugen schauen gespannt auf Ebersbach und erwarten eine Beichte in Liebesdingen. Aber Ebersbach hat anderes vor. Er holt ein zerknittertes Blatt Pergament aus der Tasche, streicht es zärtlich mit der Hand glatt: „Das hat mir meine Friederike mit auf die Expeditionsreise gegeben. Es ist ein Gedicht. Sie hat es selber geschrieben. Es soll mich schützen, und das hat es ja auch, bis jetzt …“

Schultz und Schuberth sind neugierig und gespannt: „Willst du uns nicht vorlesen?“ fragt Schuberth, „was deine Liebste dir aufgeschrieben hat, oder ist es ein Geheimnis?“

Ebersbach schüttelt seinen Lockenkopf und antwortet: „Sie hat das Gedicht ‚So soll es sein!‘ genannt. Es bringt eine schöne Melodie in meinem Herzen zum Klingen.“

Er holt tief Luft, und während die Flötentöne des Schäfers herüber wehen, liest Ebersbach seinen Reisegenossen jetzt die Zeilen seiner Geliebten vor:

„Meine Täler, meine Höhenflüge
sind Niederlage, sind auch Siege.
Wer sagt, dass Lebenswege eben sind?
Wer nie das Dickicht kennt,
Bleibt oftmals blind für das Licht, das in ihm selber brennt.
Für die Oase in der Wüste
Für die Erbauung durch Gelüste
Für die Ruhe zum Genießen
Für die Augen, die sich schließen
Für die Stärke, die man spürt
Wenn man den neuen Geist gebiert
Und für das warme Liebeswort
zur rechten Zeit, am rechten Ort!"

Die Schäferflöte verklingt. Die Männer schweigen nachdenklich. Ebersbach verstaut das Pergament wieder in der Jackentasche und meint versonnen: „Ich freue mich auf meine Friederike, auf Leipzig und auf das gute Bier im Coffee-Baum. Das Glück wohnt nicht in der Fremde. Es wohnt in der Heimat und wartet geduldig auf die Rückkehr seiner verlorenen Kinder."

Am 17. April 1733 tritt Christian Gottlieb Ludwig, wie von Hebenstreit geplant, von Tunis aus mit einem Hamburger Schiff seine Rückreise nach Europa an. Es herrscht ein unbeschreiblicher Tumult im Hafen. Das Schreien der Zebras, Schafe, eines Löwen und eines Panther, es vermischt sich mit denen der arabischen und türkischen Hafenarbeiter. In großen und kleinen vergitterten Körben und Kästen wird alles Mögliche auf das Schiff gebracht: ein afrikanischer Wolf fletscht seine Zähne gegen zwei Antilopen, die per Seil auf das Deck des Segelschiffes gezerrt werden. Zwei Stachelschweine schützen sich als runde Kugel. Zwei Geier flattern nervös in ihrem Käfig. Allerhand afrikanische Tauben gurren. Sieben Strauße schreiten gravitätisch vor dem Schiff hin und her. Und Ludwig ist sich keineswegs sicher, ob er und seine Fracht lebendig Dresden erreichen.

Über die Überfahrt schreibt Christian Thran:

7. Mai: Lichteten wir unseren Ancker und ein ostlicher Wind machte unß Hoffnung, bald in Marseille zu seyn, alleine kaum waren wir Cap Zupel passiret, als der Wind sich legte und wir Windstille bekamen. Gegen Mitternacht sahen wir nordnordwestliche Seite ein Phänomen in Gestalt eines Regenbogens, welches anfangs röthlich und nachgehends bleich wurde. Unser Capitain erkannte also bald, daß dieses ein Zeichen eines heftigen Sturms, und ließ alle oberen Segel einziehen. Kaum waren sie damit fertig, so folgte der Sturm nordwestliche Seite, welches unß weil wir so nahe am Land, einen Schrecken einjagte, und es hätte nicht viel gefehlet, daß wir an eine Klippe, nahe bey denen Insuln Hieres, gestoßen worden. Wir waren so glücklich by dem Anbruch des Tages in dem Golfo von Hiere einzulauffen, wohin unß in kurtzer Zeit viele Schiffe, so gleiches Schicksaal mit unß gehabt, folgeten.

Den 7. September reisten wir von Amsterdam zu Wasser nach Naarden. Von hier reisten wir per Posta durch das Westphälische und kamen den 12. in Hessen-Cassel an, welcher der Orth war, allwo ich von meinen geliebtesten Reißgefährten Abschied nehmen muste. Der Abschied war schwer, doch aber, weil es nach Hauße zu unßern Freunden zugienge, ließ es sich mit einem frischen Muth überwinden. Ich gieng den 14. von hier, und nahm meine Reiße über Franckfurth, Mannheim, Durlach und kame endlich 26.wider glücklich allhier in Carlsruh an.

Mild scheint die Wintersonne im Monat Dezember 1733 auf die Elbe. Gegen den Strom, von Hamburg kommend, zieht ein Segelschiff in der Mitte des Flusses ruhig seine Bahn. An der Reling steht Johann Ernst Hebenstreit und schaut sehnsüchtig auf die näher kommende Silhouette der Residenzstadt Dresden.

Im Bauch des Schiffes kreischen zwei Affen, zwei Stachelschweine hören dem Lärm schweigend zu, und zwei Zebras scharren mit den Hufen. Jetzt kommt der Kapitän des Schiffes, ein junger Mann, blonde Haare, blaue Augen, ein stolzer Schiffsführer aus Kiel. Er stellt sich neben Hebenstreit, folgt dessen Blick auf Dresdens Türme und fragt: „Was ist das für ein Gefühl? Vom Mittelmeer auf die Elbe? Wenn der Traum aus Afrika wie flüchtige Wolken am Himmel davon schwebt?"

Hebenstreit antwortet versonnen: „Ich bin erleichtert, dass alles gut zu Ende geht. Er muss wissen, die größte Anstrengung war die Aufsicht über die Tiere. Es war nicht immer leicht, die Forderung unseres verblichenen Königs zu erfüllen, von jeder Spezies zwei Exemplare zu erwerben."

„Was wird mit den Naturalien, die wir mitbringen?" will der Kapitän wissen. Hebenstreit freut sich über das Interesse und gibt gerne Auskunft: „Die Naturalien übergebe ich Heucher, dem Leibarzt und Direktor der Kunstsammlungen. Soviel mir bekannt, sollen die afrikanischen Devotionalien einen Platz im Zwinger erhalten."

Der Kapitän ist mit der Auskunft zufrieden und fragt neugierig: „Was meint Er, lebt es sich besser in Sachsen oder bei uns an der Nordsee – oder kam auch mal der Gedanke auf, in Afrika zu bleiben?"

Hebenstreit wendet sich jetzt dem Fragesteller ganz zu, schaut in dessen blaue Augen, antwortet philosophisch: „Wir haben beim Besuch der nördlichen Provinzen Afrikas begriffen, dass die besten Länder ohne die Sorgfalt weiser Fürsten arm und unfruchtbar werden. Auch werde ich mich nicht mehr zu Vorurteilen hinreißen lassen, dass man über die Sitten anderer Länder immer eine schlechtere Meinung als über die eigenen hat. Da wünsch ich mir eine ganz neue Sittenlehre in der Politik."

Während Hebenstreit diese Gedanken äußert, wölben sich über dem Mast des Schiffes die Mauern der von Pöppelmann erbauten Brücke zwischen der Alt- und der Neustadt Dresdens.

Aus der Kajüte klettern Christian August Ebersbach, Zacharias Philipp Schultz und Christian Friedrich Schuberth. Im Angesicht des nahenden Dresdner Ufers, an dem sie winkend von Johann Heinrich Buchner und Christian Gottlieb Ludwig freudig erwartet werden, fallen sie sich ergriffen in die Arme, während Hebenstreit aus tiefstem Herzen ruft: „Alles hat seine Zeit! Und ich glaube, wir haben sie klug genutzt!“

ANHANG

Was ist aus den Männern der Afrika-Expedition geworden?

Johann Ernst Hebenstreit feierte am 14. Januar 1734 seinen 31. Geburtstag. Nach seiner Rückkehr aus Afrika, im September 1733, wurde er Dekan für Medizin an der Universität Leipzig. Neben seiner Lehrtätigkeit hatte er eine eigene Arzt-Praxis. Er war zweimal verheiratet und hatte aus diesen Ehen sieben Kinder. Am 5. Dezember 1757 verstarb Johann Ernst Hebenstreit.

Christian Gottlieb Ludwig hielt ab 1736 Vorlesungen an der Universität Leipzig als Magister. Am 1. November 1737 promovierte er dort und wurde 1740 außerordentlicher Professor der Medizin. 1747 wurde er zum Ordinarius der Medizin für Anatomie und Chirurgie ernannt, desgleichen 1755 für Pathologie und 1758 für Therapie. Er war zeitweise Dekan der Medizinischen Fakultät. Ludwig war in der Leipziger Gesellschaft auch als Dichter und Redner bekannt. Am 7. Mai 1773 verstarb er in Leipzig.

Im gleichen Jahr erschien bei Breitkopf und Sohn zu seinen Ehren das Gedicht „Empfindungen an dem Grabe des weisen Arztes und Menschenfreundes *Ludwig:*

„Sey uns gegrüßt, du Tempel ohne Pracht, wo keine stolze Kunst aus fremden Marmor lacht, Und feyerlicher Ernst an öden Gräbern wacht; Ruhm und Unsterblichkeit erwartet Euch, ihr Weisen, Die diese dunkle Hall umschließt; Entzückt wird euch die Nachwelt preisen So lange Tycho lebt und Leibnitz ewig ist. Ihr lehret jenen auf den Schwingen Der hohen Phantasie den Weltraum zu durchdringen, Und führet diesen auf die Spur Des ersten Stoffs der schaffenden Natur. Auch du, Hygeens Sohn, und auf dem Pfad der Tugend der Führer deutscher Jugend, Wirst uns unsterblich seyn, solang ein Menschenfreund Um einen Swieten klagt und einen Ludwig weint. Umglänzt vom Ruhm der Wahrheit und der Sitten Schläffst du so glorreich hier, als Albions Homer Und Newton, der der Sterne Heer Zählt, und den Lichtstrahl maß, bey Königen der Britten. Doch, Gott, von welchem Schaur wird unser Herz erfüllt, Wenn wir die Nacht durchschaun, die deinen Rath umhüllt! Indes Tyrannen dich, als Greise, laut verspotten, Und ungestraft, manch kühner Bösewicht, Vom Silberhaar umglänzt, Hohn der Verwesung spricht, Zermalmt im Lauf des Ruhms der Tod den Patrioten, Der, als ein Jüngling schon, von Wissbegier entbrannt, Den Sturm des Meeres überwand, Und ungerührt von Schrecken und Gefahren, Auf seines Königs Wink, an Küsten der Barbaren, Geheimnisse der Schöpfung fand. Der es für Wollust hielt, mit Boerhavs Geist die Tiefen Der unendlichen Natur zu prüfen; dem wunderbaren Lauf des Blutes nachzuspähn, Den weisen Bau der Muskeln zu ergründen, Und den kunstreichen Plan der Nerven zu verstehn, Durch die wir leiden und empfinden. Was half es ihm, bald auf der Sonnenbahn, Die Weisheit und die Macht des Ewigen zu fühlen, Bald Fels und Klüfte zu durchwühlen, Und die Natur in ihren kleinen Spielen zu sehn, wie Waller sie, wie sie die Krüger sahn? Beseelt von der ihm eignen Stärke, Flog sein erleuchteter Verstand, Mit den Erfahrungen bekannt, Durch aller Völker Werke. Nur ein Linnaeus fühlt, was Ludwigs Herz empfand, Wenn er an Felsen klomm, und da die neue Pflanze, Vereist vom Silberthau des Morgens, in dem Glanze Der jugendlichen Schönheit fand. Im kleinsten Blatte, das den aufmerksamen Blicken Der Kenner der Natur entflohn, Sah er die Macht des Schöpfers mit Entzücken, Wie an der Ceder, auf den Rücken Des königlichen Libanon. Und, ach ! was half es ihm, den Nektar auszudrücken, den ein mitleidger Gott in milde Pflanzen haucht? Er kann den Weisen nicht erquicken, Der ihn so menschlich schön für Leidende gebraucht. Umsonst glüht das Gebet so vieler tausend Kranken Die auf den Knien Gott für ihre Rettung danken. Von hundert Ärzten, die sein Fleiß emporgebracht, Für die er oft in stiller Mitternacht Bey

Wundern der Natur gewacht, Hat keiner ihn zu retten Macht. Noch denken wir gerührt zurück an jene Zähre, die seiner Wange still entfloss, Als er zum letzten Mal die Ströme weiser Lehre Auf unser dürstend Herz ergoss, Als er die Kette der Geschaffte, Voll heilger Ahnung unterbrach Und beim Gefühl verlorner Kräfte Sich laut das Todesurteil sprach: Wie brannte da auf jedes Jünglings Wangen Empfindung, Dankbarkeit und Mitleid und Verlangen; Wer war ein Freund der Wahrheit und der Pflicht Und zitterte für Ludwigs Schicksal nicht? Doch der erhabne Geist, reif zu dem Himmel, eilte Unaufhaltsam im kühnen Flug; Und wenn er schwankend noch in der Natur verweilte so war es, weil sein Herz für andre Menschen schlug: Denn wohl zu tun war sein Entzücken;

Gerührt las er in jeden stummen Blicken, Voll sanfter Sympathie, den stillverschwiegnen Schmerz. Gebt einem Könige sein Herz, Sein menschliches Gefühl, er wird die Welt beglücken.

O ruhe sanft in heilger Stille Bei deiner Gattin Staub; bis aus der öden Gruft, Des Gottversöhners lauter Wille, Dich zu dem hohen Glanze ruft! Uns will die Muse nichts gewähren Dich zu verewigen, als diese stummen Zähren, Und ein entflammtes Herz voll Dank. Vielleicht greift der, der Gott und Alpen sang, Durch deinen Tod gerührt, mit dem erhabnen Feuer Der Dichtkunst in die güldne Leier, Und mög mit Gellerts Bild, dein Bild, zum Hohn der Zeit, In Tempel der Unsterblichkeit."

Christian Thran - nach seiner Rückkehr am 23. September 1733 nach Karlsruhe, erscheint ein Pflanzenverzeichnis des Karlsruher Schlossgartens im Druck, an dem Thran schon vor seiner Abreise mitgewirkt hat. Am 18. Mai 1734 heiratet er Rosina Kummer. Das Ehepaar bekommt in den nächsten Jahren zwei Söhne und drei Töchter. 1737 stirbt der Arzt und Botaniker Dr. Johann Andreas Eichroth, der bisher die Oberaufsicht über die markgräflichen Gärten hatte. Thran wird sein Nachfolger. 1757 wird Thran nach Durlach versetzt, wo er den Durlacher Schlossgarten betreut. 1761 stirbt seine Frau Rosina. Am

17. November 1787 stirbt Christian Thran. Er hat seine zwei Söhne überlebt und hinterlässt seinen drei Töchtern ein Vermögen von 4800 Gulden.

Johann Heinrich Buchner wirkte nach seiner Rückkehr aus Afrika als Schreiber.

Christian Friedrich Schuberth hat keine biographischen Spuren hinterlassen, wie auch ***Christian August Ebersbach*** und ***Zacharias Philipp Schultz***.

DOKUMENTE

Die Instruktionen des sächsischen Hofes und der Reiseplan Johann Ernst Hebenstreits (ca. 1730)

1. Instruktionen des sächsischen Hofes

Nachdem Ihro Königl. Maj. In Pohlen Churfürstl. Durchlaucht zu Sachsen allergnädigst gesonnen Doc.Joh. Ernst Hebenstreiten nebst einigen ihm zugeordneten nach Africa zu schicken, umb daselbst vor dero Cabinettes und Menagerie, Thiere, Vögel, Kräuter, Blumen, Gewächse Steine, nebst vielen andern Dingen, wovor D. Hebenstreit eine aparte Specification bekommen, zu colligiren, so ist

D. Hebenstreit als Director
Christian August Ebersbach, Dessinateur
Christian Gottlieb Ludwig, Botaniste
Zacharias Philipp Schulze, Anatomiste
Johan Heinrich Buchner, Mechanist
Christian Friedrich Schubert, ein Maler,

verpflichtet worden, dass D. Hebenstreit alles nach seiner Pflicht und Gewissen mit bester möglicher Menage einkauffen, und alles dahin richten solle, damit überflüssige Depancen vermieden werden, die anderen 5. genannten Personen sollen Ihm als ihren Vorgesetzten allen Respect und gehorsam zu erzeigen, schuldig seyn, und als Königl. Verpflichtete Diener gegen Ihre Maj. mit aller Treue such aufzuführen wissen.

2.Sollte D. Hebenstreit auf dieser Reise nach Göttl. Willen versterben, so soll Christian August Ebersbach als Director denen andern vorgesetzt seyn.

3. Die Reise soll D. Hebenstreit den nechsten Weg nach Marseille thun, und von dar sich nach der Barbarei einschiffen, nachdem er in diesen Landen, das was zu finden angeschaffet, soll er selbiges an den ersten See-Hafen, wie er es gut befinden wird, abschicken, und einen von der Compagnie mit darzu geben, vor die Erhaltung der lebendigen Thiere gute Aufsicht tragen.

4. Von dar soll er nach Guinea, und nach vollbrachter Expedition daselbst soll er weiter nach Capo die Bonna Esperanza abgehen und von dar nach denen andern Ländern, wie er vor gut befinden wird.

5. Er soll ein ordentliches Diarium halten und bey jeder abgehenden Gelegenheit die Relation was er angeschaffet und die Rechnung an Ihro Königl. Maj. durch Dero würklichen Geh.Rath und Cämmer von Brühl einsenden, und zwar soll er allezeit die Relationes in duplo und triplo mit differenten Schiffen abschicken, damit wenn eins verlohren ginge, man das andere noch hätte.

6. Die Einkauffung solcher Sachen überllässt man seiner Pflicht und gewissen.

7. Die lebendigen Thiere soll er in duplo oder triplo kauffen und abschicken, damit wenn eines unterwegs crepirete, man doch die andern lebendig hätte, auch soll er zur Fortschaffung und Warttung der Thiere Personen annehmen oder Sclaven und Mohren kauffen, sich absonderl. aber fleissig informiren was zu Fütterung und Warttung der Thiere nöthig und wie solche bei vorstossenden Krankheiten in acht zu nehmen.

8. Die Versendung wird er nach Gelegenheit der Sachen thun, und entweder nach Marseille, London, Amsterdam, Hamburg abschicken, es werden auch Ihro Maj. an Dero an selbigen Orthen befindl. Ministres ordre ertheilen, die fernere Beförderung zu besorgen und beschleunigen. Es wird indessen D. Hebenstreit seiner Prudenz überlassen, die sachen wie sichs am besten thun lässt auf ein oder zwey Schiffe zu geben.

9. Er soll fleissig alle Sachen abmahlen lassen und die Schildereyen jederzeit überschicken, desgleichen was er nicht lebendig fortbringen kann, die Sceleta Häute gut zu conservieren suchen, auch sein Journal in guter Ordnung halten und alles notable bemerken.

10. Ihro Königl. Maj. wollen ihm nicht allein nebst dessen Reise Compagnie und erhandelte Sachen, einen Pass von Dero Hohen Hand ertheilen, sondern verschaffen ihm zugleich von denen Königen von Frankreich und Engellandt, wie auch Herren General Staten von Holland zu Sicherheit ihrer Personen und Recommendationes an Dero in Africa sich aufhaltenden Consuls Facteurs und Agenten.

11. Ihro Maj. werden an D. Hebenstreit zur Reise Rthlr. Zahlen lassen, worüber er richtige Rechnung führen wird.

12. Ihro Maj. werden D. Hebenstreit an alle Pläze Credit-Briefe mit geben, damit er allezeit das benöthigte Geld heben könne,

13. Ihro Maj. concediren allergn. D. Hebenstreiten über das Fuhrlohn und Postgeld täglich zu seiner Unterhaltung 2 Rthlr., und wollen ihm aus Dero Ober-Consistorio ein Stipendium oder Pension zugleich allergnädigst verordnen, denen anderen 5. Personen aber soll täglich einen jeden 16 g.Gr. und jährlich Einhundert Thlr. allergnädigst concediret werden (von medio Augusti zu nehmen)

14. Es haben Ihro Maj. dem D. Hebenstreit aus Dero Hoff Apotheke einige medicamente und zu der Sicherheit zwey Büchsen, zwey Flinten und zwey paar Pistohlen, und einen jeden ein Reise Kleid allergn. concediret.

15. Wann D. Hebenstreit mit seiner Compagnie zurücke kombt, und nach Vergnügen Ihro Maj. seine Commissiones executiret, werden Dieselbe sein und seiner 5. Personen Beförderung allergnädigst eingedenck seyn.

16. Die Zeit zur Reise können Ihro Maj. nicht so gewiss bestimmen, sie sind aber allergnädigst zufrieden, wenn die Reise in zwey bis drey Jahren könne vollbracht werden.

17. Es wird D. Hebenstreit alle Vorsichtigkeit, Behutsamkeit, Sorgfalt zu Conversation ihrer Personen und derer acqurirten Sachen zu gebrauchen wissen, hingegen wollen Ihro K. Maj. Ihm oder seiner Compagnie die Casus fortuitos wenn ein oder das andere Thier sterben oder sonst verunglücken sollte, und dergl. Fälle ihnen nicht zurechnen.

2. Der Reiseplan Johann Ernst Hebenstreits

Nachdem ich auf allerhöchsten Königl. Befehl die Reiße nach Africa übernommen und zu gewißenhafter Verwaltung meines Ampts bereits den Eyd der Treue abgelegt, habe ich zu meiner Ausfertigung meiner Instruktion nach Vorschrift theils derer von Ihro Königl. Majestät erhaltenen Befehle, theils derer von dem Hoffrath und Leib Medico von Heucher gegebene Nachrichten folgende puncte entworfen: Ich soll zwar in allen Reichen der Natur das seltsamste und der attention eines Königs würdigste aufnehmen, vornehmlich aber ist Ihro Kgl. Majestät allerhöchster Wille, lebendige Thiere von allen möglichst zu erhaltenden Arten zu übersenden, von welchem Hauptpunkte als der vornehmsten Absicht ich durchaus nicht abweichen soll. Darnach werde ich mich bemühen, nachdem ich verstanden, daß dieses des Königs Wille sey.

1.) Einige wohlgewachßene junge gesunde, meiner Statur gleich seyende oder auch übertreffende Mohren auf dem Sklaven Handel zu Guinea oder sonst woher zu erkauffen, und werde ich mich, wegen der Anzahl dieser, nach der Bequemlichkeit des Transports richten.

2.) Barbarische Pferde, von der wahrhaften Race, so wie solche in den Ställen derer Deys und Könige allein unterhalten werden, zu erhandeln, wobey ich mich des Raths der Sache Kundiger bedienen und da bekandt, daß gedachte Pferde gegen Gewehre vertauscht werden, den Handel mit Zuziehung eines Consuls einer Europäischen Nation, welcher die Garantie über sich nehmen soll, zu seiner Richtigkeit bringen werde.

3.) Ich werde etliche Elephanten erkauffen, die ich baldmöglichst in denen Europa näher gelegenen Küsten aufnehme, umb diesen Thieren die Ihnen beschwerliche Schiff Fahrt kürtzer zu machen, und da ein weiter Weg zu Lande biß hieher gleichfalls zu evitieren, werde ich solche auf Amsterdam gehen laßen, und soll ich zu derselben und anderer Thiere und Sachen, deren ich soviel als möglich eine Anzahl auf einmahl senden will, Begleitung einer meiner Gefehrten mitsenden, welcher die Verpflegung, Speiße, Gewohnheiten und Krankheiten derer Thiere und deren Cur erlernet habe; bemeldetem Studioso kann ein oder mehrere Thier Wärter zugeordnet werden.

4.) Ich will einige Strauße verschiedenes Geschlechts aufnehmen, und diejenigen Nachrichten einziehen, welche zur Vermehrung dieser Thiere allhier etwas beytragen können.

5.) Ich werde mich bemühen, junge Löwen beiderley Geschlechtes, junge Leoparden, Panther, seltene Arten von Affen und Pavians, Africanische Esel und Maulthiere, Africanische Hirsche und Rehe, insofern solche von denen bereits gegenwärtigen unterschieden sind, Rhinocerose, auch Casuarios, Vauvax, oiseaux de Couronne, auch andere Thiere wie sie den Namen haben mögen, daferne sie frembde und in den Königlichen Thier Häusern noch nicht vorräthig sind, zu bekommen, welche ich alle doppelt nehmen und wohl besorgen will.

6.) Gedachter Thiere Squlette, Häute, sonderlich schöne Vögel so wie sie Nahmen haben mögen, will ich auf möglichste Art und Weise zu acquirieren suchen, und diejenigen, welche unmöglich lebendig zu überbringen sind, ausgestopft oder gemahlt, auch genugsam beschrieben einsenden.

7.) Ich will die Historie derer Fische auf das genaueste untersuchen, und nach dem mir dießfalls gemachten Entwurf dieselben getrocknet oder in Spiritu Vini conserviret, samlen, auch mich bemühen, von denen großen Meer Fischen zum wenigsten einige Theile zu erhalten.

8.) Hernächst will ich nach dem schon bemeldeten Haupt Entzwecke große Thiere zu erhalten, die Conchylien, auch fliegende oder kriechende Insecta, insonderheit Schlangen und der selben verschiedene Arten, genau observiren, und was von denselben ganz oder in Theilen oder genau gezeichnet überkommen werden kan, sammlen und wohl verwahren und überhaupt nichts verabsäumen, was zu der Vollkommenheit der natürlichen Historie von denen Thieren einigen Beytrag thun kann.

9.) Insonderheit befehlen Ihro Königl. Majestät, aller Nationen, welche ich zu sehen Gelegenheit haben werde, Kleidungen, Getränke, Speiße, und darzu zu anderen Verrichtungen bei Ihnen übliches Geräthe, auch Kriegs-Instrumente, Bogen, Pfeile und Gewehr, wie es Nahmen haben mag, wie nicht weniger die aus Häuten verschiedener Thiere bei Ihnen gemachte impenetrablen Schilder, die daselbst gewöhnlichen Vergifftungen derer Pfeile und dergleichen, auch Pagoden, und was sonst zum heydnischen Gottesdienst gehört, wie auch Musikalische zu denen Spielen gebräuchliche Instrumente, nebst Betten und Haußgeräthe und andere die Sitten und Gewohnheiten derer Völker angehende Dinge aufzunehmen und einzubringen.

10.) Aus dem Reiche der Vegetabilia werde ich die frembden Africanischen Kräuter in möglichster Vollkommenheit auflegen, derselben Saamen frisch sammeln und zu künfftigen Wachßthum frembder Kräuter in Ihro Majestät Garten Anstalt machen, auch von denen eßbaren Früchten, die bey uns nicht bekandt sind, die Arten zu bekommen trachten, die fruchtragenden und andere seltene Africanische Bäume, so viel es sich thun läst aufnehmen, sonderlich die Cultur des Zucker Rohrs und deßen Zubereitung erlernen, überhaupt alles thun, was zu Vermehrung der Kräuter Wißenschaft dienen kan.

11.) Die Meergewächse will ich genau untersuchen und große Cabinet-Stücke von allen Arten derer Corallen, Schwamm und Korn Gewächße, wie auch Botanophyta und was vermöge der in Händen habenden Notiz von diesen Sachen zur Vermehrung derer Sammlung in denen Königlichen Cabinets gereichen kann, aufnehmen und übersenden.

12.) In dem Reiche der Mineralien will ich die vorfallende Gelegenheiten allerhand Stuffen und Berg Arten, Quartze, Drußen, Steine, Marmor, Achat, Jaspis und was in diese Sammlung gehört, zu erhalten, wohl inacht nehmen, insoferne hierinne etwas gefunden werden kann, das in dem Berg-Cabinet Ihro Königl. Majestät noch nicht vorrätig ist.

13.) Hiernächst werde ich besorgt seyn, die vorkommenden Antiqitäten, Monumenta, Inscriptiones, Manuscripta, Mahlereyen, auch Contrefaits derer Königlichen und anderer der attention würdigen Personen zu acquirieren, wie nicht weniger die alten Punischen, Vandalischen und anderen Nummos (Münzen), nach einer besonderen von Herrn Hoffrath Fritschen gegebenen Instruction aufzunehmen.

14.) Sollte ich auf meiner Reiße durch Europa biß Marseille in einigen Cabinets derer Curiosen etwas seltenes observiren, werde ich, umb die Zeit nicht zu verliehren, von demselben an den Herrn Geheim Raths von Brühl Exzellentz genau Nachricht geben, oder auch nach Beschaffenheit der Sache dasselbe würklich ankauffen.

15.) Und da ein mehreres Gelegenheit, Zeit und Art angeben dürffte, werde ich auf alle Umbstände genau acht haben, und was auch gegenwärtig nicht übersehen werden kan, dennoch sobald sich der Fall ereignet, ohne Vorschrift nach Pflicht und Gewißen untersuchen und aufbringen.

16.) Zu dieser Reiße haben Ihro Königl. Majestät mir dreyer Jahre Zeit allergnädigst ohngefähr vorgeschrieben.

17.) Auch habe ich Erlaubniß erhalten, nach vorfallenden Umbständen in einigen Orten nach Erforderung der Nothwendigkeit zu bleiben oder auch von dem ordentlichen Wege hier oder dahin abzuweichen, wenn Ihro Königl. Majestät Nutzen dadurch befördert werden kann.

18.) Und da ich in Erfahrung bringen könnte, daß in denen entlegenen Provinzen mit einigen Waaren vortheilhaft gegen andere Seltenheiten könnte umbgesetzt werden, haben Ihro Königl. Majestät erlaubt, einigen Vorrath statt baaren Geldes in Marseille oder sonstwo zu nehmen.

19.) Es haben Ihro Königl. Majestät die Gnade gehabt zu versichern, daß dieselben die ohngefehren Unglücks Fälle bey möglichst gebrauchter Vorsicht mir oder meiner Gesellschaft nicht zurechnen wollen.
Es haben Ihro Königl. Majestät aus dero Procuratur Amtel mir jährlich 200 Rthlr. Pension allergnädigst ausgemacht.

Es haben Ihro Königl. Majestät zu meiner Verpflegung mir täglich 2 Rthlr., jedwedem derer Gefehrten 16 Gr. allergnädigst angewiesen, über welche tägliche 16 Gr. ich einen jedweden zu fernerer Nothwendigkeit jährlich 200 Rthlr. reichen soll.
Ich soll auf Voiture, Quartiergeld und würkliche Ankäuffe gewendete Gelder berechnen und ordentlich, soviel es die Gelegenheit erlaubet, die Belege und Rechnungen hiervon einschicken.

3. Aus dem Reisetagebuch des pietistischen Basler Theologen Hyronimus Annoni (1697 – 1770)

„Wir besuchten am 4. August 1736 den renommierten Bosnischen Garten in Leipzig. Wir trafen in demselben den Herrn Professor Johann Ernst Hebenstreit an, einen jungen und höflichen Mann, der unlängst nebst anderen auf königliche Ordre und Kosten eine Reise in Africa gemacht hatte und uns nun auch die in einem besonderen Haus stehenden Raritätenkammer teils selbst auswies, teils auf weißen ließ. Also sahen wir hier eine große Menge fremder und in Branntwein schwimmende Tiere, unzählig viele in besonderen Schubladen angeheftete Raupen oder Sommervögel, das sind Schmetterlinge, ein aus etlichen und 40 Bänden bestehendes laufend fortgeführtes Kräuterbuch und dergleichen."

4. Geschichte der Haupt-und Residenzstadt Dresden von den frühesten bis auf die gegenwärtige Zeit, von M. B. Lindau, Zweiter Band, Dresden, Verlagsbuchhandlung von Rudolf Kuntze, 1859

Die Orangerie erhielt einige Jahre später einen ansehnlichen Zuwachs. Der König schickte nämlich im November 1731 eine unter der Leitung der Doctoren Hebenstreit und Ludwig stehende Gesellschaft von Gelehrten, welcher auch ein Maler beigegeben war, auf seine Kosten zu wissenschaftlichen Zwecken nach Afrika (Curios. Sax. 1731) und diese brachte gegen 400 Stück sehr kräftige Orangenstämme als Ballast, angeblich für des Königs Drechselbank, heim, mit welcher auf des Königs Wunsch Versuche gemacht wurden, sie durch Anwendung feuchter Wärme wieder zum Treiben zu bringen, was auch wirklich mit einem großen Theil derselben gelang.

NACHWORT UND DANK

Ich finde es mutig, dass der Chemnitzer Verlag ein viertes Buch über sächsische Geschichte aus meiner Feder in sein Programm aufgenommen hat. Wir leben in einer Zeit, in der der elektronische Imperialismus digital nach allem greift, was konsumierbar ist. Er greift auch nach dem gedruckten Wort. Verlage verschwinden wie das Eis in der Sonne – und mit ihnen ihre Autoren. Deshalb wird inzwischen jedes Buch, das gedruckt erscheint, ein geistiger wie ökonomischer Kraftakt.

Doch wenn sich ein Verlag wie der Chemnitzer Verlag noch dafür entscheidet, seinem Buch die Kunst der Illustrations-Gestaltung durch den Grafiker Ingolf Höhl hinzuzufügen, wird dies für den Leser zu einem großen Geschenk.

Deshalb mein Dank an die Freie Presse – an die Geschäftsführung, Herrn Ulrich Lingnau, wie an Matthias Zwarg vom Chemnitzer Verlag. Mit seiner verlegerischen Kompetenz haben wir es innerhalb von zehn Jahren gemeinsam geschafft, ein sächsisches Quartett aufzulegen, das, so hoffen wir, Literaturgeschichte schreibt: „Ein Himmel aus Stein: George Bähr und die Dresdner Frauenkirche“ (2005); „Der Narr und sein König: Der Taschenspieler Joseph Fröhlich“ (2009) – „Die Kavaliersreise August des Starken: Ein sächsisch-erotisches Abenteuer“ (2012), und 2014 können sich die Leser in das „Abenteuer Afrika: Eine sächsische Expedition 1731-1733“ begeben.

Auch für letzteres Buch waren viele Recherchen nötig, und ohne die uneigennützige Hilfe durch Dana Runge, Mitarbeiterin in der Bibliothek und im Archiv des Sächsischen Verkehrsmuseums Dresden, wäre mir manches wichtige historische Dokument nicht vor die Augen gekommen.

Hilfreich wie auch bei den bisherigen Büchern war mir meine Lektorin Katja Dwaronat aus dem romantischen Dorf Zeschnig in der schönen Sächsischen Schweiz. Und auch dem Stadtarchiv Karlsruhe gebührt mein Dank für die freundliche unterstützende Kommunikation bei diesem literarischen Abenteuer!

Mein Dank gilt auch der Leipziger Lyrikerin Friederike Raschke für das Überlassen des Gedichtes „Meine Täler, meine Höhenflüge“.

QUELLEN, LITERATURHINWEISE

Themenportal Europäische Geschichte/www.europa.clioline.de/Essay
Moosdorf, Philipp: Die sächsische Afrikaexpedition 1731-1733 und ihr Beitrag zum Aufbau der Koeniglichen Naturalien-Galerien und Curiositaeten-Cabinete im Dresdner Zwinger. Dokumentenerstellung 3.12.2012
Lexikon des Islam. Wiesbaden: Fourier-Verlag GmbH, 1995.
Der Koran: Geschichte, Kultur und Religion. Leipzig: Verlag Philipp Reclam jun., 1974.
Pretsch, Peter und Steck, Volker (Hrsg.): Eine Afrikareise im Auftrag des Stadtgründers: Das Tagebuch des Karlsruher Hofgärtners Christian Thran 1731-1733. Karlsruhe: Info-Verlag, 2008. Veröffentlichung des Karlsruher Stadtarchivs, Band 30.
Stein, Lothar: Wandervolk der Wüste. Leipzig: F.A. Brockhaus Verlag, 1974
Wörter und Wendungen: Wörterbuch zum deutschen Sprachgebrauch. Leipzig: VEB Bibliographisches Institut, 1979
Czok, Karl: August der Starke und Kursachsen. Leipzig: Koehler & Amelang, 1988
Unter einer Krone – Kunst und Kultur der sächsisch-polnischen Union. Ausstellung im Dresdner Schloss vom 24. November 1997 bis 8. März 1998. Leipzig: Edition Leipzig, 1997
Gurlitt, Cornelius: August der Starke: Ein Fürstenleben aus der Zeit des deutschen Barock. Dresden: Sybillen-Verlag, 1924
Schuckelt, Holger: Die Türkische Kammer – Sammlung orientalischer Kunst in der Kurfürstlich-sächsischen Rüstkammer Dresden. Staatliche Kunstsammlungen Dresden. Dresden: Sandstein Verlag, 2010

Burkhardt, Johannes; Gantner-Schlee, Hildegard; Knierim, Michael (Hrsg.): Dem rechten Glauben auf der Spur: Eine Bildungsreise durch das Elsaß, die Niederlande, Böhmen und Deutschland – Das Reisetagebuch des Hyronimus Annonivon 1736. Zürich: Theologischer Verlag, 2006.
Der Wettstreit zwischen den Geizhälsen. Aus „Arabische Volksmärchen" / hrsg. von Samia Al Azharia Jahn. Berlin: Akademie-Verlag, 1970
Schreiber, Hermann: August der Starke. München: Drei Ulmen Verlag, 1995
Hartmann, Hans-Günther: Moritzburg: Schloß und Umgebung in Geschichte und Gegenwart. Weimar: Hermann Böhlaus Nachfolger, 1989
Pöppelmann: Der Architekt des Dresdner Zwingers. Leipzig: E.A. Seemann Buch- und Kunstverlag, 1990

Archiv für die Sächsische Geschichte / hrsg. von Dr. Karl Weber, Ministerialrath, Director des Haupt-Staatsarchivs in Dresden. 3. Band. Leipzig: Verlag von Bernhard Tauchnitz, 1865
Meyers Großes Konservations-Lexikon. 20 Bände. 6. Auflage. Leipzig; Wien: Bibliographisches Institut, 1908
Reichert, Heinrich G.: Unvergängliche lateinische Spruchweisheit: Urban und human. Wiesbaden: Panorama Verlag
Kraszewski, Jan I.: Brühl: Historischer Roman. Rudolstadt: Greifenverlag, 1980
Fellman, Walter: Heinrich Graf Brühl: Ein Lebens-und Zeitbild. Leipzig: Koehler & Amelang, 1989
Allgemeine Literatur-Zeitung. No. 376. Leipzig, Sonnabends, den 5ten Dezember 1789
Staats- und gelehrte Zeitung des Hamburgischen unpartheyischen Correspondenten. Freitag, den 2.Oktober 1733
Allgemeine deutsche Bibliothek. Des 115. Bandes erstes Stück. Kiel: Carl Ernst Bohn, 1793
Pietsch, Ulrich: Meißner Porzellanplastik von Gottlieb Kirchner und Johann Joachim Kaendler: Bestandskatalog der Porzellansammlung Staatliche Kunstsammlungen Dresden. München: Hirmer Verlag, 2006
Der rechte Gebrauch der Zeit. Halle/Saale: Verlag der Franckeschen Stiftungen, 2014
Kunstsammlungen Chemnitz, Peter Breugel d. Ä. und das Theater der Welt / hrsg. von Ingrid Mössinger und Jürgen Müller. München; Berlin: Deutscher Kunstverlag GmbH, 2014
Deutsches Sprichwörter-Lexikon: Ein Hausschatz für das deutsche Volk / hrsg. von Karl Friedrich Wander. Leipzig: F.A. Brockhaus, 1867
Passpartout: Ausstellungsjournal des Schlösserlandes Sachsen. Barocke Tiergärten: Die Menagerie August des Starken. Ausstellung im Schloss Moritzburg, 2008
Förster, Fr.: Friedrich August II., König von Polen und Kurfürst von Sachsen: seine Zeit, sein Cabinet und sein Hof. Potsdam: Verlag von Ferdinand Riegel, 1839
Neue Jerusalemer Bibel: Einheitsübersetzung. Mit dem Kommentar der Jerusalemer Bibel. Neu bearbeitete und erweiterte Ausgabe / hrsg. von Alfons Deissler und Anton Vögtle in Verbindung mit Johannes M. Nützel. Freiburg i. Breisgau: Verlag Herder, 2007
Schweitzer, Albert: Kultur und Ethik in den Weltreligionen.Werke aus dem Nachlass. München: Verlag C.H. Beck, 2001
Lexikon der Antike. Leipzig: Bibliographisches Institut, 1971

Denker im Reich der Kalifen. Leipzig; Jena; Berlin: Urania-Verlag, 1979
Die Antike in Stichworten. 3. Auflage. Leipzig: Koehler & Amelang
Faszination Natur / hrsg. vom Bertelsmann Lexikon Institut. Gütersloh; München: Wissen Media Verlag, 2006

IMPRESSUM

Abenteuer Afrika

Text: Eberhard Görner

Grafiken: Ingolf Höhl

1. Auflage, 2014

Layout: Ingolf Höhl
Umschlaggestaltung: Ingolf Höhl
Umschlag: Karte Wikipedia

Gesamtherstellung: Westermann Druck Zwickau GmbH

www.chemnitzer-verlag.de

ISBN 978-3-944509-13-6